AGATHA CHRISTIE COMPLETE COLLECTION

AT BERTRAM'S HOTEL

AGATHA CHRISTIE COMPLETE COLLECTION
BERTRAM'S HOTEL

버트럼 호텔에서 애거서 크리스티 장편 소설 | 원은주 옮김

AT BERTRAM'S HOTEL

Copyright © 1965 Agatha Christie Limited.
All rights reserved.

AGATHA CHRISTIE, MARPLE,
the Agatha Christie Signature and the AC Monogram Logo
are registered trademarks of Agatha Christie Limited in the UK and elsewhere.
All rights reserved.
www.agathachristie.com

Korean Translation Copyright © Minumin 2013, 2025

Korean translation edition is published by arrangement with
Agatha Christie Limited through Shinwon Agency.

이 책의 한국어판 저작권은 신원 에이전시를 통해
Agatha Christie Limited와 독점 계약한 ㈜민음인에 있습니다.

저작권법에 의해 한국 내에서 보호를 받는 저작물이므로
무단 전재와 무단 복제를 금합니다.

정식 한국어 판 출간에 부쳐

　나는 한국에서 우리 할머니의 작품을 정식으로 출간한다는 소식을 듣고 무척 기뻤다. 할머니가 1920년부터 1970년 무렵까지 오랜 세월에 걸쳐 집필한 작품들은 21세기인 지금 읽어도 신선하고 재미있다. 등장 인물들이 워낙 자연스러워서 요즘 사람들과 다를 바 없고 이들이 등장하는 상황과 장소가 전 세계 사람들의 애정과 향수를 자극하기 때문이다. 한국 독자들은 이번에 새로 나온 정식 한국어 판을 통해 그동안 접하지 못했던 애거서 크리스티의 일부 작품들을 읽을 수 있을 것이다. 덕분에 한국에 새로운 세대의 애거서 크리스티 팬들이 탄생할지도 모르겠다는 생각을 하면 가슴이 벅차다.
　애거서 크리스티는 대표적인 두 명의 주인공으로 기억되는 작가이다. 14권의 작품에 등장하는 마플 양은 영국의 작은 시골 마을에서 평온한 나날을 보내며 뜨개질과 수다로 소일하는 미혼의 할머니이지만, 놀라운 기억력과 날카로운 두뇌 회전으로 주변에서 벌어진 살인 사건을 해결한다.

그리고 마플 양과 상반되는 성격을 지닌 에르퀼 푸아로는 자신만만하고 콧수염을 포함한 자신의 외모와 벨기에라는 국적에 대한 자부심이 상당하다. 그는 이집트와 이라크를 비롯한 세계 각지에서 수수께끼를 해결하며 『오리엔트 특급 살인 Murder On The Orient Express』, 『나일 강의 죽음 Death On The Nile』, 『애크로이드 살인 사건 The Murder Of Roger Ackroyd』 등 애거서 크리스티의 여러 대표작에 모습을 드러낸다.

황금가지의 대담하고 참신한 표지와 전반적인 디자인 덕분에 작품의 성격이 잘 살아난 것 같아 기쁘다. 또한 한국 독자들이 할머니의 원작이 지닌 참된 묘미를 느낄 수 있도록 충실한 번역을 위해 애써 준 점도 높이 사고 싶다.

할머니의 작품이 20세기의 그 어떤 작가들보다 많이 팔리고 있는 이유는 나이와 국적에 상관없이 읽을 수 있는 재미와 감동을 갖추었기 때문이다. 모쪼록 한국 독자들도 황금가지에서 선보이는 애거서 크리스티 작품들을 즐겁게 감상하기를 바란다.

매튜 프리처드
애거서 크리스티의 손자
ACL 이사장

나의 책을 과학적인 방식으로
읽어 준 해리 스미스에게
감사를 표하며

차례

정식 한국어 판 출간에 부처 ——— 5

1장	11	15장	180
2장	25	16장	193
3장	40	17장	199
4장	55	18장	210
5장	65	19장	217
6장	83	20장	227
7장	99	21장	248
8장	105	22장	266
9장	109	23장	278
10장	116	24장	285
11장	131	25장	294
12장	144	26장	307
13장	150	27장	320
14장	171		

1장

 웨스트엔드 한가운데는 조용한 골목들이 많이 있다. 대부분의 사람들은 잘 모르는 곳이다. 하지만 런던 지리에 밝은 택시 기사들은 의기양양하게 파크 레인이나 버클리 스퀘어, 또는 사우스 오들리 가에 손님을 내려 주곤 한다.
 파크 레인에서 소박한 골목으로 접어들어 한두 번 왼쪽과 오른쪽으로 꺾어져 가다 보면 오른편에 버트럼 호텔이 보이는 조용한 거리에 들어서게 된다. 버트럼 호텔은 오랫동안 그곳에 있었다. 그 오른쪽에 있는 집들과 왼쪽 더 아래쪽에 있는 집들은 전쟁 중에 모두 무너졌지만, 버트럼 호텔만은 건재했다. 물론 부동산 중개인이 할 법한 말처럼 여기저기 긁히고 자국이 남은 건 어쩔 수 없었지만, 적당히 돈을 들여 원래 모습으로 되돌려 놓았다. 1955년이 되어 버트럼 호텔은 1939년 당시의 모습, 즉 기품 있고 점잖으며 고급스러운 모습을 고스란히 되찾았다.

성직자들과 시골에서 올라온 귀족 부인들, 값비싼 교양 학교를 다니다 휴일 집으로 내려가는 길에 들르는 아가씨들이 오랫동안 버트럼 호텔의 주요 고객이었다. (런던에는 아가씨 혼자 묵을 만한 곳이 거의 없지만 버트럼 호텔이라면 아무런 문제가 없다. 우리는 수년 동안 그곳에 묵어 왔으니까.)

물론 버트럼 호텔을 본따 만든 호텔들이 수없이 많았다. 그중 몇 개는 지금까지 명맥을 유지하고 있지만, 대부분 변화의 바람 앞에 무릎을 꿇었다. 예전과 달라진 고객들의 비위를 맞추기 위해 현대적으로 바꿔야 했던 것이다. 버트럼 호텔 또한 바뀌었지만, 그 솜씨가 아주 교묘해서 겉만 봐서는 달라진 점을 느낄 수 없었다.

커다란 흔들문으로 이어진 바깥쪽 계단에는 언뜻 보기에 육군 총사령관으로 보이는 사람이 서 있었다. 널찍하고 남자다운 가슴에 금몰과 리본 달린 훈장을 단 그의 행동거지는 흠잡을 데 없이 완벽했다. 그는 관절염으로 힘들게 택시나 차에서 내리는 사람들을 친절하게 부축해 맞이하고, 조심스럽게 계단으로 이끌어 조용히 흔들리는 출입문까지 안내했다.

버트럼 호텔이 처음이라면, 문을 열고 들어서는 순간 과거에 이미 사라진 세상에 들어간 듯 깜짝 놀라게 된다. 시간이 과거로, 다시 한번 에드워드 왕조 시대로 돌아가는 것이다.

물론 난방은 중앙난방식이었지만, 겉으로는 전혀 눈에 띄지 않았다. 언제나 그렇듯 1층 중앙의 넓은 라운지에는 근사한 석탄 벽난로

2개가 놓여 있었다. 그 옆에는 에드워드 왕조 시대의 하녀들이 열심히 닦아 놓은 듯 반들반들 윤이 나는 커다란 놋쇠 석탄 통이 놓여 있었고, 그 속에는 딱 적당한 크기의 석탄 덩어리들이 가득 채워져 있었다. 주로 짙은 붉은색 벨벳으로 꾸며진 라운지엔 호화로우면서도 안락한 분위기가 감돌았다. 안락의자는 요즘 것이 아니었다. 그 의자는 앉는 자리가 꽤 높아서 류머티즘에 걸린 나이 든 숙녀들이 자리에서 일어나느라 품위 없게 버둥거리지 않아도 되었다. 또 앉는 부분이 현대적인 고가의 안락의자처럼 허벅지와 무릎 중간에서 끝나지 않아 관절염과 신경통에 시달리는 사람들은 불편을 덜 수 있었다. 그뿐이 아니었다. 등받이가 꼿꼿한 의자와 휘어진 의자, 뚱뚱한 사람이든 날씬한 사람이든 누구나 앉을 수 있도록 폭이 다양한 의자들이 놓여 있었다. 어떤 사람이라도 버트럼 호텔에서는 편안하게 의자에 앉을 수 있었다.

차를 마실 시간이 되자 라운지 홀이 사람들로 가득 찼다. 라운지 홀에서만 차를 마실 수 있는 것은 아니었다. (사라사로 꾸며진) 응접실, (암묵의 동의로 신사들만 이용할 수 있으며) 질 좋은 가죽으로 만든 육중한 의자들이 놓인 흡연실, 특별한 친구를 데려가 조용한 한쪽 구석에서 편하게 잡담을 나눌 수 있고, 원한다면 편지도 쓸 수 있는 서재 2개가 있었다. 버트럼 호텔에는 에드워드 왕조풍의 쾌적한 공간 외에 널리 알려지지는 않았지만 아는 사람은 아는 은밀한 공간들이 있었다. 먼저 바텐더 2명이 시중을 드는 더블바가 있었는데, 미국인 바텐더가 모국 손님들에게 고향에 온 듯 편안한 기분을 느끼게 해 주고 버번과 위스키 그리고 온갖 종류의 칵테일을 마련해 주었다. 영국인 바텐더는 셰리주와 핌스 넘버원을 대접했으며 경마에 대한 해박한 지식으로 경마 대회에 참가하기 위해 버트럼 호텔에 묵고 있는 중년 남성들과 함께 애스컷과 뉴버리의 경주마 이야기를 나누었다. 또한 복도 끝에는 은밀하게 부탁하는 사람들에게만 안내하는 텔레비전 룸이 있었다.

하지만 오후의 차를 즐기기에 가장 좋은 곳은 뭐니 뭐니 해도 넓은 1층 라운지였다. 나이 지긋한 숙녀들은 그곳에 앉아 호텔을 드나드는 사람들을 구경하고, 그중에 오랜 친구를 발견하고는 많이 늙었다며 기분 좋게 한마디하는 재미에 푹 빠져 있었다. 미국인 관광객들은 전통식으로 오후의 차를 마시는 영국 귀족들의 모습에 매혹되기도 했다.

오후의 차 시간은 정말이지 황홀경 그 자체였다. 이 의식은 오래전 사라진 종족, 즉 커다란 체구에 인상적인 외모, 원숙한 50살의 나이에 다정하고 상냥하며 품위 있는 예의범절을 갖춘 완벽한 집사 헨리가 주관했다. 늘씬한 젊은이들이 헨리의 엄격한 지시에 따라 화려한 문장(紋章)이 박힌 은 쟁반과 조지 왕조의 은제 찻주전자를 들고 움직였다. 도자기들이 진짜 로킹엄과 대번포트 제품인지는 알 수 없지만 어쨌든 그래 보였다. 블라인드 얼 제품이 특히 인기 있었다. 찻잎은 인도, 실론, 다르질링, 랍상 등지에서 생산된 최상품이었다. 곁들일 다과로는 부탁하면 무엇이든 나왔다.

11월 17일 그날, 레스터셔 주에서 온 65살의 레이디 셀리나 헤이지는 노부인다운 취향대로 버터를 듬뿍 바른 맛있는 머핀을 먹고 있었다.

하지만 새로운 손님들이 들어올 때마다 흔들문을 날카롭게 올려다보는 것을 게을리할 만큼 머핀에 푹 빠져 있지는 않았다.

따라서 목에 쌍안경을 걸고 군인다운 꼿꼿한 자세로 들어오는 러스컴 대령을 보고 그녀는 반갑다는 뜻으로 미소를 지으며 고개를 끄덕였다. 그녀는 옛날 독재 군주처럼 거만하게 고갯짓을 했고, 잠시 후 러스컴이 그녀 곁으로 왔다.

"안녕하십니까, 셀리나. 이곳까지 어쩐 일이십니까?"

"치과 때문에요."

레이디 셀리나는 입에 든 머핀 때문에 조금 웅얼거리는 소리로 대꾸했다.

"그런데 아침에 일어나 보니 아무래도 관절염 때문에 할리가(街)에 있는 그 의사에게도 가 봐야겠더라고요. 누군지 아시죠?"

할리가에는 갖가지 질병을 다루는 개업의들이 수백 명 넘게 있었지만, 러스컴은 그녀가 말한 의사가 누군지 알고 있었다.

"좀 괜찮아지셨나요?"

"뭐, 그런 것 같기는 해요."

레이디 셀리나는 마지못한 듯 대꾸했다.

"정말 희한한 사람이더군요. 느닷없이 내 목을 잡더니 닭모가지 비틀 듯하지 뭐예요."

레이디 셀리나는 목을 조심스럽게 움직였다.

"아프십니까?"

"그렇게 비틀어 댔으니 당연하죠. 하지만 아프다는 생각을 할 틈도 없었어요."

그녀는 계속해서 목을 조심스럽게 움직였다.

"괜찮아요. 몇 년 만에 처음으로 오른쪽 어깨 너머를 볼 수 있게 됐으니까."

그녀는 실제로 그렇게 해 보더니 소리쳤다.

"세상에, 제인 마플이잖아. 몇 년 전에 죽은 줄 알았는데. 100살은 돼 보이네."

러스컴 대령은 부활한 제인 마플 쪽을 보았지만 별다른 관심은 없었다. 버트럼은 언제나 '수선스러운 할머니'들로 넘쳐 났으니까.

레이디 셀리나는 계속 말했다.

"요즘 런던에서 머핀을 먹을 수 있는 곳은 여기뿐이에요. 진짜 머핀 말이에요. 글쎄 작년에 미국에 갔는데 아침 식사 메뉴에 머핀이라는 게 있지 뭐예요. 진짜 머핀이랑은 한참 거리가 먼 것 말이에요. 건포도가 든 티케이크 종류였어요. 그러니까 왜 그런 걸 머핀이라고 부르냐 말이에요."

레이디 셀리나는 버터 바른 마지막 머핀 조각을 입에 넣으며 멍하니 주위를 둘러보았다. 그때 헨리의 모습이 눈에 들어왔다. 헨리가 서둘러 그녀 곁으로 다가온 건 아니었다. 그곳에 계속 서 있었는데, 그제야 눈치챈 모양이었다.

"뭘 좀 더 갖다 드릴까요, 부인? 비스킷은 어떠십니까?"

"비스킷?"

레이디 셀리나는 잠시 고민에 빠졌다.

"아주 훌륭한 시드 케이크(씨앗이 든 케이크 — 옮긴이)가 있습니다. 제가 추천하는 겁니다."

"시드 케이크라고요? 몇 년 동안 못 먹어 봤는데. 진짜 시드 케이크 맞나요?"

"오, 물론입니다, 부인. 저희 요리사가 오래전부터 전통적인 방식으로 만들고 있으니까요. 분명 마음에 드실 겁니다."

헨리는 종업원에게 눈짓을 했고, 그 젊은이는 시드 케이크를 가지러 갔다.

"그동안 뉴버리에 있었죠, 데릭?"

"네. 넌더리 나게 추운 날씨라 마지막 두 경기는 보지도 못했습니다. 끔찍한 하루였어요. 해리의 그 암망아지도 아무 짝에 쓸모가 없더군요."

"그럴 줄은 몰랐네요. 스완힐다는요?"

"4위로 들어왔습니다."

러스컴이 자리에서 일어났다.

"방이나 알아봐야겠습니다."

러스컴은 라운지를 가로질러 프런트로 다가가면서 주위 테이블과 거기에 앉아 있는 사람들을 둘러보았다. 놀라울 정도로 많은 사람들이 이곳에서 차를 마시고 있었다. 마치 그 옛 시절처럼. 시간에 맞춰 차를 마시는 것은 전쟁이 끝난 후에 한물간 풍습이 되어 버렸다. 하지만 버트럼에서는 분명 그렇지 않았다. 도대체 이 사람들은 다 누구란 말인가? 성당 참사회원 2명과 치슬햄프턴의 주임 사제, 그리고 구석 자리에 보이는 저 각반을 찬 다리의 주인은 주교였다. 교구 목사는 보이지 않았다.

'버트럼에 머물려면 최소한 성당 참사회원 정도는 돼야겠지.'

러스컴은 그들을 보며 생각했다. 불쌍하게도 가난한 목사들은 이런 데 묵을 만한 돈이 없을 것이다. 그러다 문득 셀리나 헤이지 같은 사람들이 어떻게 이곳에 머물 수 있는지 궁금했다. 그녀가 1년에 쓸 수 있는 돈은 고작 2펜스 정도밖에 되지 않았다. 그리고 늙은 레이디 베리도, 서머싯에서 온 포셀스웨이트 부인도, 시빌 커도…….모두 찢어지게 가난한 사람들이었다.

이런 생각을 하며 프런트에 다가가니 접수원인 고린지 양이 그를 반갑게 맞이했다. 고린지 양은 오랜 친구였다. 그녀는 고객들 모두를 알고 있었으며, 마치 왕족을 대하듯 고객 하나하나의 얼굴을 결코 잊어버리는 일이 없었다. 옷차림이 세련되지는 않았지만 단정했다. 곱슬곱슬하고 노르스름한 머리카락(구식 부젓가락으로 감은 모양이었다.), 검은색 실크 원피스, 봉긋 솟은 가슴에 단 커다란 금색 로켓과 카메오 브로치.

고린지 양이 말했다.

"14호실입니다. 대령님께서는 지난번 14호실에 묵으셨고, 마음에 들어 하셨던 것 같아서요. 조용하잖아요."

"어떻게 그런 걸 다 기억하는지 정말 놀랍습니다, 고린지 양."

"오랜 친구분들을 편안히 모시는 게 저희 바람입니다."

"이곳에 오면 집에 돌아온 것 같습니다. 변함이 없으니."

러스컴은 험프리스가 그에게 인사하러 안쪽 사무실에서 나오자 말을 멈췄다.

처음 온 손님들은 험프리스를 호텔의 창업자 버트럼으로 착각하곤 했다. 그러나 버트럼이라는 사람이 실제로 존재했다 하더라도 이미 과거의 안개 속으로 사라진 지 오래였다. 버트럼 호텔은 1840년경에 처음 생겼지만 지나간 역사의 발자취에 관심을 보이는 사람은 없었다. 그저 언제나 그 자리에 존재한다는 사실만이 중요했다. 험프리스는 누군가 자신을 '버트럼 씨'라고 불러도 아니라고 말하지 않았다. 사람들이 그가 버트럼이기를 바란다면 그는 기꺼이 버트럼이 될 것이다. 러스컴 대령은 그의 이름을 알고 있었지만, 그가 지배인인지 아니면 소유주인지는 알지 못했다. 다만 소유주일 거라고 짐작할 뿐이었다.

50살쯤 된 험프리스는 뛰어난 예의범절을 갖췄을 뿐 아니라 정계의 장, 차관과 같은 기품을 풍겼다. 그는 사람들이 원하는 모든 역할을 맡을 수 있는 사람이었다. 경마, 크리켓, 외국 정치에 대해 이야기를 나눌 수 있으며, 왕실 비화를 들려주었고, 모터쇼 정보를 주었으며, 현재 상영되고 있는 연극 가운데 어떤 것이 가장 재미있는지 알고 있었다. 미국인 관광객들에게 방문 기간이 아무리 짧아도 영국에서 꼭 가 보아야 할 곳이 어딘지 조언해 줄 수 있었다. 그는 취향도 다양한 각계각층 모든 사람에게 꼭 맞는 정보를 알고 있었다.

그런 만큼 험프리스는 자신을 애써 낮추지 않았다. 그는 고객들 앞에 자주 모습을 드러내지 않았다. 고린지 양 또한 험프리스처럼 능란하게 고객들을 대할 줄 알았다. 험프리스는 마치 태양이 지평선 위로 떠오르듯 이따금 모습을 드러내고는 개인적인 관심을 보여 상대의 기분을 우쭐하게 만들곤 했다.

이번에 그러한 영광을 입은 사람이 러스컴 대령이었다. 둘은 경마에 관해 잠시 이야기를 나눴다. 그러나 러스컴 대령의 머릿속은 온통 한 가지 생각뿐이었다. 그리고 이제 그 해답을 줄 수 있는 사람이 눈앞에 있었다.

"말씀해 주십시오, 험프리스 씨, 이 할머니들이 어떻게 이곳에 머물 수 있는 겁니까?"

험프리스는 자못 즐거운 표정을 지었다.

"아, 그게 궁금하셨군요? 뭐, 대답은 간단합니다. 그들에게는 그만한 돈이 없지요. 하지만……."

험프리스가 말을 멈췄다.

"하지만 당신이 특별한 가격으로 묵게 해 준다, 그겁니까?"

"어느 정도는 그렇습니다. 하지만 대부분의 사람들은 그게 특별한 가격이라는 것을 모르거나, 혹은 알게 된다 하더라도 오랜 단골이라 그런 줄 알고 있습니다."

"그런데 단순히 단골이라서 할인해 준 것만은 아니란 건가요?"

"러스컴 대령님, 저는 호텔을 운영하고 있습니다. 그러니 돈을 벌어야겠지요."

"하지만 그런 게 무슨 돈이 되겠습니까?"

"분위기 때문이지요……. 이 나라를 방문한 외국인들은 (특히 미국인들 말입니다. 돈이 있는 사람들이니까요.) 영국에 대해 묘한 환상을 가지고 있습니다. 아시겠지만 수시로 대서양을 넘나드는 비즈니스계의 부유한 거물들을 두고 하는 말이 아닙니다. 그런 분들은 보통 사보이나 도체스터에 머물죠. 현대적인 인테리어와 미국식 식사, 집에 있는 것 같은 편안함을 원하니까요. 하지만 처음으로 해외여행을 나온 분들, 이 나라에서 특별한 무언가를 기대하는 분들도 많습니다……. 뭐 디킨스까지 거슬러 올라가지는 않겠지만 크랜퍼드와 헨리 제임스를 읽은 분들은 이 나라가 고국과 뭔가 다르기를 바랍니다. 그러니 나중에 여행을 마치고 집에 돌아가면 이렇게 말하겠죠. '런던에 아주 근사한 곳이 있어. 버트럼 호텔이라고. 마치 100년 전으로 되돌아간 것 같다니까. 정말 옛날 영국 모습 그대로야! 그리고 그곳에 머무는 사람들하며! 다른 곳에서는 절대 마주칠 수 없는 사람들이야. 나이 많은 공작 부인은 얼마나 멋진지 몰라. 영국의 전통 음식에 아주 근사한 옛날식 비프스테이크 푸딩까지! 다른 데서는 절대 맛볼 수 없을 거야. 맛있는 소 등심이며 양고기 등살, 영국 전통 차에 환상적인 영국식 아침 식사 등이 모두 가능하다고. 그리고 물론 다른 것들도 다 근사하지. 게다가 얼마나 따뜻하고 편안한지. 장작을 쓰는 벽난로도 있어.'"

험프리스는 흉내 내기를 멈추고 씩 미소 지었다.

"그렇군요."

러스컴은 생각에 잠겨 말했다.
"이 사람들, 그러니까 쇠락한 귀족이자 스러진 옛 지방 명문가 사람들이 전부 무대 장치였군요?"

험프리스가 고개를 끄덕였다.

"다른 분들은 상상도 못 하실 겁니다. 저는 버트럼이야말로 안성맞춤이라고 생각했습니다. 다만 복원하는 데 비용이 조금 많이 들었죠. 버트럼 호텔을 찾는 모든 손님은 이곳을 자기 스스로 발견한 특별한 장소라고 생각합니다. 다른 사람들은 모를 거라고 생각하죠."

"아무래도 복원하는 데 돈이 꽤 많이 들어갔겠죠?"

"오, 그럼요. 에드워드 왕조 시대의 건축물처럼 꾸미면서 동시에 요즘 없어서는 안 될 현대적이고 쾌적한 설비도 갖추어야 했으니까요. 우리의 할머니들에게는……(이런 표현을 쓰는 걸 양해해 주십시오.) 20세기 초의 분위기를 고스란히 느낄 수 있는 곳이라야 하고, 외국인 여행객들에게는 고풍스러운 광경을 마음껏 느낄 수 있으면서 집과 같은 편의 시설을 갖춘 곳이라야 하죠. 여행객들은 편의 시설이 없으면 못 견딥니다."

"좀 힘드시겠습니다?"

"그렇지는 않습니다. 중앙난방만 해도 미국인들은 영국인보다 적어도 화씨 10도는 더 높아야 합니다. 그래서 우리 호텔은 두 가지 종류의 방을 준비해 두었습니다. 한 구역에는 영국인들을 묵게 하고 다른 한 구역에는 미국인들을 묵게 하는 겁니다. 겉보기에는 똑같아 보이지만 실제로는 완전히 다릅니다. 일부 욕실에는 욕조뿐 아니라 샤워 시설과 전기면도기까지 구비해 두었고, 원하면 미국식 아침 식사도 가져다 드리죠. 시리얼과 시원한 오렌지주스 같은 것 말입니다. 영국식 아침 식사를 원하면 그 또한 가져다 드리고요."

"달걀과 베이컨 말입니까?"

"그렇습니다……. 그보다 훨씬 더 많은 걸 가져다 드릴 수도 있어요. 훈제 청어, 콩팥, 베이컨, 차가운 꿩고기, 요크산 햄, 옥스퍼드산 마멀레이드도요."

"내일 아침 식사를 위해 기억해 둬야겠습니다. 요즘에는 집에서도 그런 것들을 맛볼 수 없으니까요."

험프리스가 미소 지었다.

"신사분들께서는 주로 달걀과 베이컨만 시키시죠. 그분들은…… 뭐, 이미 과거의 식생활을 다 잊으셨으니까요."

"네, 네……. 어릴 때 생각이 나는군요. 식탁에 따뜻한 음식이 한가득 차려져 있었죠. 네, 호화로운 삶이었어요."

"저희는 고객이 원하는 건 무엇이든 들어 드리기 위해 최선을 다하고 있습니다."

"시드 케이크와 머핀을 포함해서요. 네, 그렇군요. 한 사람 한 사람이 필요로 하는 것을 모두 채워 준다. 그렇군요……. 꽤 마르크스주의적이군요."

"네?"

"그냥 생각해 봤습니다, 험프리스 씨. 극과 극은 통하니까요."

러스컴은 뒤돌아서서 고린지 양이 건네주는 열쇠를 받아 들었다.

급사 하나가 재빨리 자리에서 일어나 러스컴을 엘리베이터까지 안내했다. 그는 레이디 셀리나 헤이지가 친구인 제인 뭐라는 사람과 함께 앉아 있는 걸 보며 걸어갔다.

2장

"아직 그곳에 살고 있죠? 그 그리운 세인트 메리 미드 말이에요. 때 묻지 않은 사랑스러운 마을이었는데. 가끔 떠올려 보곤 해요. 아직도 그대로죠?"

레이디 셀리나가 물었다.

"뭐, 그렇지는 않아요."

마플 양은 조금 다른 측면에서 그녀가 사는 동네 모습을 떠올려 보았다. 새 건물이 들어설 부지, 증축된 마을 회관, 현대식 상점들이 들어선 하이가(街)……. 그녀는 한숨을 쉬었다.

"변화를 받아들여야겠죠."

"발전이라……."

레이디 셀리나는 애매하게 대꾸했다.

"하지만 내가 보기에는 발전한 것 같지 않아요. 요즘 나온 그 멋진 화장실 변기 말이에요. 온갖 색을 칠해 놓고 '세련됐다'고들 하지만 그중에 제대로 잡아당기거나 밀 수 있는 게 있기나 해요? 친구 집에 갈 때마다 화장실에 '재빨리 누른 다음 손을 떼세요', '왼쪽으로 잡아당기세요', '재빨리 손을 떼세요' 같은 경고문을 보게 되잖아요. 하지만 옛날에는 어떤 손잡이든 잡아당기기만 하면 물이 콸콸 쏟아졌다고요……. 아, 저기 메드멘햄의 주교님이시네요."

레이디 셀리나는 나이 지긋하고 잘생긴 성직자가 지나가는 것을 보고 말했다.

"앞이 거의 안 보이실 거예요. 하지만 정말 훌륭하고 열성적인 분이죠."

레이디 셀리나는 잠시 성직자에 대해 이야기하느라 다양한 친구들과 지인들을 살펴보는 일을 잠시 잊었다. 그나마 간간이 알아본 사람도 다른 사람과 착각한 경우가 대부분이었다. 그녀와 마플 양은 '옛 시절'에 대해 잠시 이야기를 나눴지만, 물론 마플 양의 어린 시절은 레이디 셀리나와 전혀 달랐고 둘의 옛 이야기는 주로 과부가 되어 재정적으로 곤란해진 레이디 셀리나가 둘째 아들이 가까운 공군 기지에 근무하는 동안 세인트 메리 미드의 작은 집에 살았던 몇 년간의 일에 머물렀다.

"런던에 오면 항상 여기 묵는 거예요, 제인? 이상하네요, 이제까지 한 번도 못 봤는데."

"오, 아니에요. 그럴 만한 여유도 없고, 요즘에는 집을 비우는 일이 거의 없으니까요. 마음씨 착한 우리 조카며느리가 잠깐 런던에 나와 바람이나 쐬라며 보내 준 거예요. 조앤은 마음씨가 아주 착한 아가씨예요. 뭐, 아가씨라고 말하기는 뭐하지만……."

마플 양은 조앤이 이제 거의 50살이 다 되었다는 사실을 떠올렸다.

"조앤은 화가예요. 조앤 웨스트라고 꽤 유명하죠. 얼마 전 전시회도 열었답니다."

레이디 셀리나는 화가, 아니 예술과 관련된 것에는 전혀 관심이 없었다. 그녀는 작가와 화가, 음악가들을 뛰어난 재주를 가진 동물로 뭉뚱그려 생각했다. 그들을 너그러운 시선으로 보기는 했지만 속으로는 왜 그런 일이 하고 싶은 건지 의아해했다.

"현대적인 작품을 하나 보죠?"

그녀는 이리저리 눈길을 돌리며 대꾸했다.

"저기 시슬리 롱허스트네요……. 또 머리카락을 염색했네."

"아무래도 우리 조앤의 작품은 좀 현대적인 것 같아요."

마플 양의 이런 생각은 완전히 틀린 것이었다. 20년 전쯤에는 조앤 웨스트의 작품이 현대적으로 비쳤지만, 지금은 젊고 야심 찬 예술가들로부터 완전히 구세대 취급을 받고 있었다.

시슬리 롱허스트의 머리카락을 잠시 보던 마플 양은 상냥한 조앤을 생각하며 즐거운 추억에 잠겼다. 조앤은 실제로 남편에게 이렇게 말했다.

"우리 불쌍한 제인 고모님을 위해 뭘 좀 해 드리면 좋겠어요. 집을 떠나 본 적이 없으시잖아요. 한두 주일 정도 본머스에 보내 드리는 건 어떨까요?"

"좋은 생각이야."

지난번 출간한 책이 꽤 잘 나가는 덕에 마음이 여유로워진 레이먼드 웨스트가 이렇게 대답했다.

"서인도 제도에 갔을 때도 아주 좋아하셨던 것 같아. 물론 안타깝게도 살인 사건에 연루되기는 했지만. 고모님 나이에는 정말 안 될 일이지."

"고모님께는 그런 일이 자꾸 꼬이는 모양이에요."

레이먼드는 나이 많은 제인 고모를 무척 좋아했다. 그는 어떻게 하면 고모를 기쁘게 해 드릴지 끊임없이 고민했고, 고모가 좋아할 만한 책들을 보내 주기도 했다. 그의 호의를 고모가 종종 점잖게 거절할 때면 레이먼드는 당황했다. 게다가 고모는 언제나 자신이 보내 준 책이 "아주 재미있다."고 말하기는 했지만 이따금 고모가 그 책을 읽지 않은 게 아닌가 하는 의심이 들곤 했다. 그도 그럴 것이 그는 고모의 시력이 점점 나빠지고 있다고 믿었기 때문이었다.

하지만 레이먼드의 마지막 생각은 틀린 것이었다. 마플 양은 나이에 비해 눈이 굉장히 밝았으며, 지금 이 순간에도 흥미와 관심을 가지고 주위에서 일어나는 일들을 예리하게 포착하고 있었다.

한두 주일 정도 본머스의 최고급 호텔에 묵으며 바람 좀 쐬는 게 어떻겠냐는 조앤의 말에, 마플 양은 망설이며 이렇게 중얼거렸다.

"정말 마음씨가 곱기도 하지. 하지만 난……."

"정말 좋을 거예요. 이따금 여행 다니는 것도 좋잖아요. 새로운 것들도 보고 새로운 생각도 하고요."

"오, 그래. 그건 맞는 말이야. 기분 전환도 할 겸 잠시 여행을 다녀오고 싶기도 하구나. 하지만 본머스는 좀……."

조앤은 조금 놀랐다. 제인 고모가 평소 본머스를 가고 싶어 하는 줄 알았던 것이다.

"그럼 이스트본요? 아니면 토키는 어때요?"

"나는 말이다……."

마플 양은 머뭇거렸다.

"네, 말씀해 보세요."

"이런 말 들으면 우습다고 생각할지 모르겠구나."

"아니에요, 절대 그러지 않을 거예요.(도대체 어딜 가고 싶으신 거지?)"

"난 런던에 있는 버트럼 호텔에 가 보고 싶단다……."

"버트럼 호텔요?"

어디선가 들어 본 것 같았다.

마플 양은 서둘러 말을 이었다.

"언젠가 그곳에 묵은 적이 있지……. 14살 때였단다. 삼촌, 숙모와 함께 말이다. 토머스 삼촌은 일리 성당 참사회원이셨지. 난 그 호텔을 한 번도 잊은 적이 없단다. 그곳에 머물 수 있다면……. 일주일이면 충분할 거야……. 2주일은 돈이 너무 많이 들지도 모르니까."

"오, 걱정 마세요. 고모님께서 가고 싶으시다면 그렇게 하세요. 제가 런던은 미처 생각 못했네요……. 쇼핑도 할 수 있고 볼거리도 많은데. 저희가 예약해 둘게요. 버트럼 호텔이 아직 있는지 모르겠네.

지금은 호텔이 너무 많이 없어졌잖아요. 전쟁 중에 폭격을 맞은 곳도 있고 아예 문을 닫은 곳도 있고."

"아니야, 우연히 알게 됐는데 버트럼 호텔이 아직도 있다더구나. 그곳에 머무는 사람한테 편지를 1통 받았거든……. 에이미 매컬리스터라고 보스턴에서 온 미국인 친구란다. 남편과 함께 그곳에 묵고 있다지 뭐니."

"잘됐네요. 그럼 제가 얼른 예약할게요."

그리고 조앤은 상냥하게 덧붙였다.

"고모님이 기억하시는 모습하고 많이 다를지도 몰라요. 그렇더라도 너무 실망하지 마세요."

하지만 버트럼 호텔은 변하지 않았다. 언제나 그 모습 그대로였다. 마플 양은 기적이나 다름없다고 생각했다. 사실, 그녀는 감탄했다.

버트럼 호텔은 정말이지 믿어지지 않을 만큼 훌륭했다. 자신이 원하던 것이 그저 옛날의 모습을 간직한 그 장소에서 옛 추억들을 되새겨 보는 것이었음을 평소 현명한 그녀는 잘 알고 있었다. 그런 만큼 그녀에게는 즐거웠던 옛일을 회상하며 시간을 보내는 것이 유일한 낙이었다. 그 추억을 함께 나눌 사람을 만나는 것이야말로 행복이었다. 동년배들 대부분이 이미 세상을 떠난 요즘 그건 쉽지 않은 일이었다. 하지만 그녀는 여전히 자리에 앉아 추억에 잠겨 있었다. 색다른 방식으로 그녀는 젊은 시절로 다시 돌아갔다……. 제인 마플, 뽀얀 얼굴에 분홍빛 뺨을 한 열성적인 꼬마 아가씨……. 여러 면에서 어리석었던 아가씨……. 그런데 그 불량한 젊은이의 이름이 뭐였더라……. 오, 이런. 이제 이름조차 기억나지 않다니! 둘이 우정을 꽃피우기도 전에 싹을 잘라 버린 그녀의 어머니는 얼마나 현명하셨던가. 그녀는 몇 년 후 그와 우연히 마주쳤고, 그는 정말 끔찍한 사람이 되어 있었다. 그녀는 그날부터 거의 일주일 동안 매일 밤 울다 지쳐 잠이 들었다.

물론 요즘에는……. 그녀는 요즘에는 어떤지 생각해 보았다. 불쌍한 젊은이들 말이다. 그중 일부는 어머니가 있겠지만, 아무런 도움이 안 되는 어머니들이었다. 어리석은 연애와 임신, 성급하고 불행한 결혼으로부터 딸을 지키지 못하는 어머니들이었다. 너무나도 슬픈 일이었다.

그때 친구의 목소리가 상념을 가로막았다.

"세상에나, 저건……. 그래 저건……. 베스 세지윅이야! 정말이지 이런 곳에 올 만한 여자가 아닌데……."

마플 양은 레이디 셀리나의 말을 대강 흘려듣고 있었다. 그녀와 마플 양이 교제하는 사람들은 전혀 다른 부류였기 때문에 마플 양은 레이디 셀리나가 알고 있거나 혹은 알고 있다고 생각하는 여러 친구들이나 지인들에 대해 함께 수군거릴 수도 없었다.

하지만 베스 세지윅은 달랐다. 베스 세지윅은 거의 모든 영국인들이 알고 있는 이름이었다. 30년 전부터 지금까지 베스 세지윅이란 이름은 이러저러한 포악하고 괴상한 일을 저질러 신문에 오르내렸다. 전쟁 중에 꽤 오랫동안 그녀는 프랑스 레지스탕스 일원으로 활약했으며, 그녀의 총에는 사살한 독일인의 수인 6개의 빗금이 새겨져 있다는 이야기도 떠돌았다. 그녀는 몇 년 전 대서양을 단독으로 비행했으며 말을 타고 유럽 대륙을 횡단했고 반 호수를 헤엄쳐 건넜다. 그녀는 자동차 경주를 했으며 한 번은 불이 난 집에서 아이 둘을 구해 내기도 했고, 명예스럽거나 불명예스러운 결혼을 서너 번 한 데다 유럽에서 두 번째로 옷을 잘 입는 여자로 칭송받기도 했다. 또한 실험 운항을 하던 핵잠수함을 몰래 해외로 빼돌렸다는 소문도 있었다.

따라서 그 어떤 것보다 흥미를 느낀 마플 양은 몸을 세워 드러내 놓고 그녀를 바라보았다.

버트럼 호텔에서 베스 세지윅을 볼 줄은 상상도 못한 일이었다. 값비싼 나이트클럽이나 자동차 휴게소 같은, 베스 세지윅의 광범위한 취향을 충족할 만한 곳이라면 몰라도 품격 높은 구시대풍의 호텔은 기묘하게도 그녀와 어울리지 않아 보였다.

하지만 그녀는 이곳에 있었고, 그건 틀림없는 사실이었다. 패션 잡지나 인기 있는 신문에 베스 세지윅의 사진이 실리지 않은 달이 거의 없었다. 그런 그녀가 실제로 눈앞에 나타나 조급하게 담배를 빨아 대며, 앞에 놓인 커다란 차 쟁반을 전에는 한 번도 본 적 없다는 듯 놀란 눈으로 바라보고 있었다. 그녀가 주문을 했다. 마플 양은 거리가 꽤 먼 편이어서 눈을 찡그리고 유심히 살펴보았다. 주문의 내용은 도넛이었다. 정말 흥미로운 일이었다.

마플 양이 지켜보는 동안 베스 세지윅은 찻잔 받침에 담배를 비벼 끄고 도넛 하나를 들더니 덥석 한입 베어 물었다. 속을 가득 채

우고 있던 빨간 딸기잼이 턱을 타고 줄줄 흘러내렸다. 베스는 고개를 뒤로 젖히고 웃음을 터뜨렸다. 일찍이 버트럼 호텔 라운지에 울려 퍼졌던 웃음소리 중에 가장 요란하고 쾌활했다.

헨리는 재빨리 베스 세지윅에게 다가가 작고 부드러운 냅킨 1장을 내밀었다. 그녀는 냅킨을 받아 남학생처럼 씩씩하게 턱을 문질러 닦더니 큰 소리로 말했다.

"이런 게 바로 진짜 도넛이죠. 훌륭해요."

베스 세지윅은 냅킨을 쟁반에 던지고 자리에서 일어났다. 언제나 그렇듯 모든 사람의 눈이 그녀에게 쏠렸다. 그녀는 사람들의 시선에 익숙했다. 어쩌면 그것을 즐기는 건지도 모르고, 어쩌면 더 이상 신경 쓰지 않는 건지도 몰랐다. 그녀는 누구나 쳐다볼 만한 여자였다. 아름답기보다는 눈에 띄는 여자였다. 옅은 은빛 머리카락이 부드럽고 매끄럽게 어깨까지 흘러내렸다. 머리와 얼굴의 골격이 아름다웠다. 코는 아주 살짝 매부리코였으며, 깊숙이 들어간 눈은 진짜 회색이었다. 타고난 코미디언처럼 입매가 크고 시원스러웠다. 그녀가 입고 있는 원피스는 대부분의 남자들이 당황스러워할 정도로 단순했다. 마치 질 낮은 부대 자루 같았고 아무런 장식도 없을 뿐 아니라 단추나 솔기도 보이지 않았다. 하지만 여자들은 알고 있었다. 버트럼 호텔에 묵고 있는 지방 출신 할머니들조차. 그것이 어마어마하게 값비싼 원피스라는 것을 말이다.

라운지를 성큼성큼 지나 엘리베이터 쪽으로 가던 베스 세지윅은 레이디 셀리나와 마플 양 곁을 아주 가까이 지나가면서, 레이디 셀리나에게 고개를 까딱 숙여 인사를 건넸다.

"안녕하세요, 레이디 셀리나. 크러프츠(런던에서 2월에 열리는 개 경연 대회 — 옮긴이) 이후로 처음 뵙네요. 보르조이 사냥개는 잘 있나요?"

"여기는 어쩐 일이에요, 베스?"

"여기 묵으려고요. 랜즈 엔드에서부터 운전해 왔거든요. 4시간 45분 걸렸네요. 이 정도면 괜찮죠."

"그러다 큰일 나지. 아니면 다른 사람이 큰일 나거나."

"오, 그런 일은 없어야죠."

"그런데 왜 여기 묵으려는 거예요?"

베스 세지윅은 주위를 흘끗 둘러보았다. 그런 것을 물어본 이유를 알겠다는 듯 묘한 미소를 지으며 고개를 끄덕였다.

"누가 한번 가 보라더군요. 오기 잘한 것 같아요. 방금 세상에서 제일 맛있는 도넛을 먹었거든요."

"여기 머핀도 진짜예요."

"머핀이라…… 네……."

레이디 세지윅은 곰곰이 생각에 잠겨 중얼거렸다.

머핀에 마음이 동한 모양이었다.

"머핀이라!"

그녀는 고개를 끄덕여 인사하고 엘리베이터로 걸음을 옮겼다.

"대단한 아가씨야."

레이디 셀리나가 말했다. 그녀나 마플 양에게 있어 60살이 안 된 여자는 모두 아가씨였다.

"저 아가씨가 어렸을 때부터 알고 지냈어요. 못말리는 말썽쟁이였죠. 16살 때는 아일랜드인 마부와 도망을 쳤어요. 간신히 제때 찾아내 데려왔죠……. 제때가 아니었을지도 모르고요. 하여간 그 젊은 이를 쫓아내고 저 아가씨를 늙은 코니스턴한테 시집 보냈어요……. 코니스턴은 저 아가씨보다 30살이나 더 많은 망나니였는데 저 아가씨한테 푹 빠져 있었거든요. 뭐 오래가지는 못했어요. 그러고는 조니 세지윅에게 가 버렸으니까. 그 남자가 장애물 경주를 하다 목이 부러지지만 않았다면 계속 함께 살았을지도 몰라요. 그 후에는 요트를 가진 리지웨이 베커라는 미국 남자와 결혼했죠. 그 남자와는 3년 전에 이혼했고 지금은 무슨 자동차 경주 선수랑 사귄다는 것 같던데……. 폴인지 뭔지 하는 남자래요. 그 남자랑 결혼을 한 건지 어쩐 건지는 나도 모르겠어요. 미국인이랑 이혼하고 나서 다시 세지윅이라는 성을 쓰기 시작했거든요. 정말 희한한 사람들이랑 사귀고 돌아다닌다네요. 약을 한다는 소문도 있던데……. 물론 나야 잘 모르지만요."

"저 아가씨가 행복한지 궁금하네요."

그런 생각은 한 번도 해 보지 않은 레이디 셀리나는 조금 놀란 표정을 지었다.

"재산이 어마어마할 텐데요. 이혼 수당이며 이것저것 다 해서요. 물론 그게 전부는 아니겠죠……."

레이디 셀리나가 의아하다는 듯 말했다.

"네, 그럼요."

"게다가 남자가……. 아니 남자들이…… 끊이지 않잖아요."

"네?"

"어떤 여자들은 그 나이가 되면 그런 것만 바라니까요……. 하지만 어쨌든……."

그녀는 말을 멈췄다.

"아니에요. 난 그것도 아니라고 생각해요."

마플 양이 말했다.

색정증에 대해 아무것도 모르는 구세대 노부인들의 말에 피식 웃음을 짓는 사람들도 있을 것이다. 사실 마플 양이라면 결코 쓰지 않을 말이었다. 그녀라면 점잖게 '항상 남자를 너무 좋아하는 사람'이라고 표현했을 것이다. 하지만 레이디 셀리나는 마플 양의 말을 자신의 의견에 동의하는 것으로 받아들였다.

"그동안 남자가 아주 많았어요."

레이디 셀리나가 콕 집어 말했다.

"오, 네. 하지만 베스에게 남자란 꼭 필요한 존재라기보다 일종의 모험이었을 거라고 생각하는데, 그렇게 생각하지 않나요?"

그리고 어떤 여자가 남자를 만나러 버트럼 호텔에 오겠는가 하고 마플 양은 생각했다. 버트럼 호텔은 그럴 만한 곳이 아니었다. 하지만 베스 세지윅 같은 여자라면 바로 그러한 이유로 이곳을 선택했을 가능성도 농후했다.

그녀는 한숨을 쉬고는 구석에서 품위 있게 딸깍거리는 근사한 괘

종시계를 올려다보고 류머티즘을 감안하여 조심조심 일어섰다. 그녀는 천천히 엘리베이터로 걸어갔다. 레이디 셀리나는 주위를 흘끗 둘러보고 《스펙테이터》를 읽고 있는 군인인 듯한 노신사에게 말을 걸었다.

"또 만나게 돼서 반가워요. 저…… 알링턴 장군님이시죠?"

하지만 노신사는 정중하게 자신은 알링턴 장군이 아니라고 대답했다. 레이디 셀리나는 사과했다. 그러나 당황하지는 않았다. 그녀는 근시인 데다 낙천적이었으며, 그녀가 가장 즐기는 일이 오랜 친구와 지인들을 만나는 것이었으므로 이런 실수가 잦은 편이었다. 다른 사람들 또한 이런 실수를 저지르기는 매한가지였다. 라운지 불빛이 기분 좋을 정도로 어슴푸레했으며 커튼이 잔뜩 쳐져 있었기 때문이다. 하지만 화를 내는 사람은 없었다. 대개는 내심 즐거워하는 것 같았다.

마플 양은 엘리베이터를 기다리며 슬그머니 미소 지었다. 정말이지 레이디 셀리나다웠다. 언제나 모든 사람을 다 알고 있다는 확신에 차 있었다. 그녀에 비하면 마플 양은 아무것도 아니었다. 그녀는 단 한 번 그런 실수를 저질렀는데 다리에 각반을 찬 잘생긴 웨스트체스터의 주교에게 다정하게 "친애하는 로비."라고 불렀을 때였다. 주교는 햄프셔 사제관에서의 어린 시절을 떠올린 듯 역시 반가운 표정으로 "당장 악어가 돼 줘요, 재니 아줌마. 악어가 돼서 날 잡아먹어 줘요."라고 거칠게 외쳤다.

엘리베이터가 내려오자 제복을 입은 중년 남자가 문을 열어젖혔다. 안에 타고 있던 사람은 놀랍게도 고작 일이 분 전에 올라갔던 베스 세지윅이었다.

베스 세지윅은 한 발짝 앞으로 내딛더니 갑자기 우뚝 멈춰 섰다. 그 바람에 마플 양은 앞으로 나가려다 멈칫하고 말았다. 베스 세지윅은 마플 양의 어깨 너머를 뚫어지게 바라보았다. 마플 양도 덩달아 고개를 돌려 보았다.

호텔 수위가 막 입구의 흔들문을 밀고 들어와 여자 둘을 라운지로 안내하고 있었다. 한 명은 조금 보기 흉한 꽃이 달린 보라색 모자를 쓴, 수선스러워 보이는 중년 여자였고, 다른 한 명은 늘씬한 키에 단순하면서도 세련된 원피스를 입고 등 뒤로 긴 아마 빛 생머리를 늘어뜨린 17살이나 18살쯤 되어 보이는 아가씨였다.

베스 세지윅은 정신을 차리고 몸을 홱 돌려 엘리베이터에 다시 올라탔다. 마플 양이 뒤따라 들어오자 그녀는 마플 양에게 사과했다.

"정말 죄송해요. 하마터면 부딪칠 뻔했네요. 깜빡하고 잊고 온 게 막 생각나서요. 바보같이."

그녀의 목소리는 따뜻하고 상냥했다.

"2층에서 내리실 분 계십니까?"

엘리베이터 안내원이 물었다. 마플 양은 사과를 받아들인다는 뜻으로 미소 지으며 고개를 끄덕였다. 그러고는 엘리베이터에서 내려 천천히 방으로 걸어가며 언제나 그렇듯 사소한 문제들로 즐거운 상념에 잠겼다.

레이디 세지윅의 말은 사실이 아니었다. 그녀는 방금 전 방에 올라갔으므로 '깜빡하고 잊고 온 게 있어'(그 말이 조금이라도 진실이라면) 그것을 찾으러 아래층으로 내려왔을 것이다. 아니면 누군가를 만나거나 누군가를 찾아보려고 그랬는지도 몰랐다. 하지만 그렇다면 엘리베이터 문이 열렸을 때 왜 그렇게 놀라고 당황해하며 누군지 모를 그 사람과 부딪히지 않으려고 급하게 다시 엘리베이터에 올라탄 것일까?

새로 온 손님 2명 때문이었다. 중년 여자와 아가씨. 엄마와 딸일까? 마플 양은 그둘이 엄마와 딸 사이가 아니라고 생각했다.

마플 양은 버트럼 호텔에서도 흥미로운 일이 일어날지 모른다는 기대를 해 보았다.

3장

"저……. 러스컴 대령님께서……?"

보라색 모자를 쓴 여자는 프런트 앞에 서 있었다. 고린지 양은 환영의 미소를 지으며 대기하고 있던 사환을 재빨리 내보냈지만 헛수고가 되고 말았다. 러스컴 대령이 마침 라운지에 들어서다 프런트 앞에 서 있는 여자를 발견하자마자 다가온 것이다.

"안녕하십니까, 카펜터 부인."

러스컴은 정중하게 악수를 나누고 옆의 아가씨를 바라보았다.

"엘비라."

그는 애정을 듬뿍 담아 그녀의 두 손을 꼭 잡았다.

"이거야, 원, 정말 반갑구나. 정말 반가워요……. 반가워요. 어서 자리에 앉읍시다."

러스컴 대령은 두 여자를 의자로 안내해 자리에 앉혔다.

"이거야, 원. 정말 반갑습니다."

그는 계속 같은 말을 되풀이했다.

애쓰는 그의 모습은 오히려 그가 안절부절못한다는 것을 여실히 드러냈다. 계속해서 '정말 반갑구나.'라는 말만 할 수는 없는 노릇이었다. 숙녀들은 그의 말을 거들어 주지도 않았다. 엘비라는 아주 상냥하게 미소 지었다. 카펜터 부인은 의미 없는 웃음만 흘리며 장갑을 쓰다듬었다.

"여행길은 편했나요?"

"네, 고맙습니다."

엘비라가 말했다.

"안개가 끼거나 그러지는 않았고요?"

"네, 전혀 그렇지 않았어요."

"비행기가 5분이나 일찍 도착했어요."

카펜터 부인이 말했다.

"네, 네. 좋아요, 아주 좋습니다."

러스컴은 마음을 다잡았다.

"이곳이 마음에 드셨으면 좋겠습니다만?"

"오, 정말 근사한 곳이에요. 아주 편안하네요."

카펜터 부인이 주위를 둘러보며 따뜻하게 대답했다.

"조금 구식이라 걱정되는군요. 시대에 뒤떨어진 곳이죠. 그……무도회나 그런 건 전혀 없습니다."

러스컴 대령은 미안한 듯 말했다.

"네, 그런 것 같네요."

엘비라가 수긍했다.

그녀는 무표정하게 주위를 둘러보았다. 버트럼 호텔과 무도회라, 머릿속에 그려지지 않았다.

"이곳이 좀 시대에 뒤떨어진 곳이라 걱정되는군요."

러스컴 대령은 했던 말을 되풀이했다.

"좀 더 현대적인 호텔에 모셨어야 했는데 말입니다. 보시다시피 이곳 시설이 그리 잘 되어 있지는 않으니까요."

"아주 근사한데요."

엘비라는 예의 바르게 대답했다.

"이틀 밤만 묵으면 되니까요. 오늘 저녁에는 공연을 보러 갈까 생각하던 참이었습니다. 뮤지컬……."

러스컴이 알맞은 단어를 사용했는지 모르겠다는 듯 조금 애매하게 말끝을 흐리더니 다시 말을 이었다.

"「머리를 풀어헤쳐 봐요, 아가씨들」이라고. 마음에 드시면 좋겠습니다."

"정말 재미있겠네요. 정말 멋질 것 같아요, 그렇지 않니, 엘비라?"

카펜터 부인이 큰 소리로 말했다.

"좋아요."

엘비라는 단조롭게 대답했다.

"그다음에 저녁 식사를 할까요? 사보이는 어떠십니까?"

카펜터 부인의 입에서 감탄사가 튀어나왔다. 엘비라를 흘끗 훔쳐 본 러스컴 대령은 조금 용기를 얻었다. 그는 엘비라가 내심 기뻐하고 있었지만, 카펜터 부인 앞에서는 예의를 차리느라 표현하지 못하는 것이라고 생각했다.

'그걸 탓할 수는 없지.'

러스컴 대령은 생각했다.

그는 카펜터 부인에게 말했다.

"방을 보고 싶으시겠죠……. 괜찮은지 확인하셔야……."

"오, 물론 근사하겠죠."

"뭐, 혹시라도 마음에 들지 않으면 다른 방으로 바꿔 드릴 수 있습니다. 제가 이곳 단골이니까요."

프런트를 담당하고 있는 고린지 양이 사근사근한 표정을 지으며 맞이했다. 2층의 28호와 29호로 가운데 공동 욕실이 있는 방이었다.

"저는 올라가서 짐을 좀 풀어야겠어요."

카펜터 부인이 말했다.

"엘비라는 러스컴 대령님과 좀 더 얘기를 나누고 싶겠지?"

러스컴 대령은 눈치가 빠르다고 생각했다. 조금 노골적이기는 했지만 어쨌든 덕분에 잠시나마 엘비라와 단둘이 이야기를 나눌 수 있을 것이다. 하지만 엘비라와 무슨 이야기를 나누어야 할지 도무지 떠오르지 않았다. 아주 단정하고 예의 바른 아가씨였지만 러스컴은 아가씨들을 대하는 데 익숙하지 않았다. 그의 아내는 아들을 낳다가 죽었고, 그 아들은 친정 식구들이 키웠으며 집안일은 그의 큰누이가 대신 돌봐 주었다. 그의 아들은 결혼해 케냐로 갔으며

11살, 5살, 2살하고 6개월 된 손자들은 지난번 만났을 때 축구와 우주 과학, 전차 이야기를 하며 그의 발등에 올라타고 즐거워했다. 간단했다. 하지만 어린 아가씨들은 어떤가.

러스컴은 엘비라에게 음료를 한잔하겠느냐고 물었다. 그가 비터 레몬이나 진저 에일, 또는 오렌지에이드를 권하려고 했는데 엘비라가 선수를 쳤다.

"고맙습니다. 저는 진과 베르무트로 할게요."

러스컴 대령은 조금 당황한 표정으로 엘비라를 바라보았다. 아직 어린 아가씨인데……. 이 아이가 몇 살이더라? 16살? 17살? 그런 아가씨가 진과 베르무트를 마셔도 되는 걸까? 하지만 엘비라가 소위 말하는 사교계의 정확한 관습을 알고 있을 거라고 그는 스스로를 안심시켰다. 그는 진과 베르무트, 드라이 셰리주를 주문했다.

러스컴은 목을 가다듬고 물었다.

"이탈리아는 어땠니?"

"아주 좋았어요, 고맙습니다."

"그리고 네가 머물렀던 그 뭐라는 백작 부인은 어땠니? 지나치게 엄격하지는 않았고?"

"좀 엄한 분이셨어요. 하지만 전 괜찮았어요."

러스컴 대령은 그 대답에 뭔가 다른 의미가 있는 건 아닌가 싶어 그녀를 바라보았다.

그는 약간 말을 더듬었지만 아까보다는 좀 더 자연스러웠다.

"내가 네 대부이자 후견인인데, 아무래도 우리가 친해질 기회가 별로 없었던 것 같구나. 너도 알겠지만 나 같은 늙은이는 아가씨들이 뭘 원하는지, 그러니까 아가씨들에게 필요한 게 뭔지 도통 모른단다. 학교를 졸업하면 또 다른 학교……. 내가 젊었을 때는 학교만 졸업하면 끝이라고 말하곤 했지. 하지만 지금은 모든 게 좀 더 복잡해진 것 같더구나. 경력이며 직장, 그런 것들 말이다. 언제 한번 그런 이야기들을 나눠 봐야지. 네가 특별히 하고 싶은 게 있니?"

"비서 일을 배워 볼까 생각 중이에요."

엘비라가 무심히 대꾸했다.

"아, 비서가 되고 싶니?"

"특별히 그런 건 아니지만요……."

"아…… 그렇다면……."

"일단 뭐라도 시작해 보려고요."

러스컴 대령은 왠지 무시당하고 있는 듯한 묘한 기분이 들었다.

"내 사촌인 멜퍼드가(家) 말이다. 그 집에 사는 건 어떻게 생각하니? 혹시 싫다면……."

"오, 아니에요. 저는 낸시를 아주 좋아해요. 그리고 밀드레드 언니도 친절하고요."

"그러면 그 집으로 할까?"

"좋아요, 지금으로서는."

러스컴은 뭐라고 대꾸해야 할지 알 수 없었다. 그가 할 말을 생각하는 사이 엘비라가 먼저 말을 꺼냈다. 그녀의 말은 간단하고 노골적이었다.

"제가 돈을 받게 되나요?"

러스컴은 다시 한번 엘비라의 표정을 살피느라 대답하기까지 시간이 걸렸다.

"그래, 많은 돈을 받게 될 거다. 그러니까 네가 21살이 되면 말이다."

"지금은 누가 가지고 있나요?"

러스컴은 미소를 지었다.

"지금은 위탁 보관하고 있단다. 네 생활비와 학비에 드는 일정 금액을 매년 거기에서 공제하고 있지."

"그러면 아저씨께서 피신탁인이세요?"

"그중 1명이란다. 모두 3명이니까."

"만약 제가 죽으면 어떻게 되는 거예요?"

"이런 이런, 엘비라, 네가 죽다니. 무슨 말도 안 되는 소리냐!"

"저도 그런 일은 없기를 바라지만……. 앞일을 누가 알겠어요? 지난주만 해도 비행기 1대가 추락해 승객 전원이 사망했잖아요."

"그런 일은 절대 없을 거다."

러스컴이 단호하게 말했다.

"그거야 알 수 없죠. 그저 제가 죽으면 제 돈을 누가 받게 되는지 궁금했을 뿐이에요."

"난 그런 생각을 해 본 적이 없단다. 왜 그런 걸 묻는 거냐?"

러스컴은 짜증스럽게 대꾸했다.

"재미있을 것 같아서요. 누군가 저를 죽일 만한 동기가 있는지 궁금해요."

엘비라는 생각에 잠긴 채 말했다.

"세상에, 엘비라! 정말 쓸데없는 소리를 하는구나. 도대체 왜 그런 생각을 하는지 이해할 수 없구나."

"오, 그냥 생각해 본 것뿐이에요. 누구나 사실을 알고 싶은 법이잖아요."

"설마 마피아나……. 그런 걸 생각하는 건 아니겠지?"

"오, 아니에요. 그건 터무니없는 일이죠. 제가 결혼하면 제 돈은 누가 갖게 되나요?"

"네 남편이겠지. 하지만 정말이지……."

"확실한가요?"

"아니, 난 그 점에 대해 아는 게 전혀 없단다. 신탁 조항에 달려 있으니까. 하지만 넌 결혼도 하지 않았는데 무슨 걱정이니?"

엘비라는 아무런 대꾸도 하지 않았다. 골똘히 생각하는 모양이었다. 마침내 무아지경에서 빠져나온 그녀가 물었다.

"제 어머니를 만나세요?"

"가끔. 자주는 아니란다."

"지금 어디 계세요?"

"아……. 외국에."

"외국 어디요?"

"프랑스……. 포르투갈. 나도 잘 모르겠구나."

"어머니가 저를 보고 싶어 하나요?"

엘비라는 맑은 눈동자로 러스컴의 눈을 마주 보았다. 러스컴은 무슨 말을 해야 할지 막막했다. 진실을 말해 줘야 하나? 아니면 대충 얼버무려야 하나? 아니면 선의의 거짓말을 해야 하나? 이렇게 대답하기 곤란한 질문을 서슴없이 하는 아가씨에게 뭐라고 해야 한단 말인가? 그는 공교롭게도 이렇게 대답하고 말았다.

"난 모르겠구나."

엘비라는 진지한 눈빛으로 그를 유심히 보았다. 러스컴은 마음이 불편했다. 그가 실수를 한 것이다. 이 아가씨가 궁금해하는 것은 너무나도 당연한 일이었다. 어떤 아가씨라도 그럴 것이다.

"그런 생각을 하면 안 된다. 그러니까 내 말은……. 설명하기가 힘들구나. 네 어머니는 다른 사람들하고는 조금 다르니까……."

엘비라는 씩씩하게 고개를 끄덕였다.

"저도 알아요. 신문에 실린 어머니 기사를 빼놓지 않고 읽었거든요. 어머니는 좀 특별한 분이시죠, 그렇죠? 사실 대단한 분이죠."

"그래. 맞는 말이다. 네 어머니는 대단한 사람이지."

러스컴이 고개를 끄덕였다.

그는 잠시 말을 멈췄다.

"하지만 대단한 사람들은……."

러스컴은 다시 한번 말을 멈췄다 다시 이었다.

"대단한 사람을 어머니로 두는 게 항상 좋은 일만은 아니지. 사실이니까 내 말을 믿거라."

"아저씨는 사실대로 말하는 걸 별로 좋아하지 않으시죠, 그렇죠? 하지만 방금 하신 말씀은 사실이라고 생각해요."

러스컴과 엘비라는 바깥세상으로 이어지는 커다란 놋쇠 테두리의 흔들문 쪽을 바라보고 앉아 있었다.

흔들문이 갑자기 격하게 열리더니 한 젊은이가 성큼성큼 들어와 곧장 프런트로 다가갔다. 버트럼 호텔에서 과격한 행동은 아주 드문 일이었다. 그는 검은색 가죽 재킷을 입고 있었다. 그가 내뿜는 활기와 생명력이 너무나 강한 나머지 버트럼 호텔은 순식간에 케케묵은 박물관으로 전락해 버렸고, 안에 있던 사람들은 먼지를 뒤집어쓴 과거의 유물이 되었다. 그는 고린지 양을 향해 몸을 숙이며 물었다.

"레이디 세지윅이 이곳에 묵고 계십니까?"

고린지 양이 이번에는 환영의 미소를 짓지 않았다. 그녀의 눈빛은 냉정했다.

"네."

고린지 양은 드러내 놓고 못마땅한 몸짓으로 전화기에 손을 뻗었다.

"연결해 드릴까요?"

"아닙니다. 메모만 남길 생각입니다."

젊은이는 가죽 재킷 주머니에서 종이를 꺼내 마호가니 카운터에 밀어 놓았다.

"이 호텔이 맞는지 확인하고 싶었을 뿐입니다."

주변을 둘러보는 젊은이의 목소리에는 의구심이 조금 어려 있었다. 그러다 그가 갑자기 입구로 되돌아갔다. 그는 주위에 앉아 있는 사람들을 무심히 훑어보았다. 러스컴과 엘비라 또한 훑어보았다. 순간 러스컴은 예기치 못한 분노가 솟아났다.

'빌어먹을! 엘비라는 예쁜 아가씨야. 내가 젊었을 때도 이렇게 예쁜 아가씨에게는 저절로 눈길이 갔는데. 특히 이런 화석 같은 노인네들 사이에 앉아 있을 때는 더하겠지.'

하지만 젊은이는 예쁜 아가씨들에게 아무런 흥미가 없는 모양이었다. 그는 프런트로 다시 돌아가 고린지 양의 주의를 끌려는 듯 목소리를 조금 높여 물었다.

"여기 전화번호가 어떻게 되죠? 1129 아닙니까?"

"아닙니다. 3925예요."

고린지 양이 답했다.

"리전트인가요?"

"아닙니다. 메이페어예요."

젊은이는 고개를 끄덕이고는 획하니 흔들문을 지나 밖으로 나갔다. 뒤에 남은 흔들문은 그가 들어왔을 때와 마찬가지로 사납게 흔들거렸다.

모두 깊은 한숨을 내쉬는 것 같았다. 뚝 끊어져 버린 대화를 어떻게 다시 시작해야 할지 몰라 당황한 것이다.

"뭐."

러스컴 대령은 무슨 말을 해야 할지 모르겠다는 듯 우물쭈물했다.

"정말이지 요즘 젊은 것들은……."

엘비라는 미소를 짓고 있었다.

"저 남자 누군지 아시죠?"

엘비라가 약간 경외하는 듯한 목소리로 말했다. 그녀는 계속해서 설명해 주었다.

"라디슬라우스 말리노프스키예요."

"아, 그 친구. 자동차 경주 선수."

러스컴도 어디선가 들어 본 이름이었다.

"네. 2년 연속 세계 챔피언이었어요. 그런데 작년에 큰 사고로 심한 부상을 입었죠. 하지만 이제는 다시 운전할 수 있을 거예요."

엘비라는 바깥에 귀를 기울이느라 고개를 들었다.

"저게 바로 저 사람이 모는 경주용 자동차예요."

버트럼 호텔 밖에서 엔진이 으르렁대는 소리가 들려왔다. 러스컴은 라디슬라우스 말리노프스키가 엘비라의 영웅 중 한 명이라는 것을 알아차렸다. 그는 생각했다.

'뭐, 가수들이나 머리를 치렁치렁 늘어뜨린 비틀즈인지 뭔지 하는 것들보다는 낫지.'

러스컴은 젊은이들에 대해 구세대적인 생각을 가지고 있었다.

다시 흔들문이 열렸다. 엘비라와 러스컴 모두 기대에 찬 눈으로 흔들문을 바라보았지만, 버트럼 호텔은 평소 모습으로 돌아갔다. 안으로 들어선 것은 새하얀 머리칼의 나이 지긋한 성직자였다. 그는 잠시 멈춰 서서 여기가 어딘지, 어쩌다 이곳에 오게 되었는지 모르겠다는 듯 약간 당황한 듯한 태도로 주위를 둘러보았다. 그것은 성당 참사회원인 페니파더에게 있어 생소한 경험이 아니었다. 그는 기차를 타고 가는 동안 자기가 어디서 왔는지, 어디를 가고 있는지,

왜 가고 있는지조차 기억하지 못했다. 길거리를 걷다가도, 위원회에 참석하는 동안에도 마찬가지였다. 방금 전 성당 의자에 앉아 있을 때도 자신이 이미 설교를 끝냈는지 아니면 이제 해야 하는지 기억하지 못했다.

"저 노인네가 누군지 알 것 같은데."

러스컴이 그를 유심히 바라보며 중얼거렸다.

"누구더라? 여기 꽤 자주 묵은 것 같은데. 애버크롬비? 애버크롬비 부주교……. 아니야, 애버크롬비와 좀 비슷하기는 하지만 애버크롬비는 아니야."

엘비라는 무심히 페니파더 참사회원을 훑어보았다. 자동차 경주 선수에 비하면 아무런 매력이 없었다. 그녀는 이탈리아에 머무는 동안 적어도 적절한 복장을 갖춘 추기경들에 대해서는 약간의 존경심을 가지고 있었지만, 어떤 성직자에게도 관심은 없었다.

페니파더 참사회원의 얼굴이 환해지더니 흡족한 듯 고개를 끄덕였다. 이곳이 어디인지 깨달은 것이다. 물론 버트럼 호텔이었다. 가는 길에 하룻밤 묵으려 했던 것이다. 그런데 어디로 가는 길이었더라? 채드민스터? 아니, 아니다. 그는 채드민스터에서 런던에 온 것이다. 그는 루체른에서 열리는 학술 대회에 참석할 예정이었다. 그는 미소를 지으며 프런트로 걸음을 옮겼고 고린지 양이 그를 따뜻하게 맞이했다.

"너무 반가워요, 페니파더 참사회원님. 정말 좋아 보이시네요."

"고맙습니다……. 고맙습니다……. 제가 지난주에 지독한 감기에 걸렸었는데 지금은 다 나았습니다. 제가 머물 방이 있겠죠? 제가 편지를 보냈던가요?"

고린지 양이 그를 안심시켰다.

"오, 그럼요. 참사회원님께서 보낸 편지는 잘 받았어요. 지난번에 묵으셨던 19호실로 예약해 뒀습니다."

"고맙습니다······. 고맙습니다. 그러니까······ 어디 보자······. 사흘 동안 묵을 겁니다. 루체른에 갈 예정이라 하룻밤은 비우겠지만 방은 그대로 두세요. 소지품은 이곳에 두고 스위스에는 작은 가방 하나만 가져갈 거니까. 그건 문제없겠죠?"

고린지 양이 다시 한번 그를 안심시켰다.

"아무 문제 없어요. 편지에 아주 분명하게 쓰셨던데요."

다른 사람이라면 '분명하게'라는 표현을 쓰지 않을지도 모른다. 워낙 길고 장황한 편지였던지라 '자세하게'라는 표현이 더 적절할 것이다.

불안한 마음이 완전히 가라앉은 듯 페니파더 참사회원은 안도의 한숨을 쉬었으며, 그는 그의 짐과 함께 19호실로 운반되었다.

28호실에서는 카펜터 부인이 보라색 왕관을 벗고 침대 베개 위에 조심스럽게 잠옷을 올려 두다가 마침 방으로 들어오는 엘비라를 올려다보았다.

"아, 왔구나. 짐 푸는 거 도와줄까?"

"고맙지만 괜찮아요. 짐도 많지 않아요."

엘비라가 공손하게 대답했다.

"넌 어느 쪽 방을 쓸래? 가운데 욕실이 있고. 직원들에게 네 짐은 저쪽 방에 갖다 놓으라고 했다. 아무래도 이 방은 좀 시끄러울 것 같아서 말이야."

"정말 친절하시네요."

엘비라는 무미건조한 목소리로 말했다.

"정말 내가 안 도와줘도 되겠니?"

"네, 정말 괜찮아요. 저는 목욕을 좀 해야겠어요."

"그래, 그거 좋겠구나. 먼저 목욕할래? 난 마저 정리해야겠다."

엘비라는 고개를 끄덕였다. 그녀는 방과 붙어 있는 욕실로 들어가 문을 닫고 빗장을 쳤다. 그리고 자기 방으로 들어가 짐 가방을 열고 침대 위에 몇 가지 물건들을 꺼내 놓았다. 옷을 벗고 가운을 걸친 다음 욕실로 가 수도꼭지를 틀었다. 그리고 다시 방으로 돌아와 전화기 옆의 침대에 앉았다. 그녀는 방해하는 사람이 없는지 잠시 귀를 기울이다 수화기를 들었다.

"29호실이에요. 리전트가(街) 1129번 좀 연결해 주시겠어요?"

4장

런던 경시청 내에서는 회의가 한창이었다. 비공식 회의였다. 남자 예닐곱 명이 둥근 탁자에 둘러앉아 있었다. 이 여섯 남자는 자신의 분야에서 중요한 지위에 있는 사람들이었다. 이러한 법의 수호자들이 한자리에 모이게 된 것은 지난 2년에서 3년 사이에 굉장히 중요하게 떠오른 사안, 즉 높은 성공률로 많은 사람들을 우려에 빠트린 범죄 때문이었다. 은행 강도, 현금 날치기, 우편으로 보내는 보석 택배 가로채기, 열차 강도까지 몇 년 사이에 대규모 강도가 늘고 있었다. 한 달이 멀다 하고 대담한 대규모 강도 사건이 발생했고 또 성공했다.

런던 경시청 국장인 로널드 그레이브스 경이 이번 회의의 의장을 맡고 있었다. 평소와 마찬가지로 그는 말하기보다는 듣는 편이었다. 이 회의의 경우 공식적인 보고서가 전혀 없었는데, 그것은 수사부

관행이었다. 고위급 회의인 만큼 이 문제를 바라보는 시각이 조금씩 다른 남자들이 서로 의견을 조율하는 자리였다. 로널드 그레이브스 경은 눈을 들어 작은 무리를 천천히 둘러보다 탁자 끝에 앉아 있는 남자를 보며 고개를 끄덕였다.

"자, 노인장, 노인장부터 시작하지."

'노인장'이라 불린 남자는 프레드 데이비 경감이었다. 그는 퇴직을 얼마 남겨 두지 않은 데다 제 나이보다 더 늙어 보여 '노인장'이라는 별명이 붙었다. 그가 있다는 것만으로도 분위기가 편안했으며 너무나도 다정하고 상냥한 얼굴이라 수많은 범죄자들은 그가 겉보기만큼 유순하거나 멍청하지 않다는 사실을 깨닫고는 깜짝 놀라곤 했다.

"그래요, 노인장, 노인장 의견을 들어 봅시다."

다른 경감이 말했다.

"규모가 큽니다. 네, 규모가 커요. 어쩌면 더 커질지도 모르죠."

데이비 경감이 깊은 한숨을 내쉬며 말했다.

"규모가 크다는 건 인원수가 많다는 말씀이십니까?"

"네, 그렇습니다."

또 다른 남자, 날카롭고 여우 같은 얼굴에 예리한 눈을 가진 콤스톡이 끼어들었다.

"그게 그들에게 이득이 될까요?"

"그렇기도 하고 아니기도 합니다."

노인장이 말했다.

"재앙이 될 수도 있겠죠. 하지만 지금까지는, 빌어먹을, 일원들을 잘 통제하고 있습니다."

금발에 약간 꿈꾸는 듯한 표정을 짓고 있는 앤드루스 총경이 곰곰이 생각하며 말을 꺼냈다.

"사람들이 생각하는 것보다 규모가 훨씬 클 거라는 생각은 나도 하고 있었습니다. 1인 사업을 예로 들어 보죠. 1인 사업이 잘되고 규모가 적당하면 자연히 성장하게 마련입니다. 하지만 따로 지점을 내서 규모와 직원을 늘리다 보면 어느 순간 균형이 흐트러지면서 하락세를 걷게 되지요. 대규모 체인점들도 마찬가지입니다. 산업계의 제국 같은 것들 말입니다. 규모가 적당하다면 성공할 겁니다. 하지만 지나치게 커지면 쇠락하게 되죠. 모든 것에는 적당한 규모라는 게 있는 법이니까요. 규모가 적당하다면 잘 굴러가 최고의 자리까지 오르겠지요."

"이번 조직의 규모가 얼마나 크다고 생각하나?"

로널드 경이 큰 소리로 물었다.

"우리가 처음 생각했던 것보다는 클 겁니다."

콤스톡이 말했다.

강인하게 생긴 맥닐 경위가 입을 열었다.

"성장하고 있는 게 분명합니다. 노인장 말씀이 옳습니다. 계속 성장하고 있습니다."

"그건 희소식일지도 모르겠습니다. 지나치게 빨리 성장한다면 통제할 수 없는 수준이 될 수도 있겠죠."

데이비 경감이 말했다.

"로널드 경, 문제는 우리가 누구를, 언제 체포하느냐 하는 겁니다."

맥닐이 말했다.

"우리가 체포할 수 있는 인원은 족히 10여 명은 됩니다."

콤스톡이 말했다.

"해리스 일당도 그 일에 연루되었다는 건 모두 잘 알고 있을 겁니다. 루턴 쪽으로 내려가다 보면 그럴싸한 소굴이 하나 있습니다. 엡섬에 정비소도 있고 메이든헤드 근처에는 술집, 그리고 그레이트 노스로에 농장도 있습니다."

"그중에 체포할 만한 가치가 있는 놈이 있습니까?"

"그렇지는 않을 겁니다. 전부 피라미들이에요. 연락책이죠. 그저 여기저기에 만들어 놓은 연락망일 뿐입니다. 돈을 건넬 수 있는 정비소에, 전할 말을 건넬 수 있는 근사한 술집, 변장할 수 있는 중고 옷가게에, 이스트 엔드에 있는 연극용 의상업자까지 아주 유용하겠죠. 이런 연락책들은 돈을 받습니다. 꽤 많이 받겠지만 아는 건 아무것도 없어요."

꿈꾸는 듯한 표정의 앤드루스 총경이 다시 입을 열었다.

"우리는 지금 뛰어난 두뇌를 가진 사람들을 상대로 싸워야 합니다. 우리는 아직 그들 근처에도 가지 못했어요. 우리가 아는 거라고는 대략적인 관계도뿐입니다. 조금 전에도 말했듯이 해리스 일당이 그들과 연합했고 막스는 재정을 담당하고 있습니다. 외국인 연락책들은 웨버가 담당하고 있지만 그 또한 대리인일 뿐입니다. 우리는 이들 중 그 어떤 사람에 대해서도 정보도 가지고 있지 않아요. 이들이 서로 연락을 취하는 연락망이 있다는 것과 서로 다른 일을 담당하는 지부가 있다는 것은 알고 있지만, 정확히 어떤 방법으로 그렇게 하는지는 모릅니다. 우리는 그들 뒤를 밟으며 감시했고 그들은 우리가 감시하고 있다는 걸 알고 있습니다. 어딘가에 본부가 있을 겁니다. 우리가 찾아내야 하는 건 바로 본부의 두뇌들입니다."

콤스톡이 입을 열었다.

"마치 거대한 네트워크 같습니다. 어딘가에 본부가 있다는 것에는 저도 동의합니다. 작전을 계획하고 구체화하고 유기적으로 연결하는 장소 말입니다. 어딘가에서 누군가가 이러한 계획을 세우고 우편 가방 강탈 작전이니 급료 강탈 작전 등 청사진을 내놓겠죠. 우리가 잡아야 하는 건 바로 이런 인물들입니다."

"어쩌면 이 나라에 없는지도 모릅니다."

노인장이 조용히 말했다.

"네, 저도 그렇게 생각합니다. 어쩌면 어딘가의 이글루나 모로코의 천막, 아니면 스위스의 농가에 있을지도 모릅니다."

"저는 대단한 지능을 가진 자가 있다고는 생각지 않습니다."

맥닐이 고개를 저으며 말했다.

"이야기상으로는 모두 그럴싸하게 들립니다. 물론 우두머리가 있는 건 분명하지만 저는 천재적인 범죄자가 있다고는 믿지 않아요. 그 뒤에는 우두머리의 지휘에 따라 일사분란하게 계획을 세우는 아주 영리한 작은 집단이 있을 겁니다. 그럴싸한 계획들을 세우고 기술을 높여 나가는 거죠. 하지만 그래도 역시…….”

"뭔가?"

로널드 경이 독려하듯 물었다.

"아무리 작고 빈틈없는 집단이라도 소모품은 있게 마련입니다. 제가 러시아 썰매 이론이라고 부르는 것 말입니다. 우리가 뒤를 바싹 따라잡았다고 생각한다면 그들은 그중 하나를, 가장 쓸모없는 하나를 버릴 수도 있습니다."

"과연 그럴까요? 그건 좀 위험하지 않을까요?"

"썰매에서 밀려 떨어졌다는 걸 모르게 할 수 있다는 말입니다. 그러니까 본인은 자신이 썰매에서 그냥 떨어졌다고 생각할 겁니다. 그 사람은 입을 다물고 있을 만한 가치가 있다고 생각하기 때문에 입을 다물고 있을 겁니다. 물론 그럴 겁니다. 이 조직은 어마어마하게 많은 돈을 가지고 있으니 그 돈을 풀겠죠. 혹시 그 사람에게 가족이 있다면 감옥에 들어가 있는 동안 가족을 돌봐 준다거나 아니면 탈출할 수 있도록 도와주는 식으로."

"그런 일은 수도 없이 많았죠."

콤스톡이 말했다.

"이런 식으로 계속 추론해 봐야 소용없다는 걸 잘 알고 있으면서도 우리는 계속 같은 말만 반복하고 있는 것 같네."

로널드 경이 말했다.

맥닐이 웃음을 터트렸다.

"그렇다면 우리가 어떻게 하기를 바라십니까?"

"글쎄……."

로널드 경은 잠시 생각하더니 천천히 말을 꺼냈다.

"우리 모두 중요한 사항에는 동의했네. 우리 모두 우리의 주요 정책, 즉 우리가 무얼 해야 하는지에 대해서는 동의했지. 내 생각에는 사소한 부분들, 그러니까 별로 중요하지 않은 부분들, 일상적인 흐름에서 약간 벗어난 것들을 살펴봐야 할 것 같네. 정확하게 설명하기는 힘들지만 몇 년 전 컬버 사건에서처럼 말이야. 잉크 자국. 모두 기억하나? 쥐구멍 주변에 있던 잉크 자국. 도대체 왜 쥐구멍에 잉크를 쏟아부었을까? 전혀 중요하지 않은 것 같았지. 도무지 알아내기 힘든 일이었어. 하지만 그 해답을 알아내자 사건의 실마리가 잡혔잖나. 그게 바로 내가 생각하고 있는 거라네. 이상한 것들. 일상적인 흐름에서 벗어난 무언가가 생각난다면 주저하지 말고 말해 보게. 아무리 사소한 것이라도 마음에 걸리는 것, 뭔가 딱 맞아떨어지지 않는 것 말일세. 노인장이 고개를 끄덕이고 있군."

"저도 그 말에 동의합니다. 자자, 생각해 봅시다. 이상한 모자를 쓴 남자라도 말입니다."

데이비 경감이 말했다.

곧바로 대답하는 사람은 없었다. 모두 약간 미심쩍고 당황한 표정이었다.

노인장이 말했다.

"자자, 제가 먼저 총대를 메야겠군요. 좀 실없는 이야기이기는 하지만, 여러분 또한 그만한 거리 하나 정도는 있을지 모릅니다. 런던과 메트로폴리탄 은행 강도. 카몰리가(街) 지점에서 일어난 강도 사건 기억하십니까? 자동차 번호와 색깔, 차 제조업체까지 모든 목록을 뽑았죠. 전단지를 돌려 주목을 끌었고 사람들은 반응을 보였습니다……. 어마어마한 반응이었죠. 엉뚱한 정보가 대략 150여 개 정도 나왔으니까요. 결국 이웃에서 목격된 대략 7대의 차로 좁혀졌고, 그 중 하나가 강도와 연관되었을지도 모르는 차였습니다."

"그랬지. 계속하게."

로널드 경이 말했다.

"우리가 추적할 수 없는 차가 한두 대 있었습니다. 마치 차 번호가 바뀐 것 같았죠. 사실 신기할 것도 없었습니다. 흔한 일이니까요. 하지만 결국 찾아내게 마련이었죠. 한 가지만 예를 들어 보겠습니다. 차종은 모리스 옥스퍼드, 검은색 살롱입니다. 자동차 번호는 CMG 256, 보호 관찰관이 보고한 겁니다. 그의 말에 따르면 그 차를 운전한 것은 러드그로브 판사였습니다."

노인장은 주위를 둘러보았다. 모두 그의 말에 귀를 기울이고 있었지만 별다른 관심은 없는 눈치였다.

"나는 언제나처럼 뭔가 이상하다는 걸 알아차렸습니다. 러드그로브 판사는 조금 눈에 띄는 노인이었죠. 우선 그는 추하게 생겼습니다. 뭐, 하지만 바로 그 시각에 그는 법정에 있었으므로 그 차를 운전한 것은 러드그로브 판사가 아니었습니다. 그 사람도 모리스 옥스퍼드를 몰기는 했지만 자동차 번호가 CMG 256이 아니었죠."

노인장은 주위를 둘러보았다.

"좋습니다, 좋습니다. 그래서 그게 뭐 어떻냐고 이야기하고 싶으시겠죠? 하지만 그 자동차 번호가 뭐였는지 아십니까? CMG 265였습니다. 아주 비슷하죠? 자동차 번호를 외울 때 누구나 쉽게 저지르는 실수죠."

"미안하네만 무슨 말인지 도통……."

로널드 경이 말했다.

데이비 경감이 말했다.

"그렇지 않습니다. 별거 없는 것 같죠? 그저 자동차 번호가 너무 비슷하다는 것밖에는요. 그렇지 않습니까? CMG 265와 256. 똑같은 색 모리스 옥스퍼드에 숫자 2개의 위치만 다른 자동차 번호, 차 소유주와 아주 흡사한 외모를 가진 남자라니 좀 지나친 우연 아닙니까."

"그렇다면……?"

"단 하나의 차이, 요즘 말로는 '고의적인 실수'라고 할 수 있죠. 그런 것 같습니다."

"미안하네, 데이비. 난 아직도 이해가 되지 않아."

"아, 별거 아닙니다. 은행 강도 사건이 일어난 직후에 거리를 달리는 CMG 256의 모리스 옥스퍼드가 목격됐습니다. 보호 관찰관의 말에 따르면 그 차 운전자는 러드그로브 판사를 닮은 사람이었다는 겁니다."

"그 운전자가 실제 러드그로브 판사였다는 건가? 이보게, 데이비."

"아닙니다. 그 차 운전자가 러드그로브 판사였고 그가 은행 강도 단과 연루되어 있었다는 말이 아닙니다. 그는 당시에 폰드가(街)의 버트럼 호텔에 묵고 있었고, 범행이 일어난 그 시각 법정에 있었습니다. 알리바이는 완벽하게 입증되었죠. 제 말은 자동차 번호와 차종, 그리고 러드그로브의 얼굴을 잘 아는 보호 관찰관이 목격했다는 사실이 단순히 우연이라고 보기에는 좀 이상하다는 겁니다. 물론 별다른 건 나오지 않았지만 말입니다. 안타까운 일이었죠."

콤스톡이 불편한 듯 몸을 뒤척였다.

"브라이턴에서 발생한 보석 강도 사건도 그와 비슷했습니다. 늙은 퇴역 군인인가 하는 사람이었는데 지금은 이름이 기억나지 않는군요. 한 여자가 강도 현장에서 그를 확실하게 봤다고 증언했습니다."

"그런데 사실이 아니었군요?"

"네, 남자는 그날 밤 런던에 있었습니다. 해군 모임인지 뭔지에 참석하러요."

"클럽에서 머물렀습니까?"

"아니요, 호텔에 묵고 있었습니다……. 바로 노인장께서 말씀하신 버트럼이던가요? 그 호텔이었던 것 같습니다. 조용한 곳이죠. 늙은 퇴역 군인들이 많이 간다죠."

"버트럼 호텔이라……."

데이비 경감은 곰곰이 생각에 잠겨 중얼거렸다.

5장

 언제나 그렇듯 마플 양은 이날도 일찍 일어났다. 침대가 기특했다. 세상에서 가장 편한 침대였다.
 마플 양은 창가로 걸어가 커튼을 걷고 창백한 런던의 아침 햇살을 맞았다. 하지만 아직은 전깃불을 켜지 않을 생각이었다. 아주 근사한 침실, 이것은 버트럼 호텔만의 전통이었다. 장미꽃 무늬가 그려진 벽지, 커다랗고 반들반들 윤이 나는 마호가니 서랍장. 그와 조화를 이루는 화장대. 직립형 의자 2개와 바닥으로부터 적당히 높은 안락의자 하나. 현대적이지만 장미꽃 무늬의 타일이 붙어 있고 물기 하나 없이 깔끔한 욕실이 바로 옆에 딸려 있었다.
 마플 양은 침대로 돌아와 베개를 정돈하고 시계를 흘끗 쳐다보았다. 7시 30분이었다. 그러고는 항상 가지고 다니는 작은 성경을 집어 들어 언제나 그렇듯 하루 할당량인 한 쪽하고 반을 읽었다. 그런

후 뜨개질거리를 집어 들어 뜨개질을 시작했다. 잠자리에서 일어난 지 얼마 안 돼 손가락이 뻣뻣하고 쑤셔 처음에는 속도가 느렸지만 금세 손가락이 풀리면서 속도가 빨라졌다.

"또 하루가 왔구나."

마플 양은 언제나 그렇듯 뿌듯한 마음으로 또 다른 하루를 반기며 중얼거렸다. 또 다른 하루……. 그리고 어떤 일이 일어날지 누가 알겠는가?

그녀는 뜨개질을 접고 편안하게 누워 멍하니 생각에 잠겼다. 셀리나 헤이지……. 세인트 메리 미드에 있던 그녀의 집은 참 예뻤다. 하지만 지금은 누군가가 꼴사나운 초록색 지붕을 얹어 놨다. 머핀……. 버터를 너무 많이 바르기는 했지만 아주 훌륭했다. 게다가 옛날 방식 그대로 만든 시드 케이크까지! 정말이지 단 한순간도 버트럼 호텔이 예전 그대로일 거라고는 기대하지 않았다. 시간은 멈춰 있는 게 아니니까. 그 시간을 멈추기 위해 정말 어마어마하게 많은 돈이 들었을 것이다. 플라스틱 제품이라고는 찾아볼 수가 없으니! 투자한 만큼 얻는 게 분명하다고 그녀는 생각했다. 이런 고전적인 장소는 머지않아 소문난 명소로 각광받게 될 것이다. 지금도 사람들은 고풍스러운 장미를 원하고 하이브리드 티(교배 장미의 한 품종 — 옮긴이)를 경멸하지 않는가. 이곳은 어느 하나 실제로 존재하는 것 같지 않았다. 뭐, 그것도 당연했다. 그녀가 이곳에 머물렀던 때가 50년 아니, 거의 60년 전이었다. 그리고 이제 지금 시대에 익숙해진 그녀에게 현실적으로 느껴지지 않은 게 당연했다. 분위기와 사람들······. 정말이지 모든 게 흥미로웠다. 마플 양은 뜨개질거리를 더 멀리 밀어 버렸다.

"주머니가, 주머니가······ 이게 어디로 간 거지······."

마플 양은 소리 내어 말했다.

이것 때문에 지난밤 그녀의 마음 한구석이 불편했던 걸까? 무언가 잘못되었다는 느낌이 들었던 걸까······.

이곳 손님들은 모두 나이가 지긋했다. 그녀가 50년 전 이곳에 묵었을 때와 거의 흡사할 정도였다. 그때는 자연스러웠지만 지금은 그다지 자연스럽지 않았다. 요즘 노인들은 예전의 노인들과 달랐다. 요즘 노인들은 집안일에 지친 듯한 표정을 짓고 있거나, 여기저기 모임에 달려 나가고 부산스럽고 바쁘게 보이려고 애쓰거나, 머리카락을 용담처럼 파란색으로 염색하거나 가발을 썼으며, 손 또한 그녀가 기억하는 그 옛날의 가늘고 섬세한 손이 아니었다. 설거지와 세제로 거칠어진 손이었다.

그래서 이 사람들은 진짜 같지 않았다. 하지만 중요한 점은 결국 이들이 진짜라는 것이다. 셀리나 헤이지는 진짜였다. 그리고 구석에 앉아 있던 나이 지긋하고 잘생긴 군인도 진짜였다. 이름은 기억나지 않지만 한 번 만난 적이 있다. 그리고 주교(친애하는 로비)는 죽었다.

마플 양은 그녀의 작은 시계를 흘끗 바라보았다. 8시 30분이었다. 아침 식사를 할 시간이었다.

그녀는 호텔에서 준 안내서를 자세히 살펴보았다. 크고 근사한 글씨로 인쇄되어 있어 굳이 안경을 쓸 필요가 없었다.

식사는 전화로 룸서비스를 부탁하거나 객실 담당 직원이라고 붙어 있는 벨을 눌러 주문하면 되었다.

마플 양은 후자를 택했다. 전화로 룸서비스를 요청할 때면 번번이 당황하고 허둥댔기 때문이다.

결과는 훌륭했다. 벨을 누르자마자 문 두드리는 소리가 나더니 아주 만족스러운 모습의 객실 담당 직원이 나타났다. 라벤더 잎 문양의 세로 줄무늬가 들어간 원피스에 갓 세탁한 모자를 쓴, 상상 속에서나 있을 법한 모습의 진짜 객실 담당 직원이었다. 미소를 짓고 있는 그녀는 장밋빛 뺨에 확실히 시골티가 나는 얼굴이었다. 어디서 이런 사람을 찾아냈을까.

마플 양은 아침 식사를 주문했다. 차와 수란, 갓 구운 롤빵. 객실 담당 직원은 숙달이 된 듯 시리얼이나 오렌지주스같은 건 아예 입 밖에 꺼내지도 않았다.

5분 후 아침 식사가 도착했다. 넉넉한 쟁반에 올챙이배 모양의 커다란 찻주전자와 크림처럼 부드러워 보이는 우유, 뜨거운 물이 담긴 은제 물병이 놓여 있었다. 토스트 위에 얹힌 근사한 수란, 양철컵으로 모양을 낸 단단한 수란이 아니라 적절하게 모양을 낸 부드러운 수란이었다. 엉겅퀴 문양이 찍힌 큼직한 버터 덩어리. 마멀레이드, 꿀과 딸기 잼. 먹음직스러워 보이는 롤빵 또한 속이 뻣뻣하거나 딱딱하지 않았다. 갓 구운 빵 냄새가 났다.(세상에서 가장 맛있는 냄새였다.) 사과와 배, 바나나도 곁들여 나왔다.

마플 양은 조심스러우면서도 자신 있게 수란에 칼을 넣었다. 그녀는 실망하지 않았다. 짙은 색 노른자가 배어 나왔는데 진하고 부드러웠다. 제대로 된 수란이었다.
　모든 음식이 따끈했다. 정말 훌륭한 아침 식사였다. 마플 양도 그런 아침 식사를 직접 만들 수 있지만 굳이 그럴 필요는 없었다. 마치 그녀가 여왕이라도 된 듯, 아니 그보다는 근사하지만 터무니없이 비싸지는 않은 호텔에 머물고 있는 중년의 숙녀라도 된 듯한 기분이 들었다. 1909년으로 되돌아간 것 같았다. 마플 양이 객실 담당 직원에게 고마운 마음을 전하자 그녀는 미소 지으며 대답했다.
　"오, 그럼요, 마담. 저희 주방장이 아침 식사에 특히 신경을 많이 쓴답니다."
　마플 양은 그녀를 세세히 살펴보았다. 버트럼 호텔이라면 이러한 기적을 일으킬 수도 있었다. 진짜 그 옛날 하녀의 모습이었다. 마플 양은 몰래 왼팔을 꼬집어 보았다.
　"이곳에 오래 있었나요?"
　"이제 막 3년 됐습니다, 마담."
　"그 전에는요?"
　"이스트본의 호텔에 있었어요. 현대적인 최신식 호텔이었죠. 하지만 저는 이곳처럼 전통적인 호텔이 더 좋습니다."
　마플 양은 차를 한 모금 마시고 자기도 모르게 노래를 흥얼거렸다. 까맣게 잊고 있던 노랫말이 떠올랐다.
　"오, 왜 이제야 내 앞에 나타나셨나요……."
　객실 담당 직원은 약간 놀란 표정을 지었다.

"옛날 노랫가락이 생각나서요. 한때는 아주 유명한 노래였죠."

마플 양은 미안한 듯 수선을 떨었다.

그녀는 다시 한번 조용히 노래를 불렀다.

"오, 왜 이제야 내 앞에 나타나셨나요……. 오, 왜 이제야 내 앞에 나타나셨나요……. 혹시 이 노래 알아요?"

"글쎄요……."

객실 담당 직원은 조금 미안한 듯한 표정을 지었다.

"너무 오래된 노래라 모르는 게 당연해요. 아, 이런. 이런 곳에서는 이런 것들이 떠오른다니까요."

"네, 마담. 이곳에 묵으시는 다른 많은 숙녀분들도 그런 기분을 느끼실 거예요."

"아마도 그 때문에 이곳에 오는 거겠죠."

객실 담당 직원이 방을 나갔다. 그녀는 수선을 떨며 추억에 잠기는 나이 든 숙녀들을 많이 봐 온 게 분명했다.

마플 양은 아침 식사를 마치고 유쾌한 기분으로 자리에서 일어섰다. 오전에는 쇼핑을 하며 유쾌한 시간을 가질 계획이었다. 지나치거나 너무 피곤하지 않을 만큼 말이다. 오늘은 옥스퍼드가(街)를 가 보고, 내일은 나이츠브리지에 가 볼 생각이었다. 그녀는 이것저것 계획을 세우며 행복해했다.

마플 양은 모든 준비를 갖췄다. 모자와 장갑, 날씨가 맑기는 했지만 만약의 경우를 대비해 우산과 그녀의 가장 근사한 장바구니인 핸드백 등을 갖추고 방에서 나선 것은 10시쯤이었다.

하나 건넛방 문이 벌컥 열리더니 누군가 밖을 내다보았다. 베스 세지윅이었다. 그녀는 방 안으로 다시 들어가더니 문을 쾅 닫았다.

마플 양은 계단을 내려가며 의아하게 생각했다. 아침에는 엘리베이터보다 계단을 이용하는 것이 좋았다. 준비 운동이 되기 때문이다. 그녀는 점점 천천히 걷더니 마침내 멈춰 섰다.

러스컴 대령이 방에서 나와 복도를 따라 걷고 있었다. 그때 계단 맨 위에 있는 문이 벌컥 열리더니 레이디 세지윅이 그에게 말을 걸었다.

"드디어 찾았네! 계속 당신을 찾고 있었어요. 잽싸게 잡아채려고 기다렸죠. 어디 가서 얘기 좀 할까요? 그러니까 사방에서 노인네들이 나타나지 않는 곳에서요."

"이런 세상에, 베스, 깜짝 놀랐습니다……. 2층에 서재 비슷한 게 있는 것 같습니다."

"당신이 이리로 들어오는 게 낫겠어요. 지금 당장이요. 객실 담당 직원들이 우리를 이상한 눈으로 보기 전에요."

러스컴 대령은 머뭇거리며 문지방을 넘어서 문을 꼭 닫았다.

"베스, 당신이 이곳에 묵고 있을 줄은 상상도 못 했습니다. 꿈에도 몰랐어요."

"그러셨겠죠."

"그러니까 내 말은……. 알았더라면 절대 엘비라를 이곳에 데려오지 않았을 겁니다. 엘비라를 이곳에 데려왔는데, 알고 계십니까?"

"네, 어젯밤에 그 애가 당신과 함께 있는 걸 봤어요."

"하지만 정말 당신이 이곳에 있는 줄은 몰랐습니다. 당신과는 전혀 어울리지 않는 곳이지 않습니까."

"왜 그렇게 생각하시는지 이유를 모르겠네요. 런던에서 가장 아늑한 호텔이잖아요. 왜 내가 여기에 머물면 안 된다는 거죠?"

베스 세지윅이 차갑게 대꾸했다.

"이해해 주세요. 난 절대……. 그러니까……."

베스는 그를 바라보며 웃음을 터트렸다. 그녀는 선이 깔끔한 검은색 정장에 밝은 에메랄드색 셔츠를 받쳐 입은 외출복 차림이었다. 쾌활하고 생기가 넘쳐 보였다. 그녀 옆에 서 있는 러스컴 대령은 조금 늙고 지쳐 보였다.

"데릭, 그렇게 걱정스러운 표정 짓지 말아요. 당신이 극적인 모녀 상봉 작전을 꾸몄다고는 생각하지 않아요. 그저 흔히 있는 일이죠. 예기치 못한 곳에서 만나는 것 말이에요. 하지만 엘비라를 당장 이곳에서 데리고 나가야 해요, 데릭. 그 애를 데리고 나가야 한다고요, 오늘 당장 말이에요."

"아, 물론입니다. 여기서는 이틀 밤만 묵을 예정이에요. 연극도 좀 보고 그러려고요. 내일은 멜퍼드가로 갈 겁니다."

"불쌍한 것, 그 애에게는 지루할 거예요."

러스컴은 걱정스러운 표정으로 그녀를 바라보았다.

"그 애가 많이 지루해할까요?"

베스는 그가 측은하게 느껴졌다.

"이탈리아의 감금 생활에서 막 풀려났으니 그렇지 않을지도 모르죠. 어쩌면 가슴이 벅찰 정도로 좋아할지도 몰라요."

러스컴의 두 손에는 용기가 불끈 솟아났다.

"이봐요 베스, 나도 당신을 이곳에서 만나 바람에 놀라기는 했지만 그게……. 그러니까 그게 다 이유가 있을 거라고 생각하지 않습니까? 그러니까 기회일지도 모른다는 말입니다. 당신은……. 그러니까 그 아이의 기분이 어떤지 모를 겁니다."

"무슨 말을 하려는 거예요, 데릭?"

"당신은 엘비라의 엄마이지 않습니까."

"물론 난 그 애 엄마예요. 그 애는 내 딸이고요. 그 사실이 그 애나 나에게 좋을 것 하나 없었잖아요. 앞으로도 마찬가지일 테고."

"그건 모르는 일입니다. 내 생각에는……. 내 생각에는 그 애가 느끼고 있는 것 같아요."

"어쩌다 그런 생각을 하게 된 거예요?"

베스 세지윅이 날카롭게 물었다.

"어제 그 애가 한 말 때문입니다. 당신이 어디에 있는지, 당신이 어떻게 지내고 있는지 묻더군요."

베스 세지윅은 방을 가로질러 창가로 갔다. 그녀는 창유리를 톡톡 두드리며 잠시 그곳에 서 있었다.

"당신은 정말 좋은 사람이에요, 데릭. 정말 착한 생각만 하죠. 하지만 그래 봐야 소용없어요, 불쌍한 데릭. 명심해요. 소용없을 뿐 아니라 위험할지도 몰라요."

"오, 이봐요, 베스, 위험하다니요?"

"네, 네, 위험해요. 난 위험한 여자예요. 난 언제나 위험 속에서 살아왔어요."

"당신이 그동안 해 온 일을 생각하면······."

"그건 내 일이에요. 위험 속으로 뛰어드는 것이 이제 습관이 되어 버렸죠. 아니, 습관이라고 하지 않겠어요. 중독이죠. 마약처럼 말이에요. 인생을 밝고 아름답게, 살 가치를 느끼기 위해 수시로 먹어야 하는 그 작은 알약처럼요. 뭐, 그건 괜찮아요. 어차피 내 문제이니까. 상황에 따라 아니기도 하지만요. 난 약을 한 적은 한 번도 없어요. 약이 필요한 적은 한 번도 없었어요. 위험이 내 약이었으니까. 하지만 나처럼 사는 사람들은 다른 사람들에게 해가 될 수 있어요. 그러니 고집 센 노인네처럼 굴지 말아요, 데릭. 당신은 지금껏 그래 왔듯 그 애를 내게서 멀리 떨어뜨려 놔야 해요. 난 그 애에게 득 될 게 하나도 없어요. 그저 해만 될 뿐이죠. 가능하다면 그 애에게는 내가 같은 호텔에 묵고 있다는 것도 알리고 싶지 않아요. 멜퍼드가에 연락해서 오늘 당장 그 애를 그리로 데려가요. 갑자기 일이 생겼다고 대충 둘러대고······."

러스컴은 머뭇거리며 콧수염을 잡아당기더니 한숨을 쉬었다.

"아무래도 당신이 실수하고 있는 것 같습니다, 베스. 그 애는 당신이 어디에 있느냐고 물었습니다. 난 외국에 나가 있다고 말했죠."

"뭐, 12시간 후면 그렇게 될 테니 맞는 말이네요."

베스는 러스컴에게 다가가 뺨에 키스를 하고는, 숨바꼭질이라도 하려는 것처럼 재빨리 뒤를 돌아 방문을 열고 그를 밖으로 살짝 밀었다. 방문이 닫히는 순간 러스컴은 계단 모퉁이를 돌던 노부인을 발견했다. 그녀는 핸드백 속을 들여다보며 중얼거리고 있었다.

"이런 이런, 아무래도 방에 두고 온 모양이네. 오, 이런."

그녀는 무심히 러스컴 대령 곁을 지나쳤다. 그러나 그가 계단을 내려가자 그녀는 방문 앞에 멈춰 서서 그 뒷모습을 뚫어지게 바라보았다. 그런 뒤 베스 세지윅의 방문을 바라보았다.

"기다리던 사람이 저 사람이었군. 무슨 일일까?"

마플 양이 중얼거렸다.

아침 식사로 든든하게 뱃속을 채운 페니파더는 라운지를 어슬렁거리다 프런트에 방 열쇠 맡기는 걸 잊어버린 채 흔들문을 밀고 나와 아일랜드인 수위의 안내로 택시에 올라탔다.

"어디로 모실까요?"

갑자기 당황한 페니파더 참사회원이 말했다.

"오, 이런. 어디 보자……. 내가 어디를 가려고 했더라?"

페니파더 참사회원과 수위가 이 난감한 문제를 가지고 토론을 벌이는 동안 폰드가(街)의 교통이 막히기 시작했다.

마침내 페니파더 참사회원은 목적지를 생각해 냈고, 택시는 대영박물관으로 향했다.

수위는 얼굴 가득 미소를 지으며 인도에 서 있다가, 달리 호텔을 나서는 사람들이 없자 호텔 벽을 따라 걸으며 조용히 오래된 노랫가락을 흥얼거렸다.
 버트럼 호텔의 1층 창문 중 하나가 활짝 열려 있었지만 열린 창문 사이로 느닷없이 목소리가 새어 나오기 전까지 수위는 눈치를 채지 못했다.
 "결국 이곳이군요, 미키. 도대체 이곳에는 왜 온 거예요?"
 몸을 홱 돌린 그는 깜짝 놀라며 여자를 뚫어지게 바라보았다.
 레이디 세지윅은 열린 창문 밖으로 고개를 불쑥 내밀고 말했다.
 "날 모르겠어요?"
 그의 얼굴에 누군지 알겠다는 듯한 표정이 스쳐 지나갔다.
 "세상에, 우리 베시 아니야! 세상에! 이게 얼마 만이야? 귀여운 베시."
 "날 베시라고 부른 건 당신뿐이죠. 정말 뻔뻔하기도 하지. 그동안 뭘 하고 지낸 거예요?"
 "이것저것 하면서. 난 당신처럼 신문에 오르내리지는 않았지. 당신 소식은 신문에서 종종 읽었어."
 미키는 대충 둘러댔다.
 베스 세지윅이 웃음을 터트렸다.
 "어쨌든 당신 나보다 훨씬 늙었네요. 당신은 술을 너무 많이 마셔요. 언제나 그랬죠."
 "당신이야 언제나 돈이 많았으니 여전히 고운 거겠지."
 "당신한테는 돈이 아무짝에도 쓸모없잖아요. 있어 봐야 술만 더 퍼마시고 결국 파산했을 텐데. 그럼요, 당신이라면 그러고도 남죠.

여기는 왜 온 거예요? 내가 알고 싶은 건 그거예요. 어쩌다 당신이 이곳에 묵을 생각을 한 거예요?"
"직장을 구했거든. 난 이게 있으니까……."
그는 죽 늘어뜨린 메달들을 손으로 튕겼다.
"네, 그렇군요. 모두 진짜겠죠?"
베스 세지윅은 생각에 잠겼다.
"물론 진짜지. 아닐 건 또 뭐야?"
"당신 말을 믿어요. 언제나 용기 있는 사람이었으니까. 언제나 훌륭한 전사였죠. 네, 당신은 군인이 어울려요. 그건 확실해요."
"군인이란 전시에는 괜찮지만 평화로울 때는 아무짝에도 쓸모가 없어."
"그래서 이 일자리를 택한 거군요. 난 전혀 몰랐어요……."
그녀는 말을 멈췄다.
"뭘 전혀 몰랐다는 거지, 베시?"
"아무것도 아니에요. 이렇게 오랜 세월이 흘러 당신을 다시 만나다니 기분이 묘하네요."
"난 한 번도 잊은 적이 없어. 난 한 번도 당신을 잊은 적이 없어, 베시. 아! 정말 사랑스러운 아가씨였지. 사랑스럽고 가냘픈 아가씨."
"멍청한 계집애였죠."
"지금 보면 맞는 말이야. 당신은 분별력이 없었으니까. 당신에게 분별력이 있었다면 나와 사귀지는 않았겠지. 당신 말 타는 재주도 대단했는데. 그 암말이 기억나는군……. 이름이 뭐였더라……? 몰리 오플린. 아, 정말 지독한 녀석이었지."

"그 말을 탈 수 있는 건 당신뿐이었잖아요."

"할 수만 있다면 날 내팽개쳤겠지. 결국 그럴 수 없다는 걸 깨닫고 항복한 거야. 아, 정말 예쁜 말이었는데. 하지만 승마라면 당신보다 뛰어난 여자가 없지. 그 근사한 자세하며, 두려움이라고는 눈곱만치도 찾아볼 수 없었는데 말이야. 단 한순간도. 그리고 지금도 마찬가지일 거라고 생각해. 비행기 조종에 자동차 경주까지 하잖아."

베스 세지윅이 웃음을 터트렸다.

"난 이만 마저 편지를 써야 해요."

그녀는 창가에서 물러섰다.

미키는 난간에 몸을 기댔다.

"난 한 번도 볼리가울런을 잊은 적이 없어. 이따금 당신에게 편지를 써 볼까 생각도 했었지……."

그는 의미심장하게 말했다.

베스 세지윅이 거친 목소리로 말했다.

"그게 무슨 뜻이에요, 믹 고먼?"

"그냥 난…… 아무것도 잊지 않았다는 말이야. 난 그냥…… 당신에게 상기시켜 주고 싶었어."

베스 세지윅의 목소리는 여전히 거칠었다.

"혹시라도 내가 생각하는 그런 뜻이라면 당신에게 충고 하나 하죠. 당신이 어떤 문제라도 일으킨다면 쥐새끼를 쏘아 버리듯 당신을 쏘아 버릴 거예요. 사람을 쏘는 게 처음도 아니니까……."

"외국에서였겠지."

"외국에서나 여기서나 나한테는 마찬가지예요."

"아, 맙소사. 하긴 당신이라면 그러고도 남아! 볼리가울런에서……."

그는 감탄하는 투로 말했다.

그때 그녀가 말을 잘랐다.

"볼리가울런에서 입을 다무는 대가로 당신은 돈을 받았죠. 그것도 꽤 많이 받았잖아요. 나한테선 더 받아 내지 못할 테니 꿈도 꾸지 말아요."

"일요 신문에 실릴 만한 낭만적인 이야기인데 말이야……."

"내 말 명심해요."

그는 웃음을 터트렸다.

"아. 진정해, 그냥 농담한 거라고. 우리 베시에게 해가 될 일은 절대 하지 않아. 계속 입 다물고 있을게."

"조심하는 게 좋을 거예요."

레이디 세지윅은 그렇게 말하고 창문을 닫았다. 앞에 놓인 책상을 뚫어져라 내려다보다 압지 위에 놓인 마치지 못한 편지로 눈길을 돌렸다. 그녀는 편지를 집어 들고 바라보다 잔뜩 구겨 쓰레기통에 던졌다. 그러고는 갑자기 자리에서 일어나 방을 나갔다. 나가기 전까지 주위에 눈길 한 번 주지 않았다.

버트럼 호텔의 자그마한 서재들은 사람들이 있을 때조차 텅 비어 있는 것처럼 보였다. 창가에는 근사한 책상 2개가 있었고, 오른쪽에는 잡지 몇 권이 놓인 탁자, 왼쪽에는 등받이가 높다란 안락의자 2개가 벽난로를 향해 놓여 있었다. 이곳은 오후에 퇴직한 군인들이나 해군 신사들이 티타임 전까지 달콤한 낮잠을 자는 데 가장 많이 이용하는 장소였다. 더러 편지를 쓰러 이곳에 들어오는 사람들은 안락의자에 사람이 앉아 있는지조차 모르는 경우가 태반이었다. 아침 시간에는 사람들이 이 의자에 앉아 있는 경우가 별로 없었다.

하지만 이날 아침, 이 두 안락의자 모두 들어차 있었다. 한 곳에는 노부인이, 또 다른 곳에는 젊은 아가씨가 앉아 있었던 것이다. 젊은 아가씨는 자리에서 일어나 잠시 레이디 세지윅이 나간 문을 멍하니 바라보다 천천히 그쪽으로 발걸음을 옮겼다. 엘비라 블레이크의 얼굴은 무서우리만큼 창백했다.

그리고 5분 뒤 옆자리에 있던 노부인이 움직였다. 마플 양은 옷을 차려입고 계단을 내려와 늘 있는 짧은 휴식이 너무 길어졌다고 생각했다. 이제는 밖으로 나가 런던의 즐거움을 만끽할 시간이었다. 피커딜리까지 걸어가 9번 버스를 타고 하이가 켄싱턴으로 갈 수도 있고, 혹은 본드가(街)로 걸어가 25번 버스를 타고 마셜 앤드 스넬 그로브에 갈 수도 있었다. 아니면 그녀가 기억하는 한 육해군 상점에서 반대 방향으로 가는 25번 버스를 탈 수도 있다. 흔들문을 지나는 동안에도 그녀는 여전히 이런 생각을 하며 즐거운 기분에 젖어 있었다. 다시 제자리로 돌아온 아일랜드인 수위가 그녀를 대신해 결정을 내렸다.

"택시를 불러 드리겠습니다, 부인."

그가 단호하게 말했다.

"그러지 않아도 될 것 같아요. 이 근처에서 25번 버스를 탈 수 있을 것 같은데……. 아니면 파크 레인에서 출발하는 2번 버스도 괜찮고요."

수위가 또다시 단호하게 말했다.

"버스는 좋지 않습니다. 나이 드신 분들이 버스를 타는 건 아주 위험합니다. 느닷없이 출발하거나 멈추고 다시 출발하니까요. 정말입니다. 요즘 운전사들은 배려라고는 없죠. 제가 택시를 불러 드리면 택시 기사가 부인께서 원하는 곳이 어디든 여왕처럼 모셔다 드릴 겁니다."

마플 양은 곰곰이 생각하고 나서 고개를 끄덕였다.

"그렇다면 좋아요. 어쩌면 택시를 타는 게 나을지도 모르죠."

수위가 택시를 부를 필요도 없었다. 엄지손가락을 딸깍하자 마술처럼 택시 1대가 나타났다. 마플 양은 온갖 시중을 받으며 택시에 올라탔고, 충동적으로 로빈슨 앤드 클리버에 가 근사한 진짜 리넨 시트를 구경하기로 했다. 그녀는 수위가 장담한 것처럼 여왕이 된 듯한 기분을 느끼며 택시 안에 편안히 앉아 있었다. 그녀의 마음은 온통 리넨 시트와 리넨 베개 커버, 적당한 유리 제품……. 그리고 바나나나 무화과 열매, 혹은 재주 부리는 개처럼 정신 사나운 그림이 없는 행주를 생각하며 기대에 부풀어 있었다.

레이디 세지윅은 프런트로 다가갔다.

"험프리스 씨가 사무실에 계시나요?"

"네, 레이디 세지윅."

고린지 양은 놀란 표정으로 대답했다.

레이디 세지윅은 프런트 안으로 들어가 사무실 문을 두드리고는 대답도 기다리지 않고 안으로 들어갔다.

험프리스는 깜짝 놀라 위를 쳐다보았다.

"무슨……."

"누가 마이클 고먼이라는 남자를 고용했죠?"

험프리스가 더듬더듬 말을 꺼냈다.

"파피트가 그만뒀습니다. 1달 전에 교통사고를 당했거든요. 대신할 사람을 빨리 구해야 했습니다. 그 남자가 괜찮아 보이더군요. 추천서도 좋고, 전직 군인에 경력도 훌륭하고, 어쩌면 그리 영리하지는 않을지 모르지만 때로는 그 편이 나을 수도 있습니다. 그 남자가 마음에 안 드십니까?"

"이곳에 없었으면 할 정도로요."

"정 그러시다면 저희가 사직 권고를……."

험프리스가 천천히 말했다.

"아니에요."

레이디 세지윅이 천천히 입을 열었다.

"아니에요. 그러기에는 너무 늦었어요. 됐어요."

6장

"엘비라."

"안녕, 브리짓."

귀족 가문의 영애 엘비라 블레이크가 온슬로 스퀘어 180번지의 정문을 밀치고 들어오자 창밖을 내다보던 그녀의 친구 브리짓이 현관문을 열어 주려고 아래층으로 뛰어 내려왔다.

"위층으로 올라가자."

엘비라가 말했다.

"그래, 그게 낫겠다. 안 그랬다가는 엄마한테 붙잡힐 거야."

두 소녀는 위층으로 뛰어 올라갔다. 덕분에 한참 늦게 일어나 막 침대에서 내려온 브리짓의 엄마와 부딪히지 않았다.

"넌 엄마가 없어서 정말 좋겠다. 엄마가 좋기는 하지만 끊임없이 뭔가를 물어보잖아. 아침이고 낮이고 밤이고 어딜 가니, 누구를 만났니, 걔네들이 요크셔에 사는 누구누구의 사촌이라니? 온통 쓸데없는 걸 말이야."

브리짓은 숨을 헐떡이며 친구를 침실에 몰아넣고 문을 꼭 닫으며 말했다.

"엄마들은 그런 것 말고 달리 생각할 게 없나 보지."

엘비라가 막연하게 대꾸했다.

"참, 브리짓, 아주 중요한 일이 있는데 네가 날 좀 도와줘야겠어."

"뭐, 내가 할 수 있는 일이라면. 뭔데, 남자 문제?"

"아니, 그런 건 아니야, 절대."

브리짓은 실망한 표정이었다.

"내가 24시간, 아니 어쩌면 그보다 더 오래 아일랜드에 가 있어야 할 것 같아. 그동안 네가 내 대역을 해 줘."

"아일랜드? 왜?"

"지금은 말할 수 없어. 시간이 없어. 1시 30분에 프루니에서 후견인인 러스컴 대령님하고 점심 식사를 하기로 했거든."

"카펜터 부인은 어떻게 한 거야?"

"데번햄 백화점에서 따돌렸어."

브리짓은 낄낄댔다.

"점심 식사를 한 뒤에 나를 멜퍼드가로 데려갈 거야. 난 21살이 될 때까지 그 집에서 살아야 하고."

"끔찍해라!"

"할 수 있을 것 같아. 사촌 언니 밀드레드는 끔찍할 정도로 둔해 빠졌거든. 난 수업에 참가하기로 했어. '월드 오브 투데이'라는 곳이 있는데, 강의와 박물관, 미술관, 국회의사당, 뭐 그런 데 데려갈 거야. 가장 중요한 건 내가 없어졌다는 사실을 한 사람이라도 눈치채서는 안 된다는 거야. 우리라면 충분히 할 수 있을 거야."

"당연하지."

브리짓이 또다시 낄낄댔다.

"이탈리아에서도 해냈잖아, 안 그래? 늙은 마카로니(이탈리아인을 일컫는 속어 — 옮긴이)는 자기가 대단히 성공적으로 우리를 통제했는 줄 알겠지. 우리가 무슨 짓을 했는지도 모르고."

두 소녀는 성공으로 끝난 심술궂은 장난을 떠올리며 유쾌한 웃음을 터트렸다.

"그래도 하나하나 계획을 세워 둬야 해."

엘비라가 말했다.

"그리고 근사한 거짓말도 준비해 둬야지. 귀도 소식 들었어?"

브리짓이 덧붙였다.

"응, 지네브라라고 서명을 해서 긴 편지를 마치 여자 친구인 것처럼 보냈더라고. 이제 쓸데없는 이야기는 그만 하자, 브리짓. 해야 할 일은 너무 많은데 1시간 30분밖에 없어. 이제부터는 무조건 들어. 간단해. 나는 내일 치과에 예약해 뒀어. 그 후 너나 내가 전화를 걸어 진료 시간을 연기하는 거야. 그리고 정오쯤 돼서 네가 네 엄마인 척 멜퍼드가에 전화를 걸어 치과 의사가 다음 날도 치료해야 한다고 해서 할 수 없이 내가 이곳에 하룻밤 더 머물 거라고 얘기하면 돼."

"그거야 쉽지. 정말 친절하시네요 어쩌고 하면서 요란을 떨걸. 하지만 네가 다음 날에도 돌아오지 않으면?"

"그때는 네가 전화를 한 번 더 해야겠지."

브리짓은 영 못 미더운 표정이었다.

"그때 가서 다른 걸 생각해 봐도 시간은 충분해. 지금은 돈이 걱정이야. 혹시 너 돈 좀 있니?"

엘비라가 초조하게 말했지만 별다른 기대는 하지 않았다.

"2파운드 정도뿐이야."

"그걸로는 안 돼. 비행기 표를 사야 해. 비행기 편을 알아봤는데 고작 2시간 정도밖에 걸리지 않아. 그곳에 도착해서 얼마나 시간이 걸릴지가 관건이지."

"무슨 일을 할 건지 말해 주면 안 돼?"

"안 돼. 하지만 정말, 정말 중요한 일이야."

엘비라의 목소리가 너무나도 달라 브리짓은 적잖이 놀란 표정으로 그녀를 바라보았다.

"무슨 문제라도 있는 거야, 엘비라?"

"그래, 있어."

"아무도 알아서는 안 되는 거야?"

"그래, 그런 거야. 절대, 절대 알면 안 되는 비밀이야. 난 그게 사실인지 아닌지 알아내야 해. 일단 돈부터 마련해야 하는데. 정말 짜증나는 건 내가 사실은 어마어마한 부자라는 거야. 내 후견인이 그러더라고. 하지만 내 손에 쥘 수 있는 건 의복 수당뿐이니. 그런 푼

돈은 받자마자 없어져 버리잖아."

"네 후견인 말이야, 그 아무개 대령님이 돈을 빌려주지 않을까?"

"그건 절대 안 돼. 내가 그 돈을 어디에 쓰려는 건지 알아내려고 이것저것 캐물을 테니까."

"그래, 물론 그러겠지. 왜 모두 알고 싶은 게 그렇게 많은지 이해할 수 없다니까. 그거 알아? 나한테 전화가 오면 엄마는 꼭 누구냐고 물어본다니까. 엄마랑 아무 상관도 없는 사람인데 말이야."

엘비라는 고개를 끄덕였지만 속으로 다른 생각을 하고 있었다.

"전당포에 물건 맡겨 본 적 있어, 브리짓?"

"한 번도 없어. 어떻게 하는 건지도 몰라."

"아주 간단할 거야. 문 위에 공이 3개 그려져 있는 보석 상점 같은 데 가면 되는 거잖아, 맞지?"

"난 전당포에 맡길 만한 물건이 없는걸."

"혹시 네 엄마한테 보석이 좀 있지 않을까?"

"엄마한테는 부탁하지 않는 게 좋을 것 같은데."

"그래, 어쩌면 그럴지도……. 하지만 몰래 빼낼 수는 있잖아."

"오, 그럴 수 없어."

브리짓이 깜짝 놀랐다.

"안 된다고? 뭐, 네 말이 맞을지도 몰라. 하지만 네 엄마는 절대 눈치 못 챌 거야. 눈치채기 전에 다시 갖다 놓으면 되잖아. 그래, 볼라드 씨에게 가자."

"볼라드 씨가 누군데?"

"우리 가족이 단골로 이용하는 보석상이야. 시계 수선할 때 항상 그곳에 가져갔어. 볼라드 씨는 내가 6살 때부터 알던 분이야. 가자 브리짓, 지금 당장. 지금밖에 시간이 없어."

"뒷문으로 나가는 게 좋을 거야. 그래야 엄마가 어디 가냐고 묻지 않겠지."

브리짓이 말했다.

본드가에 위치한 오래된 '볼라드 앤드 화이틀리' 건물 밖에서 두 소녀는 마지막으로 정리해 보았다.

"정말 알아들은 거지, 브리짓?"

"그런 것 같아."

브리짓의 목소리는 썩 밝지 않았다.

"먼저 우리 시계를 서로 맞춰야 해."

엘비라가 말했다.

브리짓의 얼굴이 조금 밝아졌다. 익숙한 이 말이 기운을 북돋워 준 것이다. 둘은 진지하게 서로의 시계를 맞췄고, 브리짓이 1분 정도 조절했다.

"정확히 25분 후에 작전 개시야. 그 정도면 시간은 충분해. 어쩌면 필요 이상으로 충분할지도 모르지만 여유 있는 편이 나아."

엘비라가 말했다.

"하지만 혹시라도……."

브리짓이 입을 열었다.

"혹시 뭐?"

"그게 그러니까, 혹시라도 내가 진짜 차에 치이면 어떡해?"
"그런 일은 없을 거야. 네 발이 얼마나 재빠른데. 게다가 런던의 차들은 순식간에 잘 멈춰 서잖아. 괜찮을 거야."
브리짓은 조금도 납득이 안 가는 표정을 지었다.
"날 실망시키지 않을 거지, 브리짓?"
"알았어. 실망시키지 않을게."
"좋아."
브리짓은 본드가 맞은편으로 건너갔고 엘비라는 오래된 보석 상점이자 시계 상점인 볼라드 앤드 화이틀리의 문을 열고 들어갔다. 실내는 아름다웠고 고요한 분위기가 흘렀다. 프록코트를 입은 귀족이 다가와 엘비라에게 "무엇을 도와 드릴까요?"라고 물었다.
"볼라드 씨를 만나 뵐 수 있을까요?"
"볼라드 씨요? 누구시라고 전해 드릴까요?"
"엘비라 블레이크예요."
귀족이 자리를 떠난 뒤 엘비라는 유리판 아래서 브로치와 반지, 팔찌들이 적당히 어두운 벨벳을 배경으로 보석 빛을 뿜내고 있는 카운터로 다가갔다. 순식간에 볼라드가 모습을 드러냈다. 이 회사 사장인 그는 60살쯤 된 노인이었다. 그는 따뜻하고 상냥하게 엘비라를 맞이했다.
"아, 블레이크 양, 런던에 오셨군요. 다시 만나 뵙게 되어 무한한 영광입니다. 자, 제가 뭘 도와 드릴까요?"
엘비라는 작고 섬세한 이브닝 손목시계를 내밀었다.

"이 시계가 제대로 가지 않아요. 손 좀 봐 주실 수 있으세요?"

"오, 그럼요, 물론입니다. 그쯤은 문제없습니다. 어느 주소로 보내 드리면 될까요?"

볼라드가 시계를 건네받았다.

엘비라가 주소를 말해 주었다.

"그리고 다른 용건도 있어요. 제 후견인이신 러스컴 대령님 아시죠……?"

"네, 물론입니다."

"그분께서 저에게 크리스마스 선물로 뭐가 좋겠냐고 물어보셨어요. 저더러 이곳에 가서 여러 가지 물건들을 살펴보는 게 어떻겠냐고 하시더라고요. 함께 가는 게 좋겠냐고 물으시길래 일단 제가 먼저 가 보는 게 좋겠다고 말씀 드렸지요……. 그게 좀 난처하잖아요, 그렇죠? 그러니까 가격이며 그런 것들을 고르기가요."

"그런 점도 분명 있지요."

볼라드는 아저씨처럼 자상하게 환히 웃으며 말했다.

"자, 어떤 게 마음에 드십니까, 블레이크 양? 브로치, 팔찌, 반지?"

"브로치가 좀 더 유용할 것 같아요. 하지만 제가 좀 더 보고 골라도 될까요?"

엘비라는 호소하듯 그를 올려다보았다. 볼라드는 따뜻한 미소를 지었다.

"물론입니다, 물론이죠. 너무 빨리 결정하면 무슨 재미가 있겠어요, 안 그래요?"

5분 동안 엘비라는 아주 여유롭게 보냈다. 볼라드는 한껏 호의를 베풀었다. 그는 이 상자 저 상자에서 물건을 꺼냈고 엘비라 앞에 펼쳐진 벨벳 위에 브로치와 팔찌들이 수북이 쌓였다. 그녀는 이따금 고개를 돌려 브로치나 펜던트가 어울리는지 거울에 비춰 보았다. 마침내 조금 확신 없는 표정으로 작고 예쁜 팔찌와 작은 다이아몬드가 장식된 손목시계, 브로치 2개를 옆으로 밀어 놓았다.

볼라드가 말했다.

"이 물건들을 기억해 두겠습니다. 그리고 다음번에 러스컴 대령님께서 런던에 오시면, 이곳에 들러 블레이크 양께 줄 선물을 직접 고르시겠죠."

"그게 좋을 것 같아요. 그러면 대령님께서는 제 선물을 직접 골랐다는 기분이 드시겠죠?"

엘비라는 맑고 파란 눈으로 보석상의 얼굴을 바라보았다. 그 파란 눈으로 그녀는 방금 전 이제 정확히 25분이 지났다는 것을 확인했다.

밖에서 끼익 하고 브레이크 밟는 소리와 아가씨의 커다란 비명 소리가 울려 퍼졌다. 상점 안에 있던 모든 사람의 눈길이 당연히 본드가 내다보이는 창으로 향했다. 카운터 위로 올라갔다가 깔끔한 맞춤 코트와 치마 주머니로 옮겨 가는 엘비라의 손동작은 너무나도 빠르고 조심스러워 누군가 그녀를 보고 있었다 하더라도 거의 알아차리지 못할 정도였다.

"쯧쯧."

거리를 내다보던 볼라드는 눈길을 거두며 혀를 찼다.

"하마터면 사고가 날 뻔했군. 바보 같은 아가씨 같으니! 보지도 않고 도로에 뛰어들다니."

엘비라는 이미 문으로 걸어가고 있었다. 그녀는 손목시계를 바라보며 깜짝 놀란 듯 외쳤다.

"오, 이런, 제가 너무 오래 있었네요. 시골로 돌아가는 기차를 놓치겠어요. 정말 감사합니다, 볼라드 씨. 제가 골라 놓은 네 가지 물건을 꼭 기억해 두세요."

잠시 후 엘비라는 상점 밖으로 나왔다. 재빨리 왼쪽으로, 그리고 또다시 왼쪽으로 방향을 튼 그녀는 신발 가게 앞에서 숨을 헐떡이며 뛰어오는 브리짓과 마주쳤다.

"오, 무서워 죽는 줄 알았어. 하마터면 죽을 뻔했다니까. 게다가 스타킹에 구멍이 났어."

"신경 쓰지 마."

엘비라는 재빨리 친구의 팔을 잡아끌어 오른쪽 모퉁이를 돌아갔다.

"빨리 가자."

"다…… 괜찮은 거야?"

엘비라는 주머니 속으로 손을 밀어 넣었다 다시 뺐다. 그녀가 손바닥을 펼치자 다이아몬드와 사파이어 팔찌가 모습을 드러냈다.

"오, 엘비라, 어떻게 그런 짓을!"

"자, 브리짓, 이제 넌 우리가 생각해 둔 전당포로 가. 가서 이걸로 얼마나 받을 수 있는지 알아봐. 100파운드를 달라고 해."

"혹시라도…… 그러니까…… 그게 혹시 경찰의 도난품 신고 목록에 올라 있으면……."

"바보 같은 소리 하지 마. 그렇게 빨리 도난품 목록에 오를 리 없잖아? 아직 이게 없어진 줄도 모를 텐데."

"하지만 엘비라, 없어진 걸 알아차리면 네가 가져갔다고 생각할지도……. 네가 가져간 게 분명하다고 생각할지도 모르잖아."

"없어진 걸 빨리 알아차린다면 그렇게 생각할 수도 있지……."

"그러면 경찰서에 신고……."

브리짓은 엘비라가 천천히 고개 젓는 것을 보고 입을 다물었다. 엘비라의 옅은 금발이 앞뒤로 흔들렸고, 입가에 수수께끼 같은 미소가 희미하게 떠올랐다.

"경찰서에 신고하지는 않을 거야, 브리짓. 내가 가져갔다고 생각한다면 분명히 신고하지 않을 거야."

"왜? 무슨 말이야?"

"아까도 말했지만 난 21살이 되면 어마어마한 부자가 될 거야. 그 상점에서 수많은 보석들을 살 수 있지. 그러니 그쪽에서 괜한 문제를 일으키지는 않을 거야. 어서 가서 돈을 받아 와. 그리고 에어 링거스에 가서 표를 예매해……. 난 택시를 타고 프루니에로 가야 해. 벌써 10분이나 늦었어. 내일 아침 10시 30분에 갈게."

"오, 엘비라, 네가 너무 위험한 짓은 하지 않으면 좋겠어."

브리짓이 앓는 소리를 하듯 말했다.

하지만 엘비라는 이미 택시를 불러 세우고 있었다.

마플 양은 로빈슨 앤드 클리버에서 즐거운 시간을 보냈다. 값이 비싸기는 했지만 근사한 시트뿐 아니라 가장자리에 빨간색 테두리가 있는 유리 닦는 천도 사 버렸다. 그녀는 리넨 시트의 감촉과 차가운 느낌을 좋아했다. 정말 요즘에는 제대로 된 유리 닦는 천을 사기가 얼마나 어려운지 몰랐다. 무나 가재 또는 에펠탑, 트라팔가 광장이 그려져 있거나, 레몬과 오렌지 무늬가 산만하게 흩뿌려져 있는 장식용 식탁보밖에 없었다. 마플 양은 세인트 메리 미드의 주소를 불러 준 뒤 자신을 육해군 상점으로 데려다줄 편안한 버스를 발견했다.

육해군 상점은 아주 오래전 마플 양의 숙모가 수시로 드나들던 곳이었다. 물론 요즘처럼 이렇지는 않았다. 마플 양은 헬런 숙모를 떠올렸다. 그녀는 식료품 코너에서 전담 직원을 찾아 이것저것 시킨 후에, 보닛을 쓰고 그녀가 항상 '검은 포플린 망토'라고 부르던 옷을 입은 채 의자에 편안히 앉아 있곤 했다. 헬런 숙모는 그렇게 서두르는 사람 하나 없이 기나긴 시간을 보냈고, 미리 사 둬야 할 갖가지 식료품들을 떠올려 보곤 했다. 다가올 크리스마스부터 한참 먼 부활절에 쓸 식료품까지 말이다. 젊은 제인이 옆에서 지루한 마음에 안절부절못하고 있을라치면 숙모는 그녀에게 유리 제품이나 구경하고 오라고 말했다.

헬런 숙모는 장보기가 끝나면 가게 점원을 한 명 골라 잡아 한참 동안 그 직원의 어머니와 아내, 둘째 아들, 다리를 저는 시누이의 안부를 물었다. 오전 시간을 아주 흡족하게 보낸 헬런 숙모는 장난치듯 이렇게 말했다.

"우리 꼬마 아가씨, 점심 들고 가는 게 어떠신가?"

마플 양과 헬런 숙모는 엘리베이터를 타고 5층으로 올라가 언제나 후식으로 딸기 아이스크림이 나오는 점심 식사를 했다. 그 다음에는 커피 초콜릿 크림을 반 파운드어치 사 들고 사륜마차를 타고 마티네(낮에 하는 연극이나 공연 ─ 옮긴이)를 보러 갔다.

물론 육해군 상점은 그 이후로 보수 공사를 꽤 많이 했다. 사실 이제 예전 모습을 찾아볼 수 없었다. 훨씬 더 활기차고 훨씬 더 밝았다. 마플 양은 비록 과거를 떠올리며 상냥하고 애정이 넘치는 미소를 짓기는 했지만 지금의 쾌적한 분위기가 싫지 않았다. 레스토랑도 여전히 있었고, 그녀는 그곳에서 점심 식사를 할 생각이었다.

메뉴를 신중하게 살펴보고 결정을 내린 마플 양은 레스토랑을 둘러보다 눈썹을 살짝 치켜올렸다. 이렇게 기막힌 우연이 있을까 싶었다. 하루 전만 해도 실제로는 한 번도 본 적 없는 여자, 신문에서 수없이 봤던 여자를 발견한 것이다. 버뮤다의 자동차 경주 모임에 참석한 사진이나 자신의 비행기나 자동차 옆에 서 있는 사진으로만 봤던 여자를 또다시 만난 것이다. 마플 양이 실제로 그녀를 본 건 어제가 처음이었다. 그리고 이제, 흔히 그렇듯이 가장 어울리지 않은 장소에서 다시 그녀와 마주친 것이다. 어쩐 일인지 육해군 상점에서의 점심 식사는 베스 세지윅과 어울리지 않았다. 소호의 밀실에서 나오는 베스 세지윅이나 이브닝드레스에 작은 다이아몬드 왕관을 쓰고 코번트 가든의 오페라하우스에서 나오는 모습을 봤다면 당연히 베스 세지윅이라고 여겼을 것이다. 하지만 마플 양은 육해군 상점이란 언제나 군인들이나 그 아내와 딸, 고모와 할머니 들이나 다니는 곳이라는 고정관념을 가지고 있었다. 그런 곳에 베스 세지윅이 있었다. 검은색 정장과 에메랄드 색 셔츠를 입은, 언제나처럼 세련된 모습으로 한 남자와 점심 식사를 하고 있었다. 마르고 사기꾼 같은 얼굴에 검은 가죽 재킷을 입은 젊은 남자였다. 두 사람은 앞으로 몸을 숙여 진지하게 이야기를 나누고 있었다. 그리고 무엇을 먹고 있는지도 모르는 듯 음식을 포크 가득 집었다.

밀회인가? 그래, 밀회일지도 몰랐다. 남자는 분명 여자보다 15살이나 20살쯤 어려 보였다. 하지만 베스 세지윅은 상대방을 자석처럼 끌어당기는 매력적인 여자였다.

마플 양은 가만히 젊은 남자를 바라보다 그가 소위 '잘생긴 녀석'이라는 결론을 내렸다. 또한 그 남자가 별로 마음에 들지 않는다는 결론도 내렸다.

"마치 해리 러셀 같네. 좋을 것 하나 없는 남자야. 저 남자와 얽혔던 여자들에게도 마찬가지고."

마플 양은 과거의 인물 중 비슷한 유형을 떠올리며 중얼거렸다.

'내 조언은 들으려 하지 않겠지. 하지만 조언을 해 줄 수는 있겠지.'

마플 양은 생각에 잠겼다.

하지만 그녀는 다른 사람들의 연애사에 관심을 두지 않았다. 어떤 사람의 말을 들어 봐도 베스 세지윅은 연애에 관한 한 그 누구보다 통달한 여자였다.

마플 양은 한숨을 쉬며 점심을 먹었고, 문구류를 둘러볼까 하는 생각에 잠겼다.

호기심, 혹은 그녀의 표현을 빌리면 다른 사람들의 일에 '관심 갖기'는 확실히 마플 양의 특징 중 하나였다.

마플 양은 일부러 테이블 위에 장갑을 남겨 두고 자리에서 일어났다. 그리고 레이디 세지윅의 테이블 곁을 지나 계산대로 갔다. 돈을 지불하고 나서 장갑이 없는 것을 '알아챈' 그녀는 자리로 돌아와 장갑을 집어 들었고, 불행하게도 다시 나가는 길에 핸드백을 떨어뜨리고 말았다. 핸드백이 열리면서 안에 들어 있던 물건들이 밖으로 쏟아져 나왔다. 여종업원 한 명이 급히 달려와 물건 줍는 걸 도와주었다. 마플 양은 몹시 당황한 척하며 손에 쥐고 있던 동전과 열쇠마저 바닥에 떨어뜨렸다.

이 속임수로 인해 얻은 것은 그리 많지 않았지만 괜한 헛수고는 아니었다. 그리고 흥미롭게 그녀가 호기심을 가지고 있는 두 사람 모두 물건을 계속 떨어뜨리며 당황해하는 노부인에게 눈길 한 번 주지 않았다.

마플 양은 엘리베이터를 기다리는 동안 자신이 들은 대화의 파편들을 떠올려 보았다.

"일기 예보는?"

"좋아, 안개도 없고."

"루체른으로 출발할 준비는 다 된 거야?"

"응. 비행기는 9시 40분에 뜰 거야."

마플 양이 처음으로 들은 대화였다. 그리고 돌아가는 길에 조금 더 긴 대화를 들을 수 있었다.

베스 세지윅이 열을 내며 말했다.

"도대체 무슨 생각으로 어제 버트럼에 온 거야. 당신은 그 근처에도 오지 말았어야 해."

"괜찮아. 난 그저 당신이 그곳에 묵고 있는지 물어봤고 모두 우리가 친한 친구 사이인 줄 알 거야……."

"내 말은 그게 아니야. 내가 버트럼에 가는 건 아무 문제 없지만 당신은 아니잖아. 당신은 튀어나온 못처럼 눈에 띈다고. 사람들 모두 당신만 쳐다보잖아."

"그러라지!"

"이런 멍청이 같으니. 왜, 왜 도대체 무슨 이유로 그런 거야? 이유가 있었을 거 아냐, 당신이라면……."

"진정해, 베스."

"이 거짓말쟁이!"

마플 양이 들을 수 있었던 건 그게 전부였다. 흥미로웠다.

7장

11월 19일 저녁, 페니파더 참사회원은 애서니엄에서 이른 저녁 식사를 마치고 고갯짓으로 친구 두어 명을 불러 사해문서의 연대에 대해 열띤 토론을 벌였다. 그러고는 루체른으로 가는 비행기를 타려면 지금쯤 자리를 떠야 할지 몰라 시계를 흘끗 바라보았다. 그가 홀을 지날 때 또 다른 친구인 런던 SOAS 대학(런던 대학 산하의 동양 아프리카 대학 — 옮긴이)의 휘태커 박사가 인사했다.

"안녕하신가, 페니파더? 오랜만일세. 학술 대회는 어땠나? 뭐 재미있는 이야깃거리라도 나왔나?"

"물론 그럴걸세."

"거기서 돌아오는 길 아닌가?"

"아니, 거기 가는 길일세. 오늘 저녁에 비행기를 탈 거라네."

"아, 그렇군."

휘태커는 조금 당황한 표정을 지었다.

"난 학술 대회가 오늘 열린 줄 알았는데."

"아니야, 아니야. 19일 내일일세."

페니파더 참사회원이 문을 지날 때 그의 친구가 그의 뒷모습을 바라보며 말했다.

"하지만 이보게, 오늘이 19일 아닌가?"

페니파더 참사회원이 이미 떠난 후였다. 그는 팰맬가(街)에서 택시를 잡아 타고 켄싱턴 공항으로 갔다. 이날 저녁 공항은 꽤 붐볐다. 카운터 앞에 줄을 서 있던 페니파더 참사회원은 마침내 차례가 돌아오자 간신히 비행기 표와 여권, 그리고 여행에 필요한 다른 서류들을 꺼냈다. 이러한 서류에 도장을 찍으려던 아가씨가 갑자기 동작을 멈췄다.

"실례합니다만 비행기 표가 잘못된 것 같은데요."

"잘못되다니요? 아닙니다, 아니에요, 이게 맞습니다. 항공편이 백……. 이런, 안경이 없으면 읽을 수가 없어요. 어쨌든 루체른행 백몇십 번이에요."

"날짜가 잘못됐습니다, 손님. 이 표에는 18일 수요일로 되어 있는데요."

"아니에요, 정말이에요. 그러니까…… 오늘이 18일 수요일이잖아요."

"죄송합니다, 손님. 오늘은 19일입니다."

"19일?"

참사회원은 당황하며 작은 수첩을 주섬주섬 꺼내 열심히 페이지를 넘겼다. 결국 그 아가씨의 말에 승복해야 했다. 오늘은 19일이었다. 그가 타야 했던 비행기는 어제 떠난 것이다.

"그렇다면…… 그렇다면……. 세상에나, 루체른의 학술 대회가 오늘 열렸다는 얘기잖아."

페니파더 참사회원은 당황한 눈으로 카운터를 바라보았다. 하지만 난처한 입장에 처한 참사회원은 뒤에 줄 선 다른 여행객들로 인해 뒷전으로 밀려났다. 그는 쓸모없게 된 비행기 표를 손에 들고 애처롭게 서 있었다. 그는 머릿속으로 여러 가지 가능성들을 떠올려 보았다. 혹시 비행기 표를 바꿀 수 있을까? 하지만 그래 봐야 소용없을 것이다. 9시가 다 되어 가고 있었다. 오늘 아침 10시에 시작했을 학술 대회는 이미 끝났다. 그리고 애서니엄에서 휘태커가 한 말도 그런 의미였던 것이다. 그는 페니파더 참사회원이 이미 학술 대회에 다녀온 줄 알았다고 했다.

"오, 이런 이런. 이런 바보 같은 짓을 하다니!"

페니파더 참사회원은 혼잣말로 중얼거렸다.

그는 애처롭게 공항을 서성이다가 조용히 크롬웰로(路)로 나섰다. 그러나 그곳 또한 그리 기운을 북돋워 주는 곳이 아니었다.

마음이 복잡해진 페니파더 참사회원은 가방을 들고 천천히 거리를 따라 걸었다. 마침내 그는 실수를 저지르게 된 여러 가지 이유들을 떠올리고 우울하게 고개를 저었다.

"그래. 그래, 그거야……. 어디 보자, 9시가 넘었네. 뭘 좀 먹어야겠어."

참사회원은 배가 고프지 않은 게 이상하다고 생각했다.

서글프게 크롬웰로를 서성이던 참사회원은 마침내 인도 카레 요리를 하는 작은 레스토랑에 자리를 잡고 앉았다. 이상하게 배가 고프지는 않았지만 뭐라도 먹고 기운을 내서 호텔을 찾을 생각이었다. 하지만 그럴 필요가 전혀 없었다. 묵을 호텔이 있지 않은가. 그랬다. 그는 버트럼 호텔에 나흘간 묵기로 예약해 두었다. 이런 행운이! 이 얼마나 멋진 행운인가. 그의 호텔 방이 그를 기다리고 있을 것이다. 그저 프런트에 가서 열쇠를 달라고만 하면 되었다. 그때 또 다른 무언가가 그의 머릿속을 스쳤다. 주머니에 무언가 묵직한 게 들어 있는 걸 알아챈 것이다.

참사회원이 주머니에 손을 집어넣었다 다시 꺼냈을 때 열쇠 하나가 딸려 나왔다. 그것은 호텔 측에서 얼빠진 손님들이 주머니에 넣고 나가지 못하도록 일부러 크고 단단하게 만든 것이었다. 호텔 측의 노력도 참사회원 앞에서는 허사일 뿐이었다.

"19호실. 맞아, 이 시간에 호텔을 돌아다니며 방을 찾을 필요가 없으니 얼마나 운이 좋은가. 이 시간이면 어디든 방이 다 찼다고 할 텐데. 그래, 에드먼스가 오늘 저녁 애서니엄에서 그렇게 말했지. 방을 구하느라 무척 힘들었다고."

참사회원은 행복한 표정으로 되뇌었다.

참사회원은 이번 여행을 떠나면서 미리 호텔을 예약해 둔 스스로가 대견하게 여겨졌다. 그는 카레에 손도 대지 않았지만 잊어버리지 않고 용케 밥값을 지불하고 다시 크롬웰로로 나섰다.

루체른에서 만찬을 즐기며 온갖 흥미롭고 매혹적인 문제들을 토론했어야 했는데 이대로 집에 돌아가려니 조금 민망했다. 순간 그의 눈에 영화관에 걸린 영화 간판이 들어왔다.

「예리코 성벽」. 탁월하고 적절한 제목이었다. 성경에 나온 그대로 재연했다면 재미있을 것 같았다.

참사회원은 영화표를 1장 사서 더듬거리며 어두운 극장 안으로 들어갔다. 영화는 재미있었지만 성경과는 아무런 관련이 없는 영화였다. 여호수아조차 나오지 않았다. 예리코 성벽은 한 숙녀의 결혼 서약을 상징하는 모양이었다. 영화 속의 아름다운 여주인공은 결혼 서약이 서너 번 깨진 뒤에야 마침내 몰래 사랑해 왔던 거칠고 무뚝뚝한 영웅을 만나고, 둘은 시간의 시련을 견디게 해 줄 성벽을 쌓기로 한다는 내용이었다. 나이 든 성직자가 볼 만한 영화는 아니었지만 페니파더 참사회원은 꽤 재미있게 보았다. 그가 자주 보는 종류의 영화가 아니었으므로 그런 영화를 봄으로써 삶에 대해 더 많이 알 수 있다고 생각했다. 영화가 끝나고 극장 안에 불이 켜지면서 국가가 울려 퍼졌다. 페니파더 참사회원은 비틀거리며 불빛이 휘황찬란한 런던 시가지로 나왔다. 저녁 때의 우울한 사건을 조금이나마 보상받은 기분이었다.

쾌적한 밤, 참사회원은 반대 방향으로 가는 버스를 탔다가 다시 내려 버트럼 호텔까지 걸어갔다. 그가 도착했을 때는 이미 자정이었다. 자정이 되면 버트럼 호텔을 장식하고 있던 사람들은 모두 잠자리에 들었다. 엘리베이터가 위층에 있었기 때문에 참사회원은 계단으로 올라갔다. 그는 방문 자물쇠에 열쇠를 끼워 문을 열고 안으로 들어갔다.

'세상에, 저게 뭐지? 누가, 어떻게…….'

그는 들어 올린 팔을 보았지만 이미 때는 늦었다.

그의 머릿속에서 가이 포크스 데이(영국의 축제일 — 옮긴이)처럼 폭죽이 터졌다…….

8장

아일랜드 우편 열차는 밤을 뚫고 달렸다. 아니, 좀 더 정확히 말하면 이른 새벽의 어둠을 뚫고 달렸다.

이따금 디젤 엔진이 섬뜩한 반시(가족의 죽음을 울음소리로 예고한다는 요정 — 옮긴이)의 울음소리와 같은 경고음을 내뿜었다. 그것은 시속 130킬로미터 이상은 너끈히 달리며 제시간에 맞춰 움직이고 있었다.

그러다 브레이크를 밟으며 느닷없이 속도를 늦추더니 열차 바퀴가 금속 레일을 붙잡으며 비명을 질러 댔다. 속도는 점점…… 점점 더 줄어들었다……. 마침내 기차가 멈춰 서자 철도 경비원이 창밖으로 고개를 내밀어 앞의 빨간 신호를 주목했다. 승객 몇몇은 잠에서 깼지만 대부분은 여전히 잠들어 있었다.

갑자기 속도가 줄어든 바람에 놀라 잠에서 깬 노부인이 문을 열고 복도를 내다보았다. 좁은 복도를 따라 죽 늘어선 객실 문 중 하나가 열려 있었다. 하얀 머리칼이 덥수룩한 나이 지긋한 성직자가 복도를 따라 올라오고 있었다. 노부인은 아마도 그 성직자가 무슨 일인지 살펴보려고 복도를 내려갔다 오는 거라고 생각했다. 새벽 공기는 확연히 쌀쌀했다. 복도 끝에서 누군가의 목소리가 들렸다.

"신호 때문인가 봐."

노부인은 객실로 들어가 다시 잠을 청했다.

선로 위쪽 신호탑에서 한 남자가 랜턴을 휘두르며 기차를 향해 달려가고 있었다. 화부가 기관차에서 내렸고 철도 경비원도 기차에서 내려 그와 함께 가려고 걸어왔다. 랜턴을 든 남자가 도착해, 숨을 헐떡이며 드문드문 말을 내뱉었다.

"앞에 큰 사고가……. 우편 열차가 탈선했어요……."

기관사가 밖을 내다보더니 이들과 함께 가려고 밑으로 내려왔다.

기차 뒤편에서는 막 둑길을 올라온 남자 6명이 그들을 위해 열어 놓은 맨 뒤 차량 문을 통해 기차에 올라탔다. 서로 다른 객실에 타고 있던 또 다른 승객 6명이 나와 그들을 맞이했다. 이들은 능숙한 솜씨로 화물칸을 장악해 화물칸을 기차로부터 분리하는 작업에 몰두했다. 객차 앞뒤에는 복면을 쓴 남자 2명이 곤봉을 들고 경비를 섰다.

철도원 제복을 입은 한 남자가 멈춰 선 열차의 복도를 지나가면서 상냥한 목소리로 승객들의 물음에 대답하며 그들을 안심시켰다.

"앞 철로가 막혀 있습니다. 10분 정도 정차할 것 같습니다……."

기관차 옆에는 기관사와 화부가 단단히 재갈이 물리고 묶인 채 나란히 누워 있었다. 랜턴을 든 남자가 외쳤다.

"여기는 다 됐습니다."

철도 경비원 역시 재갈을 물리고 묶인 채 둑 옆에 누워 있었다.

화물칸에 있던 전문 강도들도 일을 마쳤다. 바닥에는 단단히 재갈이 물린 남자 2명이 더 있었다. 특별 우편 가방은 둑에서 기다리고 있던 다른 남자들에게로 옮겨졌다.

객차 안에 있던 승객들은 철도가 예전만 못하다고 쑥덕거렸다.

그러다 다시 잠자리에 들려는데 어둠을 뚫고 배기관이 포효하는 소리가 울려 퍼졌다.

"세상에나 제트기 소린가?"

한 여자가 중얼거렸다.

"경주용 자동차인 것 같은데."

포효하는 소리가 잦아들었다.

베드햄프턴 고속도로 15킬로미터 앞쪽에는 야간 화물 트럭 행렬이 북쪽으로 향하고 있었다. 커다란 흰색 경주용 자동차가 그 옆을 쌩하고 지나쳤다.

10분 뒤 그 자동차는 고속도로를 빠져나갔다.

도로 모퉁이에 자리 잡은 자동차 정비소에는 '휴업'이라는 표지판이 걸려 있었다. 하지만 정비소의 커다란 문이 활짝 열렸고 흰색 자동차가 곧장 안으로 들어가자 문이 다시 닫혔다. 세 남자는 번개처럼 순식간에 일을 처리했다. 자동차에는 새 번호판이 부착되었다. 운전자는 재킷과 모자를 갈아입었다. 하얀 양가죽 재킷을 입고 있던 그는 검은 가죽 재킷을 입고 다시 차를 몰고 나갔다. 그가 출발하고 3분 뒤, 성직자가 낡은 모리스 옥스퍼드를 몰고 천천히 도로를 빠져나가 이리저리 방향을 틀며 꼬불꼬불한 시골길을 달렸다.

시골길을 따라 달리던 스테이션왜건 자동차 1대가 울타리 옆에 정차해 있는 낡은 모리스 옥스퍼드 1대와 그 옆에 서 있는 나이 지긋한 남자를 발견하고 속도를 늦췄다.

스테이션왜건 운전자가 창밖으로 머리를 내밀었다.

"무슨 문제라도 있습니까? 제가 도와 드릴까요?"

"참 친절하시군요. 라이트가 고장 나서……."

두 운전자는 서로에게 다가갔다. 그리고 가만히 귀를 기울였다.

'인기척은 없었다.'

값비싼 미국식 가방들이 모리스 옥스퍼드에서 스테이션왜건으로 옮겨졌다.

1.5킬로미터에서 3킬로미터쯤 더 달린 스테이션왜건은 울퉁불퉁하고 거친 길로 방향을 꺾었는데 그곳은 웅장한 대저택의 뒷길이었다. 마구간이었던 곳에는 커다란 흰색 메르세데스가 한 대 서 있었다. 스테이션왜건 운전자는 열쇠로 메르세데스의 트렁크를 열더니 가방을 트렁크에 옮긴 뒤, 다시 스테이션왜건을 타고 떠났다.

근처 농장에서 수탉 하나가 요란하게 울어 댔다.

9장

하늘을 올려다본 엘비라 블레이크는 화창한 아침이라는 것을 알아차리고 공중전화 부스로 들어갔다. 그녀는 온슬로 스퀘어에 사는 브리짓의 집 전화번호를 돌렸다. 그녀는 수화기 너머에서 들려오는 목소리에 흡족해하며 입을 열었다.

"브리짓?"

"오, 엘비라니?"

브리짓이 흥분한 목소리로 말했다.

"그래. 아무 일 없었어?"

"오, 아니. 완전 엉망이었어. 네 친척인 멜퍼드 부인이 어제 오후에 엄마한테 전화를 했어."

"뭐? 나 때문에?"

"응. 점심때 내가 전화했을 때는 잘됐다고 생각했는데, 아무래도 멜퍼드 부인이 네 이가 걱정됐나 봐. 정말 어디가 잘못된 건지도 모른다고 생각했나 봐. 농양이나 뭐 그런 거 말이야. 그래서 직접 치과에 전화를 했다가 네가 치과에 아예 가지 않았다는 걸 알게 된 거야. 그래서 엄마한테 전화를 걸었는데 하필이면 그때 엄마가 바로 전화기 옆에 있어서 내가 먼저 받지 못했어. 엄마는 물론 그에 대해 아는 것이 전혀 없다고, 그리고 네가 우리 집에 머물고 있지도 않다고 말해 버렸지 뭐야. 정말 어떻게 해야 할지 모르겠더라고."

"그래서 어떻게 했는데?"

"난 아무것도 모르는 척했어. 그냥 네가 윔블던에 사는 친구를 만나러 갈 거라고 얘기한 적이 있다고 했어."

"왜 하필 윔블던이야?"

"그냥 처음 생각난 게 그곳이라."

엘비라가 한숨을 쉬었다.

"아 뭐, 내가 핑곗거리를 만들어 내야겠네. 윔블던에 사는 늙은 가정교사를 만나러 갔었다거나. 이렇게 시끄러워지면 일이 너무 복잡해져. 밀드레드 언니가 바보처럼 경찰이나 뭐 그런 데 연락하지 않았기를 바라는 수밖에."

"지금 내려갈 거야?"

"오늘 저녁까지는 안 돼. 해야 할 일이 많아."

"아일랜드에 갔던 건? 그건 잘됐어?"

"내가 궁금해하던 걸 알아냈어."

"왠지 으스스하게 들리는데."

"으스스한 기분이야."

"내가 도와줄 건 없어, 엘비라? 아무 거라도?"

"아무도 날 도와줄 수 없어. 이건 내가 직접 해야 하는 일이야. 난 어떤 일이 사실이 아니기를 바랐는데 사실이었어. 어떻게 해야 할지 모르겠어."

"너 지금 위험에 처한 거니, 엘비라?"

"괜한 법석 떨지 마, 브리짓. 조심해야 하는 것뿐이야. 용의주도하게 움직여야 해."

"그건 위험에 처했다는 뜻이잖아."

엘비라가 잠시 침묵하고 나서 입을 열었다.

"그냥 내 상상일 뿐이었으면 좋겠어."

"엘비라, 팔찌는 어떻게 할 거야?"

"아, 그건 문제없어. 아는 사람한테 돈을 좀 구했거든. 전당포에 가서……. 그걸 뭐라고 하더라, 상환하면 돼. 그리고 팔찌는 볼라드 씨에게 돌려주면 돼."

"그걸로 그냥 넘어갈 수 있을 것 같아? 아니에요, 엄마. 세탁소예요. 우리가 시트를 보내지 않았다잖아요. 네, 엄마. 네, 제가 말할게요. 알았어요."

전화선 너머에서 엘비라가 씩 웃으며 수화기를 내려놓았다. 그녀는 지갑을 열어 돈을 정리하고 필요한 동전을 세어 본 후 공중전화 앞에 올려놓고 전화를 걸었다. 전화가 걸리자 필요한 만큼 동전을 넣고 A 버튼을 누른 다음 작고 숨찬 목소리로 말했다.

"여보세요, 밀드레드 언니? 네, 저예요. 정말 죄송해요. 네, 저도 알아요. 그러니까 저는……. 네, 매디요. 옛날 그 가정교사 기억하시죠……. 네, 제가 엽서를 써 놓고 부치는 걸 깜박했어요. 아직 제 주머니에 있어요. 매디가 아픈데 돌봐줄 사람이 없다고 해서 괜찮은지 보러 잠깐 들렀거든요. 네, 브리짓네 집에 가려고 했는데 갑자기 그렇게 돼서……. 그게 무슨 말씀이세요? 누군가 착각한 게 분명해요. 네, 제가 돌아가서 다 말씀 드릴게요. 네, 오늘 오후요. 아니요, 제가 매디를 돌봐 줄 간호사가 올 때까지 기다려 보려고요. 뭐, 진짜 간호사는 아니에요. 그러니까 보조 간호사라던가, 뭐 그런 사람이요. 아니요, 병원은 싫다고 하세요. 죄송해요, 밀드레드 언니, 정말 정말 죄송해요."

수화기를 내려놓은 엘비라는 짜증스럽게 한숨을 쉬고 중얼거렸다.

"사방에 거짓말을 늘어놓는 것도 정말 싫다."

공중전화 부스에서 나온 엘비라의 눈에 커다랗게 나붙은 신문 게시판이 들어왔다.

"대규모 열차 강도 사건, 아일랜드 우편 열차, 강도의 습격을 받다."

볼라드가 손님을 접대하고 있을 때 출입문이 열렸다. 그는 상점으로 들어오는 귀족 영애 엘비라 블레이크를 올려다보았다.

"볼라드 씨 용무가 끝날 때까지 기다릴게요."

엘비라는 다가온 직원에게 말했다.

볼라드가 고객과의 상담을 끝내자 엘비라는 그에게로 다가갔다.

"안녕하세요, 볼라드 씨."

"죄송하지만 시계 수리가 아직 끝나지 않았습니다, 엘비라 양."

"시계 때문에 온 게 아니에요. 죄송하다는 말씀 드리려고 왔어요. 끔찍한 일이 일어났거든요."

그녀는 가방에서 꺼낸 작은 상자 하나를 열어 그 안에서 사파이어와 다이아몬드 팔찌를 꺼냈다.

"제가 시계 수리를 맡기러 왔을 때 크리스마스 선물을 고르다가 바깥 길거리에서 사고가 났던 거 기억하시죠? 누군가 차에 치였잖아요. 아니면 거의 치일 뻔했죠. 아무래도 그때 제가 이 팔찌를 손에 쥐고 있다가 무심코 제 옷 주머니에 넣었나 봐요. 오늘 아침에 발견했지 뭐예요. 그래서 이걸 돌려 드리려고 바로 뛰어온 거예요. 정말 죄송해요, 볼라드 씨. 제가 어쩌다 그런 바보 같은 짓을 했는지 모르겠네요."

"이런, 괜찮습니다, 엘비라 양."

볼라드가 느릿느릿 말했다.

"누군가 훔쳐 간 줄 아셨죠?"

엘비라는 맑고 파란 눈으로 그의 눈을 마주 보았다.

"팔찌가 사라진 건 알고 있었습니다. 정말 감사하게 생각합니다, 엘비라 양. 이렇게 빨리 돌려주셔서요."

"팔찌를 발견하고 저도 깜짝 놀랐어요. 어쨌든 정말 고맙습니다, 볼라드 씨. 너그럽게 이해해 주셔서요."

"누구나 생각지도 못한 실수를 하게 마련이니까요."

볼라드는 엘비라를 보며 자상한 미소를 지었다.

"저희도 이번 일을 이쯤에서 마무리하도록 하겠습니다. 하지만 다시는 이러시면 안 됩니다."

볼라드는 유쾌한 농담을 한 것처럼 웃음을 터트렸다.

"오, 그럼요. 앞으로는 조심할게요."

엘비라는 볼라드를 향해 미소를 짓고 뒤돌아 상점을 나섰다.

"이것 참 희한하군. 정말 희한해……."

볼라드가 중얼거렸다.

가까이 서 있던 직원이 그에게 다가와 물었다.

"그럼 저 아가씨가 가져갔던 건가요?"

"그래, 저 아가씨가 가져갔었네."

"하지만 다시 가져왔잖아요."

직원이 팔찌를 가리켰다.

"다시 가져왔지. 그럴 거라고 생각하지는 않았는데 말이야."

볼라드가 고개를 끄덕이며 말했다.

"저 아가씨가 다시 가져오지 않을 거라고 생각하셨단 말씀이세요?"

"그래, 저 아가씨가 가져갔다면 그러지 않을 거라고 생각했지."

"저 아가씨 말이 사실일까요? 그러니까 실수로 주머니에 넣었다는 거 말이에요."

직원이 호기심 어린 투로 물었다.

"그럴 수도 있는 일이기는 하지."

볼라드가 생각에 잠겨 대꾸했다.

"혹시 도벽이 있는 건 아닐까요?"

"그런지도 모르지."

볼라드가 동의했다.

"저 아가씨가 일부러 가져갔을 가능성이 더 높네. 하지만 그렇다면 왜 이렇게 빨리 돌려준 걸까? 이상하군······."

"우리가 경찰에 알리지 않았으니 운이 좋았죠. 솔직히 전 신고하고 싶었어요."

"그래 그래. 자네는 나만큼 경험이 많지 않으니까. 이런 경우에는 신고하지 않는 편이 확실히 나아."

볼라드가 조용히 혼잣말로 덧붙였다.

"하지만 정말 흥미롭단 말이야. 아주 흥미로워. 저 아가씨가 몇 살이더라? 17살 아니면 18살쯤 됐겠지. 어쩌면 어떤 곤경에 처했는지도 모르지."

"사장님께서 그 아가씨가 어마어마한 부자라고 말씀하셨던 것 같은데요."

"상속받게 되면 어마어마한 부자가 되겠지. 하지만 17살이면 아직 수중에 돈이 한 푼도 없을 거야. 웃긴 건 말이야, 상속을 받을 나이가 되기 전까지는 돈을 아예 주지 않거나 겨우 생활할 만큼만 준다는 거야. 그게 항상 좋은 방법은 아닌데 말이야. 어쨌든 이번 일의 진상은 앞으로도 밝혀지지 않을 것 같군."

볼라드는 진열장의 원래 있던 자리에 팔찌를 올려놓고 뚜껑을 닫았다.

10장

'이거턴, 포브스 앤드 윌버로'는 아직 변화의 바람이 느껴지지 않는 당당하고 위엄 있는 광장 중 하나인 블룸스버리에 자리 잡고 있었다. 놋쇠 간판은 읽을 수 없을 정도로 낡았다. 설립된 지 100년이 넘은 이 회사는 영국 내 상류 계급 상당수를 고객으로 두고 있었다. 그곳에는 더 이상 포브스는 물론 윌버로도 없었고, 애트킨슨 부자와 웨일스 출신의 로이드, 스코틀랜드 출신의 매컬리스터가 그 자리를 대신했다. 하지만 회사 설립자 중 하나인 이거턴의 후손 이거턴은 여전히 남아 있었다. 52살인 이거턴은 과거 그의 할아버지와 삼촌, 아버지의 고객이었던 여러 가문에 조언을 해 주는 일을 하고 있었다.

지금 이 순간 그는 1층의 근사한 사무실에 있는 커다란 마호가니 책상 앞에 앉아, 낙담한 표정을 짓고 있는 고객에게 상냥하면서도 단호하게 이야기하고 있었다. 리처드 이거턴은 큰 키에, 관자놀이 부근만 약간 희끗한 검은 머리와 상당히 예리한 회색 눈을 가진 잘생긴 남자였다. 그는 언제나 고객들에게 현명한 충고를 하면서도 돌려 말하는 법이 없었다.

"솔직히 말해 당신이 빠져나갈 방법이 없습니다, 프레디. 당신이 쓴 그 편지가 존재하는 한은요."

"그렇다면 설마……."

프레디는 낙담한 표정으로 중얼거렸다.

"네, 그렇습니다. 유일한 희망은 법정에 가기 전에 마무리 짓는 거죠. 자칫하면 형사 소송에 휘말릴 수도 있습니다."

"이봐요, 리처드. 말이 너무 지나친 거 아닙니까?"

이거턴의 책상 위에 있던 작은 부저가 조용히 울렸다. 그는 인상을 찌푸리며 수화기를 들었다.

"내가 방해하지 말라고 하지 않았나?"

반대편에서 중얼거리는 소리가 들렸다.

"아, 그래……. 그래, 알았어. 잠시 기다리라고 해 주게."

이거턴은 수화기를 내려놓고 다시 한번 비참한 표정을 짓고 있는 고객에게 고개를 돌렸다.

"이봐요, 프레디. 나는 법을 알지만 당신은 모릅니다. 당신은 지금 간악한 흉계에 휘말려 있습니다. 당신을 빼내기 위해 최선을 다하겠지만, 그러려면 비용이 꽤 들 겁니다. 그쪽에서는 1만 2000파운드 이하로는 합의해 주지 않을 테니까요."

비참하던 프레디의 얼굴 표정이 경악으로 물들었다.

"1만 2000파운드라니! 이봐요, 나한테는 그만한 돈이 없단 말입니다."

"뭐, 그렇다면 어디서든 구해 봐야겠죠. 언제나 방법은 있게 마련입니다. 그 여자 분이 1만 2000파운드에 합의해 준다면 그것만으로도 운이 좋은 겁니다. 법정까지 가게 되면 더 큰 대가를 치러야 할 테니까요."

"당신네 변호사들이란 죄 사기꾼들이야."

프레디가 이렇게 말하고 자리에서 일어나 덧붙였다.

"뭐 어디 한번 최선을 다해 보시죠."

프레디는 애처롭게 고개를 흔들며 사무실을 나섰다. 리처드 이거턴은 프레디와 그의 문제를 머릿속에서 밀어내고 다음 고객을 떠올렸다. 그는 조용히 혼잣말로 중얼거렸다.

"엘비라 블레이크 영애라……. 어떻게 자랐을지 궁금하군."

이거턴은 수화기를 들었다.

"프레더릭 경은 끝났네. 블레이크 양을 들여보내게."

엘비라 블레이크를 기다리는 동안 이거턴은 책상 위 종이철에 대고 계산해 보았다. 그 후로 몇 년이 지난 걸까? 15살이나, 17살, 아니 어쩌면 그보다 더 됐을지도 모른다. 시간은 빨리도 지나가니까.

'코니스턴의 딸이라……. 그리고 베스의 딸이기도 하지. 둘 중 누구를 닮았을까?'

이거턴은 생각에 잠겼다.

서기가 문을 열고 엘비라 블레이크 양이 도착했다고 알렸다. 이내 소녀가 사무실로 들어왔다. 이거턴은 자리에서 일어나 그녀에게 다가갔다. 생김새는 부모 중 그 누구도 닮지 않았다. 큰 키에 날씬한 몸매, 뽀얀 살결, 얼굴색은 베스와 닮았지만 베스의 생명력은 찾아볼 수 없었다. 오히려 보수적인 분위기가 감돌았다. 하지만 지금 한창 유행하고 있는 원피스에 주름 장식이 달린 보디스를 입고 있어 뭐라고 단정하기 어려웠다.

"자 자, 이거 참 뜻밖이구나. 마지막으로 널 본 게 11살 때였는데. 이리 와 앉거라."

이거턴은 엘비라와 악수를 하며 말했다.

엘비라는 이거턴이 잡아당긴 의자에 앉더니 약간 조심스럽게 입을 열었다.

"아무래도 제가 먼저 편지를 보냈어야 했나 봐요. 편지로 약속을 잡았어야 했는데. 하지만 갑자기 결정을 내린 데다 런던에 있는 지금이 기회라는 생각이 들어서요."

"런던에는 무슨 일로 왔니?"

"치과에 가려고요."

"치통은 정말 지긋지긋하지. 요람에서 무덤까지 우리를 괴롭히니 말이야. 하지만 덕분에 널 만나게 됐으니 고마워해야겠구나. 어디 보자, 그동안 이탈리아에 있었지? 요즘 아가씨들이 많이 다니는 학교에서 학업을 마친 거냐?"

"네. 마르티넬리 백작 부인 댁에 있었어요. 하지만 지금은 그 댁에서 아예 나왔어요. 앞으로 무얼 할 건지 정할 때까지 켄트에 있는 멜퍼드 댁에서 살게 될 거예요."

"네 마음에 쏙 드는 무언가를 찾으면 좋겠구나. 대학에 가거나 학업을 계속할 생각이니?"

"아니요. 그럴 정도로 똑똑하다고 생각하지는 않아요."

엘비라는 잠시 생각하더니 말을 이었다.

"제가 하고 싶은 게 있으면 변호사님은 뭐든 따라 주셔야 하는 거죠?"

이거턴은 예리한 눈으로 날카롭게 그녀를 마주 보고 말했다.

"난 네 후견인 중 하나고 네 아버지의 유언에 따라 유산을 신탁 보관하고 있지. 따라서 넌 언제든 나를 찾아올 권리가 있단다."

엘비라는 예의 바르게 "감사합니다."라고 대답했다. 이거턴이 물었다.

"혹시 무슨 걱정거리라도 있니?"

"아니에요, 그런 건 아니에요. 하지만 전 아무것도 모르고 있잖아요. 아무도 제게 이야기해 주지 않아요. 그렇다고 직접 물어보기도 힘들고요."

이거턴이 그녀를 주의 깊게 바라보았다.

"너에 대한 것 말이니?"

"네. 이해해 주셔서 고마워요. 데릭 아저씨는······."

그녀는 머뭇거렸다.

"데릭 러스컴?"

"네. 저는 그분을 아저씨라고 불러요."

"그렇구나."

"정말 상냥한 분이에요. 하지만 속 시원하게 다 말해 주는 분이 아니잖아요. 준비를 미리 다 해 놓고 제가 마음에 들어 하지 않으면 어쩌나 약간 걱정스러운 표정을 짓곤 하시죠. 물론 다른 사람 말은······. 그러니까 여자들 말은 잘 들어주시지만요. 예를 들어 마르티넬리 백작 부인 말이에요. 아저씨는 제가 학교에 입학하거나 졸업할 수 있도록 여러 가지 준비를 해 주셨어요."

"그리고 넌 그 학교에 가고 싶지 않았고?"

"아니에요, 그런 뜻은 아니에요. 학교는 꽤 괜찮았어요. 모두 가는 학교잖아요."

"그렇구나."

"하지만 저는 제 자신에 대해 아는 게 없어요. 그러니까 제가 가진 돈이 얼마나 되는지, 그 돈으로 제가 원하는 걸 할 수 있는지 말이에요."

"그래. 넌 사업 이야기를 하고 싶은 거로구나. 그렇지? 뭐, 네 말이 맞는 것 같구나. 어디 보자. 네가 몇 살이지? 16살······. 17살?"

이거턴이 매력적인 미소를 지으며 말했다.

"조금 있으면 20살이에요."

"오, 이런. 벌써 그렇게 된 줄은 몰랐구나."

"아시겠지만 저는 언제나 과잉보호를 받는 기분이 들어요. 그것도 좋기는 하지만 괴로운 일이기도 하죠."

"구세대적인 방법인 건 분명해. 하지만 데릭 러스컴은 그런 방법밖에 모를 거야."

"아저씨는 좋은 분이세요. 하지만 어쩐지 진지하게 이야기하기가 너무 어려워요."

"그래, 그럴 수도 있겠구나. 자, 너에 대해 얼마나 알고 있니, 엘비라? 가족부터 말해 볼까?"

"아버지는 제가 5살 때 돌아가셨고, 제가 2살 때쯤인가 어머니가 다른 사람과 떠났다는 건 알아요. 어머니에 대한 기억은 전혀 없고요. 아버지도 잘 기억나지 않아요. 나이가 아주 많으셨고 다리를 의자 위에 올려놓곤 하셨고, 욕도 자주 하셨다는 것밖에는요. 저는 아버지를 좀 무서워했어요. 아버지가 돌아가신 뒤 아버지의 숙모인지 사촌인지와 함께 살다가 그분이 돌아가신 후에 데릭 아저씨와 아저씨의 여동생과 함께 살았어요. 그러다 아저씨의 여동생이 돌아가시고 저는 이탈리아로 보내졌죠. 그리고 이제는 데릭 아저씨가 친절하게도 아저씨의 사촌이자 제 나이 또래의 딸이 둘 있는 멜퍼드가에서 지낼 수 있도록 주선해 주셨어요."

"그곳은 마음에 드니?"

"아직은 모르겠어요. 아직 그 집에 들어가지 않았으니까요. 하지만 굉장히 따분한 사람들이에요. 저는 제가 돈을 얼마나 받게 되는지 알고 싶어요."

"그러니까 네가 진짜 알고 싶은 건 너의 재정적인 정보구나?"

"네. 제가 유산을 물려받게 될 거라는 건 알아요. 액수가 큰가요?"

이제 이거턴은 진지하게 말했다.

"그렇단다. 넌 많은 유산을 상속받았지. 네 아버지는 굉장히 부유한 사람이었단다. 그리고 넌 그의 무남독녀이니까. 네 아버지가 사망할 당시 작위와 영지는 사촌에게 돌아갔지. 하지만 네 아버지는 그 사촌을 탐탁지 않게 생각했기 때문에 상당한 액수의 사유 재산을 전부 딸인 너에게 남겼어. 넌 대단한 부자란다. 아니, 부자가 될 거다. 네가 21살이 되면 말이다."

"지금은 부자가 아니라는 말씀이세요?"

"그렇단다. 지금도 부자이기는 하지만 네가 21살이 되거나 결혼하기 전까지는 그 돈을 네 마음대로 쓸 수 없단다. 그때까지는 신탁 보관인이 관리하지. 러스컴과 나, 그리고 또 한 사람이다."

이거턴은 엘비라를 보며 미소 지었다.

"우리는 그 돈을 횡령하거나 하지 않았단다. 우리가 신탁받은 그대로야. 사실 투자를 해서 액수가 더 늘어났지."

"제가 얼마를 받게 되나요?"

"네가 21살이 되거나 결혼을 하게 되면 대략 60만 파운드에서 70만 파운드 정도 받게 될 거다."

"어마어마하네요."

엘비라는 감탄했다.

"그래, 어마어마한 액수지. 아마도 그 때문에 아무도 너한테 돈에 대해 이야기해 주지 않은 건지도 모른단다."

이거턴은 곰곰이 생각에 잠긴 엘비라를 살펴보며 꽤 흥미로운 아가씨라고 생각했다. 믿을 수 없을 정도로 맥 빠져 보였지만 무언가 있었다. 분명 무언가 있었다. 그는 희미하게 냉소적인 미소를 지으며 물었다.

"이제 만족하니?"

엘비라는 돌연 미소를 지었다.

"그래야겠죠?"

"도박으로 돈을 딴 것보다 나으니까."

이거턴이 한마디 거들었다.

엘비라는 고개를 끄덕였지만 머릿속으로는 다른 생각을 하고 있었다. 그러다 불쑥 말했다.

"제가 죽으면 그 돈을 누가 갖게 되나요?"

"법적으로는 너와 가장 가까운 친척한테 가게 되지."

"그러니까 제가 지금 유언장을 작성할 수는 없는 거죠, 그렇죠? 제가 21살이 되기 전에는 말이에요. 누가 그러던데요."

"그렇단다."

"그건 좀 어이없네요. 제가 결혼한 상태에서 죽는다면 그 돈은 제 남편이 가지게 되겠죠?"

"그렇지."

"그리고 제가 결혼을 하지 않는다면 제 어머니가 최근친자로 그 돈을 가지게 될 테고요. 제게 친척이라고는 거의 없는 모양이에요. 하긴 어머니에 대해서도 모르니까요. 어머니는 어떤 분이세요?"

"굉장히 놀라운 여자란다."

이거턴은 짤막하게 대답했다.

"모두 그 말에 고개를 끄덕일 거다."

"어머니가 저를 보고 싶어 한 적은 없나요?"

"어쩌면 그랬을지도 모르지……. 아니 틀림없이 그랬을 거야. 하지만 본인의 인생이 어떤 면에서는 실패라고 할 수 있기 때문에, 어쩌면 너를 자신에게서 멀리 떨어뜨려 놓는 게 낫다고 생각했는지도 모른단다."

"어머니가 정말 그렇게 생각하세요?"

"아니, 네 어머니 생각이 어떤지는 나도 모른단다."

엘비라는 자리에서 일어나 말했다.

"고맙습니다. 제게 모든 걸 말씀해 주셔서 정말 고맙습니다."

"네게 진작 얘기해 줬어야 했는데."

"아무것도 모른다는 건 치욕스러운 일이에요. 물론 데릭 아저씨는 제가 그저 어린아이라고만 생각하시죠."

"뭐, 그 사람도 그리 젊지는 않으니까. 그 사람이나 나나 옛날 사람이지. 우리가 옛날 방식으로 생각하더라도 네가 이해해 줘야 해."

엘비라는 선 채로 잠시 그를 바라보았다.

"하지만 변호사님은 제가 어린아이라고 생각하지 않으시죠, 그렇죠?"

엘비라는 날카롭게 말하고는 이렇게 덧붙였다.

"변호사님은 데릭 아저씨보다 여자에 대해 더 많이 아실 거예요. 아저씨가 같이 살아 본 여자라고는 여동생밖에 없으니까요."

그러더니 손을 앞으로 내밀며 아주 사랑스럽게 말했다.

"정말 감사하게 생각해요. 일하시는 데 너무 방해한 건 아닌지 모르겠네요."

엘비라는 방을 나갔다.

이거턴은 가만히 선 채로 닫히는 문을 바라보았다. 그는 입술을 오무려 휘파람을 불고 고개를 설레설레 저으며 다시 자리에 앉았다. 이거턴은 펜을 집어 들고 생각에 잠긴 채 책상을 톡톡 두드렸다. 그는 종이 몇 장을 앞으로 끌어당겼다가 다시 치우고는 수화기를 들었다.

"코델 양, 러스컴 대령 좀 연결해 줘요. 먼저 클럽에 전화해 보고 없으면 슈롭셔의 집으로 해 봐요."

이거턴은 수화기를 내려놓고 다시 한번 종이를 끌어당겨 읽기 시작했다. 하지만 그의 머릿속은 다른 생각으로 가득했다. 그리고 부저가 울렸다.

"러스컴 대령님 연결됐습니다, 이거턴 씨."

"연결해요. 여보세요, 데릭. 리처드 이거턴입니다. 잘 지내셨습니까? 방금 당신도 잘 아는 사람이 나를 찾아왔더군요. 당신의 피후견인 말입니다."

"엘비라 말인가요?"

데릭 러스컴이 깜짝 놀란 목소리로 말했다.

"네."

"하지만 왜……. 도대체 그 애가 왜 당신을 찾아간 겁니까? 무슨 문제라도 있는 겁니까?"

"아니요, 그렇지는 않습니다. 오히려 뭐랄까……. 꽤 흡족해하는 것 같던데요. 재정적인 상황을 알고 싶어 하더군요."

"설마 그 애에게 말한 건 아니겠죠?"

러스컴이 걱정하며 물었다.

"안 될 건 또 뭡니까? 비밀로 할 이유가 없지 않습니까?"

"글쎄요, 난 그 애에게 곧 어마어마한 부자가 될 거라는 사실을 알려 주는 건 그리 현명한 일이 아니라는 생각이 듭니다."

"우리가 알려 주지 않더라도 누군가는 그 아가씨에게 알려 줄 겁니다. 그 아가씨도 미리 준비하고 있어야죠. 돈은 곧 책임이니까요."

"네, 하지만 그 애는 어린아이입니다."

"정말 그럴까요?"

"무슨 소립니까? 당연히 아직 어린아이죠."

"제가 보기에는 그렇지 않던데요. 남자 친구는 어떤 녀석입니까?"

"네?"

"남자 친구가 어떤 녀석이냐고 물었습니다. 사귀고 있는 남자 친구가 있죠, 아닌가요?"

"아닙니다, 절대 아니에요. 그런 건 절대 없습니다. 도대체 어쩌다 그런 생각을 하게 된 겁니까?"

"그 아가씨가 그런 말을 한 건 아닙니다. 하지만 제 경험으로 봤을 때 아무래도 남자 친구가 있는 것 같아요."

"당신 생각이 틀린 겁니다. 그 애는 애지중지 자랐습니다. 엄격한 학교에 다녔고, 이탈리아에서 엄선한 교양 학교에 다녔어요. 혹시라도 그런 일이 있었다면 내가 모를 리 없습니다. 뭐 어쩌면 젊은 녀석 한둘 정도 만났을지도 모르지만 당신이 생각하는 그런 관계는 분명 아닙니다."

"어쨌든 내가 판단하기로는 남자 친구가 있는 게 분명해요. 그것도 탐탁지 않은 녀석으로."

"왜 그렇게 생각하시죠, 리처드? 당신이 어린 아가씨들에 대해 뭘 안다고요?"

"꽤 많은 것을 알고 있죠. 작년에도 그런 고객이 3명이나 있었는데 그중 2명은 피보호자로 지정받았고 나머지 1명은 부모를 들볶아 불운하게 끝날 게 뻔한 결혼을 허락받았습니다. 요즘 아가씨들은 예전처럼 보호를 받지 못해요. 그러다 보니 아가씨들을 보호하기란 아주 어려운 일입니다……."

이거턴이 냉담하게 대꾸했다.

"하지만 엘비라는 누구 못지않게 보호를 받고 자랐어요."

"어린 아가씨들이 얼마나 교묘한지 당신은 상상도 못할 겁니다. 그 아가씨를 주의 깊게 살피세요, 데릭. 무슨 일을 꾸미고 있는지 물어도 보고요."

"말도 안 되는 소리예요. 그 애는 상냥하고 착한 아이입니다."

"상냥하고 착한 아가씨들이 무슨 짓을 저지를지는 아무도 모르는 일입니다. 그 애 엄마가 남자와 가출했던 거……. 기억하십니까? 당시 그 애 엄마는 지금 엘비라보다 어린 나이였어요. 코니스턴 노인네는 영국 최악의 망나니였고요."

"정말 당황스럽군요, 리처드. 정말 당황스러워요."

"명심하는 게 좋을 겁니다. 그 아가씨가 던진 다른 질문도 마음에 걸립니다. 그 아가씨는 자기가 죽으면 누가 돈을 상속받게 되는지 왜 그렇게 궁금해하는 거죠?"

"그 말을 듣고 보니 좀 이상하군요. 그 애가 나한테도 그걸 물었거든요."

"그랬습니까? 왜 어린 나이에 그런 생각을 하는 걸까요? 참, 자기 어머니가 어떤 사람인지도 묻더군요."

러스컴이 걱정스러운 목소리로 입을 열었다.

"베스가 그 애를 만나면 좋겠는데."

"그 문제에 대해 얘기해 봤습니까? 베스에게 말입니다."

"뭐, 네……. 네, 해 봤습니다. 우연히 마주친 적이 있어요. 알고 보니 딸과 같은 호텔에 묵고 있지 뭡니까. 그 애를 좀 만나 보라고 설득했습니다."

"뭐라고 하던가요?"

이거턴이 호기심 어린 목소리로 물었다.

"딱 잘라 거절하더군요. 자기는 딸아이에게 득 될 게 없는 사람이라면서요."

"어떻게 보면 맞는 말이기는 합니다. 요즘에는 그 자동차 경주 하는 녀석이랑 만난다죠?"

"나도 그런 소문을 들었습니다."

"네, 나도 들었어요. 사실인지는 모르겠지만. 사실일 수도 있죠. 그래서 그런 걸 겁니다. 베스가 만나고 다니는 사람들을 보면 가끔씩 소름이 끼칩니다. 하지만 정말 대단한 여자예요. 안 그렇습니까? 대단한 여자예요."

"언제나 스스로 무덤을 파죠."

데릭 러스컴이 퉁명스럽게 대꾸했다.

"정말이지 틀에 박힌 진부한 표현이군요. 심란하게 해 드려 죄송하지만 그 아가씨 주변에 탐탁지 않은 녀석이 맴돌고 있지는 않은지 주의 깊게 살펴보세요. 괜히 나중에 내 탓 하지 마시고요."

이거턴은 수화기를 내려놓고 다시 한번 종이를 앞으로 끌어당겼다. 이번에는 온전히 일에 집중할 수 있었다.

11장

페니파더 참사회원의 집 가정부 매크래 부인은 그가 돌아오면 저녁 식사에 내놓으려고 도버산 서대기(생선의 일종 — 옮긴이)를 주문했다. 신선한 도버산 서대기의 장점은 셀 수 없이 많다. 참사회원이 무사히 집에 도착한 후에 그릴이나 프라이팬에 올려놓으면 된다. 그리고 필요하면 다음 날까지 보관해도 된다. 페니파더 참사회원은 도버산 서대기를 좋아했다. 그리고 혹시라도 참사회원이 늦을 거라는 전화나 전보가 오면 역시 도버산 서대기를 좋아하는 매크래 부인이 먹으면 된다. 매크래 부인은 참사회원이 돌아올 것에 대비해 서대기를 잘 손질해 두었다. 도버산 서대기 다음에는 팬케이크를 내갈 것이다. 서대기는 주방 식탁에 올려놓았고 팬케이크 반죽은 볼에 담아 놓았다. 그녀는 모든 것을 준비해 놓았다. 놋그릇은 윤이 났고 은 그릇은 반짝거렸으며 어디에도 티끌 하나 보이지 않았다. 이제 참사회원만 도착하면 된다.

참사회원은 런던에서 기차를 타고 6시 30분에 도착할 예정이었다. 그러나 7시가 되었는데도 돌아오지 않았다. 기차가 연착된 모양이었다. 7시 30분이 되었는데도 돌아오지 않자 매크래 부인은 초조하게 한숨을 쉬었다. 또 시작인가 하는 생각이 들었다. 8시가 되었지만 참사회원은 모습을 보이지 않았다. 매크래 부인은 짜증스럽게 긴 한숨을 쉬었다. 분명 곧 전화가 올 거라고 생각했다. 어쩌면 안 올지도 모르지만. 편지를 썼는데 부치는 걸 깜빡 잊었는지도 몰랐다.

"이런, 이런!"

매크래 부인이 중얼거렸다.

9시가 되어 그녀는 그릇에 담긴 반죽으로 팬케이크 3개를 만들어 먹었다. 서대기는 조심스럽게 냉장고에 넣었다.

"주인어른은 지금 어디에 계시는 걸까?"

매크래 부인이 또다시 중얼거렸다.

그녀는 지금까지 경험한 것으로 보아 그가 엉뚱한 곳에 가 있을 수도 있다는 사실을 잘 알고 있었다. 잠자리에 들기 전에 때맞춰 전보를 보내거나 전화하기를 바라는 수밖에 없었다.

"11시까지는 기다려 보겠지만 그 이상은 안 돼요."

매크래 부인이 또 한 번 중얼거렸다.

그녀는 잠자리에 드는 시간이 10시 30분이었으므로 11시까지 기다리는 것이 의무라고 생각했다. 하지만 11시가 되어도 참사회원에게서 아무런 연락이 없자 매크래 부인은 곧바로 일어나 현관문을 잠그고 침실로 들어갔다.

전에도 이런 일이 여러 번 있었으므로 그녀는 크게 걱정하지 않았다. 그저 기다리는 수밖에 달리 방법이 없었다. 가능성은 수도 없이 많았다. 페니파더 참사회원이 엉뚱한 기차를 타고 랜즈 엔드나 존 오그로츠까지 갔을 수도 있고, 혹은 날짜를 착각해 돌아오는 날이 내일인 줄 알고 아직 런던에 머물고 있는지도 모르는 일이었다. 어쩌면 외국에서 열린 이번 학술 대회에서 친구들을 만나 주말 내내 그곳에 머물기로 했는지도 몰랐다. 매크래 부인에게 알리려고 했지만 까맣게 잊어버렸을 것이다. 내일모레는 그의 오랜 친구인 시먼스 부주교가 이 집에 와 머물기로 되어 있었다. 참사회원은 분명 그것을 기억하고 있을 것이므로 내일 도착한다는 전보를 보내고 늦어도 내일이면 집에 도착하거나 아니면 편지라도 1통 보낼 것이다.

하지만 다음 날 아침이 되어도 그에게서 아무런 연락이 없었다. 매크래 부인은 처음으로 조금 불안한 마음이 들었다. 아침 9시부터 오후 1시까지 그녀는 전화기를 주시하며 망설였다. 매크래 부인은 전화에 대해 고정 관념을 가지고 있었다. 그녀는 전화를 사용할 수 있고 전화가 얼마나 편리한지도 알고 있었지만 좋아하지는 않았다. 그녀 가족 가운데엔 전화로 쇼핑을 하는 사람도 있지만, 그녀는 손님이 직접 물건을 보지 않으면 가게 주인이 속이려 들게 뻔하다는 생각 때문에 직접 쇼핑하는 것을 더 좋아했다. 하지만 집안일을 하는 데는 전화가 유용했다. 그녀는 이따금 근처에 사는 친구들이나 친척들에게 전화를 하곤 했다. 하지만 장거리 전화, 그러니까 런던으로 전화를 거는 것은 영 내키지 않았다. 부끄러운 돈 낭비였다. 그러나 이번에 그 문제를 생각해 보았다.

마침내 그녀는 다음 날 날이 밝을 때까지 참사회원에게서 아무런 소식이 없으면 행동에 옮기기로 결심했다. 그녀는 참사회원이 런던 어느 곳에 머무는지 알고 있었다. 근사하고 고풍스러운 버트럼 호텔이었다. 그저 전화를 걸어 물어보기만 하면 될 것이다. 호텔에서는 참사회원이 어디 있는지 알고 있는지도 몰랐다. 그곳은 여느 평범한 호텔이 아니었다. 우선은 고린지 양을 바꿔 달라고 해야 할 것이다. 고린지 양은 아주 유능하고 배려심이 많은 직원이었다. 물론 참사회원은 12시 30분에 기차역에 도착했을지도 모른다. 그랬다면 지금쯤 집에 도착했어야 한다.

하지만 시간이 계속 흘러도 참사회원이 집에 올 기미가 보이지 않았다. 매크래 부인은 심호흡을 한 번 하고 용기를 내 런던에 전화를 걸었다. 그녀는 수화기를 귀에 바싹 갖다 대고 입술을 깨물고 기다렸다.

"버트럼 호텔입니다. 무엇을 도와 드릴까요?"

목소리가 들려왔다.

"저, 고린지 양과 통화하고 싶은데요."

"잠시만 기다려 주세요. 성함이 어떻게 되시죠?"

"페니파더 참사회원님 댁 가정부 매크래 부인이에요."

"잠시만 기다려 주세요."

잠시 뒤 고린지 양의 침착하고 유능한 목소리가 흘러나왔다.

"고린지입니다. 페니파더 참사회원님 댁 가정부이시라고요?"

"네, 매크래 부인이요."

"오, 네. 무슨 일이시죠, 매크래 부인?"

"페니파더 참사회원님이 아직 그 호텔에 묵고 계시나요?"

"전화 주셔서 다행이에요. 그렇지 않아도 저희도 어떻게 해야 할지 몰라 조금 걱정하던 참이었어요."

고린지 양이 말했다.

"페니파더 참사회원님께 무슨 일이라도 생긴 건가요? 사고라도 당하셨나요?"

"아니요, 아니요, 그런 건 아니에요. 하지만 그분께서 루체른에 가셨다가 금요일이나 토요일에 돌아오시는 것으로 알고 있었어요."

"음……. 아마 그럴 거예요."

고린지 양은 서둘러 말을 이었다.

"그런데 돌아오지 않으셨어요. 물론 그렇게 놀랄 일은 아니지만요. 방을……. 그러니까 어제까지 예약해 두셨거든요. 그런데 어제도 돌아오지 않으셨고 아무런 연락도 없으신 데다 짐도 아직 이곳에 있어요. 거의 다 말이에요. 저희도 어떻게 해야 할지 잘 모르겠네요. 저희도 참사회원님에 대해서는 잘 알고 있어서, 그러니까…… 건망증이 좀 있으시잖아요."

"그렇고말고요!"

"저희로서도 입장이 조금 난처해요. 예약이 꽉 차 있는 데다 그분이 묵으시던 방을 다른 손님이 예약해 두셨거든요."

고린지 양은 이렇게 말하고 이내 덧붙였다.

"혹시 어디 계신지 아시나요?"

"그분이 어디 계신지 누가 알겠어요. 어쨌든 감사합니다, 고린지 양."

매크래 부인은 씁쓸하게 대꾸했다.

"혹시라도 제가 도울 일이 있으면……."

고린지 양이 상냥하게 말했다.

"곧 연락이 오겠죠."

매크래 부인은 다시 한번 고린지 양에게 고맙다는 인사를 하고 전화를 끊었다.

매크래 부인은 당황한 표정으로 전화기 옆에 멍하니 서 있었다. 그녀는 참사회원이 위험에 처해 있을 거라는 걱정은 하지 않았다. 혹시라도 사고를 당한 거라면 지금쯤 연락이 왔을 거라고 확신했다. 여러 가지 면에서 참사회원은 쉽게 사고를 당할 사람이 아니었다. 매크래 부인의 표현을 빌리면 그는 '산만한 사람'이었고, 산만한 사람들은 언제나 특별히 운이 따르는 것 같았다. 그런 사람들은 누름단추식 횡단보도를 단추도 누르지 않고 건너도 별 탈 없었다. 아니, 페니파더 참사회원이 병원에 누워 신음하는 모습은 상상하기 힘들었다. 그는 어딘가에서 분명 아무 생각 없이 친구들과 즐겁게 담소를 나누고 있을 것이다. 어쩌면 아직 해외에 있는지도 몰랐다. 곤란한 일이 있다면 시먼스 부주교가 오늘 저녁에 도착해 집주인이 자신을 맞이해 줄 거라고 기대한다는 점이었다. 정말 어떻게 해야 할지 모르겠지만, 대부분 그렇듯 이 문제에도 희망은 있었다. 바로 시먼스 부주교였다. 그라면 어떻게 해야 할지 알 것이다. 매크래 부인은 이 일을 부주교에게 맡기기로 했다.

시먼스 부주교는 그녀의 집주인과는 모든 면에서 정반대였다. 그는 자신이 어디로 가는지 무엇을 하고 있는지 잘 알고 있었으며, 무엇이 옳은 일인지를 알고 행동하는 사람이었다. 그야말로 믿음직스러운 성직자였다. 시먼스 부주교가 도착하자 매크래 부인은 당황해하며 상황을 설명하고 죄송하다고 말했다. 하지만 시먼스 부주교는 조금도 동요하지 않았을 뿐 아니라 놀라지도 않았다. 그는 매크래 부인이 그가 도착할 시간에 맞춰 준비해 놓은 식사를 하기 위해 자리에 앉으며 상냥하게 말했다.

"걱정 말아요, 매크래 부인. 이 정신 나간 친구를 언젠가는 찾게 될 테니까. 체스터턴 얘기 들어 보셨소? 작가인 G. K. 체스터턴 말이오. 그 사람이 순회강연을 떠났을 때 아내에게 이런 전보를 쳤다는군요. '지금 크루역에 있음. 난 어디로 가야 하지?'"

시먼스 부주교는 웃음을 터트렸다. 매크래 부인은 예의를 갖추느라 미소를 지었다. 페니파더 참사회원이라면 그러고도 남을 사람이라 그리 웃습지 않았다.

"아, 부인께서 만든 송아지 커틀릿은 정말 훌륭하오. 부인 요리 솜씨에 감탄이 절로 나오는군요. 내 오랜 친구도 당신의 진가를 인정해 줘야 할 텐데요."

시먼스 부주교가 감탄하며 말했다.

송아지 커틀릿 다음에는 매크래 부인이 기억하기로 부주교가 가장 좋아하는 디저트인 블랙베리 소스를 얹은 작은 성 모양의 푸딩이 이어졌으며, 부주교는 사라진 친구를 찾아내겠다는 열의에 불타올랐다. 그는 통화비 따위는 완전히 무시한 채 열성적으로 통화에 매달렸으며, 이 때문에 매크래 부인은 못마땅하게 입을 삐죽거리기는 했지만 주인어른을 찾아내야 했던 만큼 겉으로 불만을 드러내지는 않았다.

먼저 의례적으로 오라버니가 어디를 돌아다니는지 거의 모르는 참사회원의 여동생에게 전화를 걸었다. 하지만 역시나 그가 어디 있는지, 어디에 있을 법한지 전혀 모른다고 하는 걸 보고 부주교는 연락망을 더욱 넓혔다. 그는 다시 한번 버트럼 호텔에 전화를 걸어 모든 정황을 가능한 세세하게 들었다. 참사회원은 19일 이른 저녁에 그곳을 떠난 게 분명했다. 그는 다른 짐들을 예약해 둔 방에 그대로 두고 영국 유럽 항공사의 작은 가방을 들고 떠났다. 참사회원은 루체른에서 열리는 어떤 모임에 갈 거라고 했다. 호텔에서 바로 공항으로 가지는 않았다. 그의 얼굴을 잘 아는 수위가 그를 택시에 태웠으며, 참사회원은 택시 기사에게 애서니엄 클럽으로 가자고 했다. 버트럼 호텔 사람들이 마지막으로 페니파더 참사회원을 본 게 그때였다. 그리고 하나 더, 그는 방 열쇠를 프런트에 맡기는 걸 깜박 잊고 그냥 가져갔다. 그건 처음 있는 일이 아니었다.

시먼스 부주교는 다음 전화를 걸기 전에 잠시 생각해 보았다. 런던의 공항에 전화를 해 볼 수도 있었지만 그건 시간이 좀 걸릴 게 분명했다. 지름길이 있을지도 몰랐다. 부주교는 루체른의 학술 대회에 참석했을 게 분명한 박식한 히브리어 학자 바이스가르텐 박사에게 전화를 걸었다.

바이스가르텐 박사는 집에 있었다. 그는 부주교의 목소리를 듣자마자 루체른의 학술 대회에서 발표된 논문 2개에 대해 장황하게 쏟아 냈다. 험담에 가까운 비평이 대부분이었다.

"그 호가로브라는 친구는 순 엉터리야. 어떻게 그런 논문이 통과됐는지 모르겠네. 그 친구는 학자도 아니야. 그가 뭐라고 했는지 아나?"

부주교는 한숨을 쉬었다. 단호하게 자르지 않으면 루체른 학술 대회에 참석한 동료 학자들에 대한 비난을 들으며 남은 저녁 시간을 보낼 게 뻔했다. 바이스가르텐 박사는 마땅치 않은 내색을 하며 부주교가 묻는 것에 대답했다.

"페니파더? 페니파더 말인가? 그 친구도 학술 대회에 참석하기로 했는데 왜 안 왔는지 모르겠네. 온다고 했는데 말이야. 일주일 전 애서니엄에서 만났을 때 나한테 그렇게 말했다네."

"그렇다면 그 친구가 학술 대회에 아예 참석하지 않았다는 말인가?"

"내 말이 그 말이지 않나. 그 친구가 참석했어야 했는데 말이야."

"혹시 그 친구가 왜 학술 대회에 참석하지 않았는지 아나? 그 친구가 연락을 했었나?"

"내가 어떻게 알겠나? 분명 참석하겠다고 했는데. 그래, 이제 기억나는군. 분명 오기로 했어. 서너 명이 그 친구가 오지 않았다며 의아해하더군. 감기에 걸렸거나 뭐 그런 줄 알았지. 요즘 날씨가 워낙 변덕스러우니까."

바이스가르텐이 동료 학자들에 대한 비난을 재개하려는 찰나 시먼스 부주교는 전화를 끊었다.

시먼스 부주교는 이제 한 가지 사실을 알게 되었지만, 그 때문에 처음으로 그의 마음 한구석이 불편했다. 페니파더 참사회원은 루체른에서 열린 학술 대회에 참석하지 않았다. 참석하기로 했는데 말이다. 부주교는 페니파더가 그곳에 가지 않았다는 게 이상했다. 물론 비행기를 잘못 탔을 수도 있지만, 영국 유럽 항공사는 그런 일이 없도록 대체로 승객들에게 신중하게 안내하고 있지 않은가. 페니파더 참사회원이 학술 대회가 열리는 날짜를 잘못 알고 있었을 수도 있을까? 그럴 수도 있었다. 하지만 그렇다면 그는 도대체 어디 있는 것일까?

부주교는 이제 공항에 전화를 걸었다. 어마어마한 인내심을 가지고 기다려야 했다. 이 부서에서 저 부서로 계속 떠넘겨지다가 마침내 정확한 사실을 알아냈다. 페니파더 참사회원은 18일 루체른으로 떠나는 저녁 9시 40분 비행기를 예약했지만 그 비행기에 타지 않았다는 것이다.

"거의 끝나 갑니다. 자, 어디 보자, 다음은 누구더라?"

시먼스 부주교는 뒤에서 서성이고 있는 매크래 부인에게 말했다.

"이렇게 계속 전화를 하시면 전화비가 어마어마하게 많이 나올 거예요."

"아무래도 그렇겠죠. 하지만 이 친구의 행방을 알아내야 하지 않소. 젊은 사람도 아닌데."

"오, 선생님, 설마 그분에게 무슨 일이 일어났다고 생각하시는 건 아니겠죠?"

"뭐, 아니기를 바라오……. 그렇지는 않을 거라고 생각해요. 그렇다면 집으로 연락이 왔을 테니까. 이 친구는……. 그러니까 이름과 주소가 적힌 종이를 항상 가지고 다니지요, 그렇지 않소?"

"오, 그럼요, 선생님. 명함을 항상 가지고 다니시죠. 편지도 그렇고 모두 지갑에 넣어 가지고 다니세요."

"뭐, 그렇다면 병원에 있지는 않겠군. 어디 보자, 이 친구는 호텔 앞에서 택시를 타고 애서니엄으로 갔소. 그곳에 전화를 해 봐야겠군."

부주교는 이곳에서 좀 더 확실한 사실을 알게 되었다. 그곳 단골인 페니파더 참사회원이 19일 저녁 7시 30분에 그곳에서 저녁 식사를 했다는 것이다. 그제야 부주교의 머릿속에는 그동안 지나치고 있었던 것이 떠올랐다. 비행기 표는 18일로 되어 있었지만 참사회원은 19일에 루체른 학술 대회에 참석해야 한다며 버트럼 호텔을 나와 택시를 타고 애서니엄으로 간 것이다. 이제야 실마리를 잡을 수 있었다.

'멍청한 노인네 같으니.'

시먼스 부주교는 이렇게 생각했지만 매크래 부인 앞에서 입 밖에 내지 않으려고 조심했다.

"날짜를 잘못 안 모양이오. 학술 대회는 19일에 열렸소. 그건 분명해요. 아무래도 이 친구가 19일을 18일로 착각한 게 분명해요. 하루를 착각한 거요."

그는 다음 상황을 신중하게 생각했다. 참사회원은 애서니엄에서 저녁 식사를 한 다음 켄싱턴 공항으로 갔을 것이다. 공항에 가서야 비행기 표가 하루 전 것이라는 사실을 알게 되었고 그가 참석하려고 했던 학술 대회가 이미 끝났다는 것을 깨달은 게 분명했다.

"그렇게 된 거요. 상황을 고려해 보면 말이오."

시먼스 부주교는 충분히 있을 수 있는 일이라며 고개를 끄덕이는 매크래 부인에게 설명했다.

"그렇다면 그다음에는 어떻게 한 걸까?"

"호텔로 돌아가셨겠죠."

"곧장 여기로 오지는 않았을 거요······. 그러니까 내 말은 곧장 역으로 가지는 않았다는 거요."

"짐이 호텔에 있었으니까요. 바로 집에 오실 생각이었다면 호텔에 전화해 짐을 보내 달라고 하셨을 거예요."

"맞는 말이오. 좋소. 이렇게 된 게 아닐까요? 이 친구는 작은 가방을 들고 공항을 떠나 호텔로 돌아갔소. 아니면 여하튼 호텔에 가려고 출발했소. 어쩌면 그 전에 저녁 식사를 했을 수도 있고······. 아니오, 애서니엄에서 저녁 식사를 했으니까. 좋소, 이 친구는 호텔로 돌아가려고 했지만 호텔에 도착하지는 못했소."

그는 잠시 말을 멈췄다가 의심스러운 목소리로 덧붙였다.

"아니면 호텔에 도착한 걸까요? 이 친구를 본 사람이 한 명도 없는 것을 보면 호텔에 가는 도중에 무슨 일이 생긴 게 아닐까요?"

"아는 사람을 만났을지도 몰라요."

매크래 부인이 자신 없는 투로 말했다.

"물론 그랬을 수도 있어요. 오랫동안 만나지 못했던 옛 친구를 만나 함께 그 친구가 묵고 있는 호텔이나 집으로 갔을 수도 있소. 하지만 사흘이나 그곳에 머물지는 않았을 거요, 그렇지 않소? 사흘 동안이나 자기 짐이 호텔에 있다는 사실을 잊고 있었을 리 없소. 호텔에 전화를 걸어 짐을 보내 달라고 하거나, 아니면 까맣게 잊은 채 집으로 곧장 왔을 수도 있겠지요. 사흘 동안이나 아무 연락이 없다니. 이것 참 수수께끼 같군."

"사고를 당하셨다면……."

"그렇소, 매크래 부인, 그랬을 수도 있소. 병원에 한번 알아보죠. 신분을 증명할 만한 서류들을 지니고 다닌다고 했소? 음……. 그렇다면 한 가지 방법이 있겠군."

매크래 부인은 무슨 말인지 알겠다는 듯 그를 바라보았다.

"아무래도 경찰에 알려야 할 것 같소."

부주교가 조용히 말했다.

12장

마플 양은 런던 나들이를 마음껏 즐기고 있었다. 지금까지 짧은 시간 왔다 가느라 해 보지 못한 일들을 이것저것 해 보았다. 미처 문화생활을 누리지 못한 것은 안타까웠다. 그녀는 미술관이나 박물관도 가 보지 않았다. 패션쇼에 가 볼 생각은 아예 떠오르지도 않았다. 그녀가 가 본 곳은 대형 상점의 유리 제품과 도자기 제품 매장, 가정용 리넨 제품 매장, 그리고 직물 제품 할인 매장뿐이었다. 이러한 가정용 제품을 사는 데 적당히 돈을 쓴 후, 그녀는 혼자만의 여행을 즐겼다. 그저 어린 시절 가 본 기억 속의 장소와 가게들이 아직도 그 자리에 있는지 확인하고픈 호기심 때문이기도 했다. 그전에는 시간이 나지 않아 미처 해 보지 못했던 일이어서 그녀는 무척 즐거웠다. 점심 식사를 마치고 잠시 달콤한 낮잠을 잔 뒤 수위의 눈을 피해 밖으로 나갔다. 수위는 마플 양처럼 나이 들고 연약한 숙녀들은 무조건 택시를 타야 한다는 생각이 너무나도 확고했기 때문이다. 마플 양은 호텔을 나와 버스 정류장 쪽이나 지하철역까지 걸어가곤 했다. 그녀는 작은 버스 노선 안내서와 지하철 노선도를 사서 신중하게 여행 계획을 세웠다. 어느 날 오후, 마플 양은 추억에 잠겨 행복한 마음으로 이블린 가든이나 온슬로 스퀘어를 거닐며 조용히 혼잣말을 했다.

"그래, 저게 밴 딜런 부인 집이었지. 물론 옛날과는 아주 딴판이지만 말이야. 개조한 모양이야. 이런, 초인종이 4개네. 네 가구가 사는 모양이야. 정말이지 근사하고 고풍스러운 광장이었는데."

그녀는 조금 쑥스러워하며 어린 시절의 기쁨이었던 마담 터소 밀랍인형 박물관을 찾아갔다. 웨스트본 그로브에서 브래들리를 찾아보았지만 헛수고였다. 헬런 고모가 마플 양에게 물개 가죽 재킷을 사 줄 때면 언제나 그곳에 갔다.

마플 양은 평소 윈도쇼핑을 좋아하지 않았지만, 뜨개질 무늬와 새로 나온 뜨개실을 구경하는 재미로 근사하게 시간을 보냈다. 그녀는 퇴직한 해군 대장이었던 종조부 토머스가 살던 집을 보기 위해 리치먼드로 특별 탐사를 떠났다. 멋들어진 테라스는 그대로였지만 이곳 또한 공동 주택으로 바뀐 모양이었다. 이보다 훨씬 마음 아팠던 것은 먼 친척인 레이디 메리듀가 화려하게 꾸며 놓았던 론데스 스퀘어의 저택이었다. 저택이 있던 자리에는 현대적인 디자인의 거대한 고층 건물이 들어서 있었다. 마플 양은 슬프게 고개를 저으며 단호하게 중얼거렸다.

"물론 변화를 막을 수야 없지. 하지만 사촌 에설이 알았다면 무덤에서 벌떡 일어났을 거야."

마플 양이 배터시 브리지로 가는 버스에 오른 것은 유난히 햇살이 따사롭고 상쾌한 어느 오후였다. 그녀는 추억에 잠겨 어릴 적 나이 많은 가정교사가 한때 살았던 프린시스 테라스 맨션을 보면서 배터시 공원을 거니는 두 가지 즐거움을 한꺼번에 누려 볼 생각이었다. 그녀의 첫 번째 탐사는 허탕이 되고 말았다. 레드버리 양이 살던 집은 흔적도 없이 사라졌고 그 자리에 번쩍이는 콘크리트 건물이 들어서 있었다. 마플 양은 배터시 공원으로 발걸음을 옮겼다. 그녀는 언제나 잘 걸었지만 요즘 들어 다리 힘이 예전만 못하다는 것을 인정해야 했다. 1킬로미터도 채 안 되는 길을 걷는 것도 힘들었다. 그녀는 공원을 가로질러 첼시 브리지를 지나면 편리한 버스를 잡아 탈 수 있을 거라고 생각했지만 걸음이 점점 느려졌다. 마플 양은 호수 끝자락에 있는 노천 찻집을 발견하고는 기쁜 마음에 그리로 갔다.

쌀쌀한 가을 날씨에도 여전히 차를 팔고 있었다. 오늘은 손님이 그리 많지 않았다. 유모차를 끄는 어머니들, 그리고 젊은 연인 두어 쌍이 전부였다. 마플 양은 차와 스폰지 케이크 2개가 든 쟁반을 받아 조심스럽게 테이블로 가져가 자리에 앉았다. 지금 그녀에게 딱 필요한 것이 바로 차였다. 뜨겁고 진하며 기운을 북돋워 주는 차. 기운을 차린 마플 양은 주위를 둘러보았다. 그러다 문득 어느 테이블에서 눈길을 멈추고 등을 꼿꼿이 폈다. 정말이지, 이상한 우연이었다. 정말 이상했다. 처음에는 육해군 상점, 그리고 지금 여기에서. 저 두 사람이 고른 것치고는 정말 어울리지 않는 장소였다. 하지만 그녀가 틀렸다. 마플 양은 가방에서 안경을 꺼냈다. 그랬다. 그녀가 잘못 본 것이었다. 물론 닮기는 했지만 저 금발의 긴 생머리는 베스 세지윅이 아니었다. 그녀보다 훨씬 어렸다. 그랬다. 그녀의 딸이 틀림없었다. 레이디 셀리나 헤이지의 친구인 러스컴 대령과 함께 버트럼 호텔에 들어왔던 그 아가씨였다. 하지만 남자는 육해군 상점에서 레이디 세지윅과 함께 점심을 먹던 그 남자였다. 확실했다. 잘생긴 얼굴, 매 같은 눈빛, 늘씬한 몸매, 약탈자 같은 냉혹함, 그리고…… 강하고 남자다운 매력까지.

마플 양이 중얼거렸다.

"저런 나쁜! 저런 나쁜 녀석 같으니! 잔인하고 파렴치한 놈. 내가 이런 꼴을 보다니. 처음에는 엄마더니 이제는 딸까지, 이게 무슨 일이야?"

마플 양은 결코 좋은 일이 아니라고 확신했다. 그녀는 다른 사람에 대해 좋게 좋게 넘어가는 경우가 드물었다. 그녀는 언제나 최악의 경우를 생각했고 십중팔구 자신이 옳았다고 생각했다. 그녀는 두 번 모두 비밀스러운 만남이 분명하다고 확신했다. 그녀는 이제 그 두 남녀가 테이블을 사이에 두고 머리가 맞닿을 만큼 바싹 붙어 앉아 열심히 이야기를 나누는 모양새를 지켜보았다. 마플 양은 안경을 벗어 렌즈를 조심스럽게 닦은 다음 다시 썼다. 그랬다. 저 아가씨의 얼굴은 사랑에 빠진 얼굴이었다. 젊은이들만이 할 수 있는 절실한 사랑에 빠져 있었다. 하지만 그녀의 보호자들은 도대체 어쩌자고 그녀가 런던을 돌아다니며 배터시 공원에서 은밀한 만남을 갖도록 내버려 둔 것일까? 저렇게 훌륭한 교육을 받은 참한 아가씨를 말이다. 저 아가씨의 보호자들은 전혀 다른 장소에 간다는 그녀의 거짓말을 믿었을 것이다.

찻집을 나가면서 마플 양은 두 젊은이가 앉아 있는 테이블 곁을 지나며, 너무 눈에 띄지 않을 만큼 걸음을 늦췄다. 안타깝게도 둘의 목소리가 너무 작아 한 마디도 듣지 못했다. 남자는 이야기를 하고 여자는 그것을 듣고 있었는데, 반쯤은 기쁜 듯 반쯤은 두려운 듯한 표정이었다.

'함께 도망칠 궁리라도 하는 모양이지? 아가씨는 아직 미성년자인 것 같은데.'

마플 양은 공원 보도로 이어진 울타리의 작은 문을 지났다. 그리고 보도 옆으로 죽 주차되어 있는 차들 중 하나 옆에 멈춰 섰다. 마플 양은 자동차에 대해 특별히 아는 게 많지 않았지만, 이런 차는 자주 볼 수 없는 것이어서 주의 깊게 보고 기억했다. 그녀는 자동차에 열광하는 증손자한테 이런 차에 대해 몇 가지 들은 게 있었다. 이건 경주용 자동차였다. 무슨 외국 회사에서 만든 것인데 이름이 기억나지 않았다. 그뿐 아니라 그녀는 이 차 혹은 이것과 꼭 닮은 차가 바로 어제 버트럼 호텔 옆에 세워져 있는 것을 보았다. 자동차 크기와 강렬하고 특이한 모양이 아니라 자동차 번호가 왠지 낯익었다. FAN 2266. 문득 사촌 패니 고드프리가 떠올랐다. "나는 스스스포츠카가 두두두 대 있어요…….'라고 말을 더듬었던 불쌍한 패니였다.

마플 양은 길을 걷다가 그 자동차의 번호판을 보았다. 그녀의 생각이 옳았다. FAN 2266. 같은 차였다. 걸음을 내딛을 때마다 발이 점점 더 아팠다. 마플 양은 생각에 푹 잠긴 채 첼시 브리지 반대편에 도착했을 때쯤 너무 지친 나머지 눈에 띄는 첫 번째 택시를 잡았다. 그녀는 무언가를 해야 한다는 생각에 걱정스러웠다. 하지만 무엇을 어떻게 해야 한단 말인가? 너무 모호했다. 그녀는 멍하니 게시판을 보았다.

"열차 강도 사건 조사 급진전."

또 다른 기사의 제목은 이랬다.

"기관사의 이야기."

마플 양은 은행 강도나 열차 강도, 월급 날치기 등 요즘은 사건이 매일 일어나는 것 같다고 생각했다. 범죄자들의 극성이 걷잡을 수 없는 지경에 이른 모양이었다.

13장

 어딘지 모르게 커다란 뒹벌을 떠올리게 하는 프레드 데이비 경감은 콧노래를 흥얼거리며 형사부 안을 어슬렁거렸다. 그것은 누구나 알고 있는 그의 습관이었고 '노인장이 또 어슬렁거리는군.'이라고 말하는 것 외에는 특별히 관심을 두지 않았다.
 데이비 경감은 어슬렁거리다 마침내 캠벨 경위의 방에 이르렀다. 경위는 지루한 표정으로 책상 앞에 앉아 있었다. 캠벨 경위는 야심 있는 젊은이였고 자신이 맡은 업무가 대부분 너무 지루하다고 느꼈다. 그런데도 그는 자신에게 주어진 임무를 제대로 수행했을 뿐 아니라 상당한 공을 세우기도 했다. 상사들은 그의 실력을 인정하며 이따금 격려의 말을 던지기도 했다.
 "안녕하십니까, 경감님."
 노인장이 그의 방으로 들어서자 캠벨 경위가 공손하게 인사를 건넸다. 경위 또한 모든 사람이 그렇듯 뒤에서는 데이비 경감을 '노인장'이라고 불렀다. 하지만 그의 면전에서 그렇게 부르기에는 나이가 한참 어렸다.

"제가 도와 드릴 일이라도 있습니까, 경감님?"

"라, 라, 붐, 붐."

경감은 약간 음정이 맞지 않게 노래를 흥얼거렸다.

"내 이름은 깁스인데 왜 날 메리라고 부를까요?"

경감은 오래된 뮤지컬 코미디의 노랫가락을 느닷없이 흥얼거리고는 의자를 하나 끌어당겨 앉았다.

"바쁜가?"

"어느 정도는 그렇습니다."

"무슨 호텔인지 어딘지와 연관된 실종 사건인지 뭔지를 맡았지? 거기 이름이 뭐더라? 버트럼 호텔, 맞나?"

"네, 맞습니다, 경감님. 버트럼 호텔입니다."

"영업 시간을 어겼나? 매춘 장사라도 해?"

"아, 아닙니다, 경감님."

캠벨 경위는 버트럼 호텔을 그런 것과 연관 지어 말하는 데 조금 충격을 받았다.

"아주 훌륭하고 조용하며 고풍스러운 곳입니다."

"그런가? 그래, 그렇단 말이지? 이것 참 흥미롭군."

캠벨 경위는 그것이 왜 흥미로운지 의아했지만 범죄자들의 승리로 돌아간 우편 열차 강도 사건 이후로 상사들의 신경이 극도로 예민해 있었기 때문에 되도록 질문을 피했다. 그는 노인장의 커다랗고 묵직하며 둔해 빠진 얼굴을 바라보았다. 전에도 한두 번 해 볼 생각이었지만, 데이비 경감이 어떻게 지금의 위치에 올랐으며 그가 형사부 내에서 왜 그렇게 높이 평가되고 있는지 의아했다.

'한창때는 잘나갔겠지. 하지만 일단 죽은 고목(古木)이 잘려 나가면 그 자리를 대신할 야심 찬 인간들이 수도 없이 많을 텐데……'

하지만 죽은 고목이 이번에는 다른 노래를 부르기 시작했다. 이따금 가사도 넣어 가며 흥얼거렸다.

"말해 봐요, 낯선 신사분, 고향에는 당신 같은 사람이 더 있나요?"

그러더니 이번에는 갑자기 가성으로 흥얼거렸다.

"있답니다. 당신이 한 번도 만나 보지 못한 친절한 신사분과 상냥한 아가씨들이. 아니지, 어디 보자, 내가 남자 역할과 여자 역할을 바꾼 모양이야. 「플로라도라」, 이것도 훌륭한 뮤지컬이지."

"저도 들어 본 것 같습니다, 경감님."

"자네 어머니가 자네 요람을 흔들면서 불러 줬겠지. 자, 버트럼 호텔은 어떻게 되어 가고 있나? 누가 실종되었고, 어떻게, 왜 실종된 건가?"

"페니파더 참사회원이 실종되었습니다. 나이 많은 성직자죠."

"지루한 사건이겠군, 안 그런가?"

캠벨 경위가 미소 지었다.

"네, 경감님. 어떤 면에서는 좀 지루한 사건입니다."

"그 사람 어떻게 생겼나?"

"페니파더 참사회원 말씀이십니까?"

"그래……. 그 사람 인상서(人相書) 가지고 있겠지?"

"물론입니다."

캠벨이 서류를 뒤척이더니 읽었다.

"키는 176센티미터. 덥수룩한 흰 머리에……. 등은 굽었고……."

"그리고 그가 버트럼 호텔에서 사라졌다고……. 언제?"

"대략 일주일 전입니다. 11월 19일이요."

"그리고 이제 막 신고가 들어왔지. 시간이 꽤 걸렸군, 안 그런가?"

"모두 곧 돌아올 거라고 생각한 모양입니다."

"사람들은 무슨 일이라고 생각한 걸까? 고상하고 신을 두려워하는 남자가 갑자기 어느 교구 위원의 아내와 도망갔다고? 아니면 몰래 술을 마시는 버릇이 있다거나 교회 공금을 횡령했다고? 그도 아니면 툭하면 사라지는 얼빠진 노인네라고?"

"뭐, 제가 듣기로는 맨 마지막인 것 같습니다. 전에도 이런 일이 있었답니다."

"뭐가 말인가? 웨스트 엔드의 고급 호텔에서 사라진 적이 있다는 말인가?"

"아닙니다. 꼭 그렇지는 않지만 오기로 한 시간에 집에 돌아오지 않은 일이 있었답니다. 게다가 친구들이 부르지도 않았는데 불쑥 친구 집에 나타나 묵고 가기도 하고, 정작 친구들이 초대한 날에는 나타나지 않기도 했답니다."

"그래. 그래, 참 자연스러운 것 같으면서도 핑계 대기 좋은 생활

습관이겠구만, 안 그런가? 그가 실종된 게 정확히 언제라고 했지?"

"목요일입니다. 11월 19일이요. 학술 대회에 참석하기로 되어 있었는데……."

경위는 허리를 숙여 책상 위 서류를 살펴보았다.

"아 네, 루체른에서 열린 학술 대회였습니다. 영어로 번역하면 성서 역사학 협회가 되겠죠. 원래는 독일 협회인 것 같습니다."

"그리고 그 학술 대회가 루체른에서 열렸고? 그 노인네가……. 노인네 맞지?"

"63살입니다, 경감님."

"그 노인네가 학술 대회에 나타나지 않았다, 이건가?"

캠벨 경위는 서류를 앞으로 끌어당겨 지금까지 확인한 정보들을 노인장에게 알려 주었다.

"소년 성가대원이랑 도망친 것 같지는 않군."

"제 생각에는 곧 나타날 것 같습니다. 하지만 물론 저희도 조사하고 있습니다. 경감님께서는……. 이번 사건에 특별히 관심이 있으신 겁니까?"

캠벨은 이 점에 대해 궁금증을 억누를 수 없었다.

데이비 경감은 생각에 잠겨 대답했다.

"아니. 아니, 관심이 없네. 별달리 흥미로운 점이 보이지 않아."

침묵이 흘렀다. 캠벨 경위의 침묵에는 분명 '그럼, 왜?'라는 질문이 담겨 있었지만, 그는 그런 말을 함부로 내뱉지 않을 만큼 눈치가 있었다.

"내가 정말 관심 있는 건 날짜야. 그리고 물론 버트럼 호텔도."

"그 호텔은 언제나 그랬듯 아주 잘 돌아가고 있습니다, 경감님. 그곳은 아무런 문제가 없습니다."

"그거 잘됐군."

노인장은 생각에 잠겨 덧붙였다.

"한번 직접 가서 보고 싶네."

"물론입니다, 경감님. 언제라도 말씀만 하십시오. 저도 그곳에 가서 둘러볼 생각이었습니다."

"자네와 함께 가는 게 좋겠지. 간섭할 생각은 없어. 그런 건 아니야. 그저 그곳을 둘러보고 싶은데, 자네가 맡은 사라진 참사회원 사건이 좋은 변명거리가 될 것 같아. 그곳에 가면 날 '경감님'이라고 부를 필요 없네……. 자네 마음껏 휘둘러 봐. 난 자네 수행원 노릇을 하지."

캠벨 경위는 흥미가 생겼다.

"그곳에 무언가가, 그러니까 다른 것과 연관된 무언가가 있다고 생각하십니까, 경감님?"

"아직까지는 그렇게 단정할 만한 근거가 없네. 하지만 자네도 알지 않나. 그냥……. 이걸 뭐라고 표현해야 할지 모르겠군, 심증만 있다고나 할까? 버트럼 호텔이라, 거긴 어쩐지 실제로 존재한다고는 믿어지지 않을 정도로 평판이 너무 훌륭하지 않은가."

노인장은 '다 함께 스트랜드가로 가자'라는 노래를 부르며 다시 뒷벌로 돌아갔다.

두 형사는 함께 밖으로 나갔다. 신사복을 차려입은 캠벨의 모습은 세련되고 근사했다. 데이비 경감은 시골에서 갓 올라온 촌뜨기 같은 분위기를 풍겼다. 꽤 잘 어울리는 한 쌍이었다. 숙박부를 보다가 눈을 날카롭게 치켜뜬 고린지 양만이 그들이 누구인지 알아차렸다. 페니파더 참사회원이 실종됐다고 신고한 사람이 그녀였고 경찰서에서 나온 하급 경관들과 이야기를 나눠 봤기 때문에 이런 일을 이미 예상하고 있었다.

고린지 양은 뒤에 대기하고 있는 성실해 보이는 한 아가씨에게 작은 목소리로 속닥거렸다. 그녀가 잠시 카운터 한쪽에서 두 남자와 이야기를 나누는 동안 카운터를 대신 맡아 간단하게 손님 접대를 하도록 지시한 것이다. 캠벨 경위가 카운터 위에 명함을 내놓자 고린지 양은 고개를 끄덕였다. 그 뒤에 서 있는 커다란 체구에 트위드 재킷을 입은 사람을 보고 그녀는 그가 약간 몸을 돌리고 서서 라운지와 라운지에 앉아 있는 손님들을 지켜보며 눈앞에 펼쳐진 상류층 세계에 빠져 즐거움을 감추지 못하고 있다는 것을 알아챘다.

"사무실로 들어가시겠어요? 그곳에서 이야기를 나누는 게 좋을 것 같네요."

"네, 그게 좋겠습니다."

"정말 근사한 곳입니다. 안락하기도 하고요."

체구가 커다랗고 뚱뚱하며 우둔하게 생긴 남자가 라운지를 보다 고개를 돌려 그녀에게 말했다.

그는 커다란 벽난로를 만족스러운 눈길로 바라보며 덧붙였다.

"정말이지 고풍스러우면서도 안락한 곳이군요."

고린지 양은 기쁨의 미소를 지었다.

"네, 정말 그래요. 저희는 손님들이 편안하게 머물 수 있다는 데 자부심을 느끼고 있답니다."

그녀는 보조 직원에게 말했다.

"혼자 괜찮겠어요, 앨리스? 숙박부는 여기 있어요. 레이디 조슬린이 곧 도착할 거예요. 방을 보자마자 분명히 바꿔 달라고 하겠지만, 호텔 예약이 꽉 차 있다고 설명해요. 그래도 굽히지 않으면 3층 340호실을 보여 주고 그 방으로 주겠다고 하세요. 그리 좋은 방이 아니라 그 방을 보여 주면 바로 원래 방이 낫겠다고 할 거예요."

"네, 고린지 양. 말씀하신 대로 하겠습니다."

"그리고 모티머 대령님께 그분 쌍안경이 이곳에 있다는 말도 전해 주세요. 그분이 오늘 아침 나한테 쌍안경을 보관해 달라고 부탁했으니까. 잊지 않고 가지고 나가시도록 신경 써요."

"네, 고린지 양."

일을 끝낸 고린지 양은 두 남자를 바라보며 프런트에서 나와 아무런 명패도 걸려 있지 않은 평범한 마호가니 문으로 다가갔다. 고린지 양이 그 문을 열었고 다 함께 작고 조금 음울한 분위기를 풍기는 사무실로 들어갔다. 셋 모두 자리에 앉았다.

"실종된 분이 페니파더 참사회원이라고 들었습니다. 워델 경사의 보고를 받았습니다. 고린지 양께서 직접 무슨 일이 일어난 건지 말씀해 주셨으면 합니다."

캠벨 경위가 수첩을 보며 말했다.

"저는 페니파더 참사회원님께서 사람들이 흔히 말하는 그런 의미로 실종되셨다고는 생각하지 않아요. 저는 그분이 그저 어딘가에서 오랜 친구나 뭐 그런 분을 만나서 유럽에서 열리는 학술 모임이나 동창 모임 같은 데 가셨을 거라고 생각해요. 건망증이 아주 심하시거든요."

"그분을 안 지 오래되셨습니까?"

"오, 그럼요. 그분이 이곳에 묵으신 게……. 어디 보자……. 적어도 오륙 년은 됐을 거예요."

"부인께서도 이곳에 근무하신 지 오래되셨겠군요."

데이비 경감이 불쑥 말을 꺼냈다.

"제가 이곳에 근무한 지가……. 어디 보자, 14년 됐네요."

"근사한 곳입니다."

경감이 다시 한번 말했다.

"페니파더 참사회원은 런던에 오면 대개 이곳에 머무르시나 보군요? 그렇습니까?"

"네, 언제나 저희 호텔에 오세요. 방을 예약해 달라고 미리 편지를 보내시죠. 편지를 쓰실 때는 그래도 좀 덜하시거든요. 17일부터 21일까지 방을 하나 예약해 달라고 부탁하셨어요. 중간에 하루 이틀 정도는 방을 비울지도 모른다고 하시면서 그동안에도 방은 그대로 두고 싶다고 하셨어요. 그런 부탁을 전에도 꽤 많이 하셨고요."

"언제부터 그분이 걱정되셨습니까?"

캠벨이 물었다.

"사실은 걱정하지 않았어요. 물론 조금 난처하기는 했지만요. 그분이 묵던 방을 23일부터 다른 손님이 예약하셨거든요. 전⋯⋯ 처음에는 몰랐어요⋯⋯. 그분이 루가노에서 돌아오지 않으신 줄은⋯⋯."

"제 기록에는 루체른이라고 되어 있습니다만."

"네, 네, 루체른이었던 것 같아요. 무슨 고고학 학회인지 뭔지에 참석한다고 하셨던 것 같아요. 어쨌든 호텔에 돌아오지 않으셨고 짐이 아직 방에 그대로 있다는 걸 알고 좀 난감했어요. 아시겠지만 매년 이맘때쯤이면 저희 호텔은 예약이 꽉 차는 데다 그분이 묵던 방에 다른 분이 오기로 예약되어 있었거든요. 귀족 가문 영애이신 손더스 부인이라고 라임 레지스에 사세요. 언제나 그 방에 묵으셨어요. 그러고 나서 참사회원 댁 가정부에게 전화가 왔죠. 걱정하고 있더라고요."

"시먼스 부주교님께 듣기로는 가정부 이름이 매크래 부인이라고 하던데요. 그분을 아십니까?"

"개인적으로 아는 건 아니에요. 하지만 한두 번 전화 통화를 한 적은 있어요. 아주 믿을 만한 분인 것 같았고 페니파더 참사회원님 댁에서 일한 지도 꽤 오래됐을 거예요. 그런 분이 걱정하시는 것도 당연하죠. 그분과 시먼스 부주교님이 가까운 친구들과 친척들에게 연락한 모양인데 페니파더 참사회원님의 행적은 전혀 알아내지 못했대요. 그리고 그분 댁에 부주교님이 초대를 받아 가기로 했었다니 확실히 이상하기는 했죠……. 사실 아직도 좀 이상해요……. 참사회원님이 집으로 돌아가지 않았다는 거 말이에요."

"참사회원이 보통 때도 그렇게 정신이 오락가락하나요?"

노인장이 물었다.

고린지 양은 그의 질문을 무시했다. 수행원으로 따라온 체구가 커다란 남자가 주제넘게 너무 나서는 것 같았기 때문이었다.

고린지 양은 짜증스러운 목소리로 말을 이었다.

"그리고 저도 이제야 알았어요. 참사회원님이 루체른에서 열리는 학술 대회에 아예 참석하지 않았다는 걸 말이에요. 시먼스 부주교님 말씀을 듣고 난 뒤였죠."

"참사회원이 학술 대회에 가지 않을 거라는 전갈을 보냈습니까?"

"그러지는 않았을 거예요……. 저희 호텔에서는 보내지 않았어요. 전보도 그렇고 전화도 하지 않았어요. 저는 루체른에 대해 아는 게 전혀 없어요. 제가 걱정하는 건 그저 저희 호텔의 입장이에요. 그분 실종 소식이 석간신문에 실렸잖아요. 다행히 이곳에 묵고 있었다는 언급은 없었는데, 앞으로도 그랬으면 좋겠어요. 저희는 언론사 사람들이 이곳에 드나드는 걸 원치 않아요. 저희 손님들이 싫어하실 테니까요. 캠벨 경위님, 경위님께서 언론을 막아 주시면 정말 고맙겠어요. 그분이 이곳에서 실종된 것도 아니잖아요."

"그분 짐이 아직 이곳에 있습니까?"

"네, 짐 보관실에 있어요. 그분이 루체른에 가지 않았다니, 혹시 뺑소니 사고라도 당했다고 생각하시는 건가요? 아님 그 비슷한 일이라도?"

"그런 일은 없었습니다."

"정말, 정말 이상한 일이네요. 도대체 그분은 어디로, 왜 가셨을까요."

고린지 양이 짜증 대신 희미하게 흥미로운 기색을 띠며 말했다.

노인장은 이해한다는 표정으로 그녀를 바라보며 말했다.

"물론입니다. 부인께서는 호텔 입장에서만 생각해 보셨겠죠. 당연한 일입니다."

캠벨 경위는 다시 한번 수첩에 적힌 내용을 언급했다.

"제가 알기로 페니파더 참사회원은 목요일 19일 저녁 6시 30분쯤 이 호텔을 나섰습니다. 작은 여행 가방 하나를 들고 택시를 탄 다음 수위에게 지시해 운전사더러 애서니엄 클럽으로 가자고 했죠."

고린지 양이 고개를 끄덕였다.

"네, 그분은 애서니엄 클럽에서 저녁 식사를 하셨어요. 시먼스 부주교님 말씀으로 참사회원이 마지막으로 목격된 장소가 그곳이라더군요."

참사회원이 실종된 책임을 버트럼 호텔이 아닌 애서니엄 클럽으로 떠넘기고 싶은 것인지, 고린지 양의 목소리가 단호했다.

"정확한 사실을 알게 되어 다행이군요."

노인장이 낮게 투덜거리는 목소리로 말했다.

"이제 상황을 정확히 파악했습니다. 참사회원은 이 호텔을 나갈 때 작고 파란 영국 해외 항공사 가방인지 뭔지를 들고 있었죠……."

파란색 영국 해외 항공사 가방이 맞습니까? 그렇게 나가서는 다시 돌아오지 않았다, 그렇게 된 겁니다."

"저는 아는 게 없어요."

고린지 양은 자리에서 일어나 다시 일하러 돌아갈 듯한 자세로 말했다.

"부인께선 저희에게 도움이 될 것 같지 않군요. 하지만 다른 사람이라면 될지도 모르죠."

"다른 사람이라니요?"

"아, 그럼요. 여기 직원 중 한 명이라든지."

"저희 직원들은 아무것도 몰라요. 알고 있다면 저에게 보고했을 거예요."

"뭐, 그럴 수도 있겠죠. 그렇지 않을 수도 있고요. 그러니까 무언가 확실히 알고 있다면 부인께 말했을 거라는 말입니다. 어쩌면 참사회원이 무언가 말했을지도 모릅니다."

"무슨 말이요?"

고린지 양이 당황한 표정으로 물었다.

"그저 실마리가 될 만한 것 말입니다. '옛날 애리조나에서 알고 지낸 오랜 친구를 만나기로 했다.'든가 뭐 그런 말이요. 아니면 '종손녀의 견진 성사 때문에 다음 주 조카 집에 머물 거다.'라든가. 아시겠지만 건망증이 심한 사람들의 경우 그러한 실마리가 큰 도움이 됩니다. 그 사람이 무슨 생각을 하고 있었는지를 알 수 있으니까요. 어쩌면 애서니엄에서 저녁 식사를 마친 뒤 택시에 올라 '이제 어디로 가야 하지?'라고 생각하다 갑자기 무언가가 떠올라 그리로 차를 돌렸는지도 모릅니다."

"무슨 말씀을 하시는지는 알겠어요."

고린지 양이 미심쩍은 듯 대꾸했다.

"그럴 가능성은 적어 보이지만 사람 일이라는 건 알 수 없는 법입니다."

노인장이 씩씩하게 말했다.

"게다가 이곳에는 다양한 사람들이 오지 않습니까. 페니파더 참사회원은 이곳에 자주 오시니 여기서 만난 사람들과 친분을 쌓았을 수도 있죠."

"오, 물론이에요. 어디 보자, 그분이……. 그래요, 레이디 셀리나 헤이지와 말씀 나누시는 걸 본 적 있어요. 그리고 노리치의 주교님과도요. 그분과는 오랜 친구 사이일 거예요. 함께 옥스퍼드를 다니셨다죠. 그리고 제임슨 부인과 그분의 따님들과 함께 있는 걸 본 적도 있어요. 같은 고향이거든요. 알고 지내는 분들이 꽤 많으시죠."

"그렇죠? 어쩌면 그분들 중 한 명과 이야기를 나눴을 수도 있습니다. 실마리가 될 만한 사소한 말을 했는지도 모르고요. 참사회원과 친분이 있는 분들 가운데 지금 이곳에 머물고 있는 분이 계신가요?"

고린지 양은 이맛살을 찌푸리고 생각에 잠겼다.

"글쎄요, 래들리 장군님은 아직 이곳에 계실 거예요. 그리고 시골에서 올라온 노부인도 있는데……. 어릴 적 이곳에 묵은 적이 있다고 말씀하셨어요. 어디 보자, 지금은 성함이 기억나지 않지만 찾아봐 드릴 수는 있는데……. 아, 맞아요, 마플 양. 그분 성함이에요. 그분도 참사회원과 아는 사이일 거예요."

"자, 그렇다면 이 두 사람부터 시작해 보면 되겠군요. 그리고 객실 담당 직원도 있겠죠?"

"오, 그럼요. 하지만 그 직원은 이미 워델 경사님과 면담했는걸요."

"알고 있습니다. 하지만 이런 부분은 이야기해 보지 않았는지 모릅니다. 참사회원의 테이블을 담당했던 웨이터나 수석 웨이터는요?"

"물론 헨리죠."

"헨리가 누굽니까?"

고린지 양은 충격이라도 받은 듯한 표정을 지었다. 그녀에게 있어 헨리를 모르는 사람이 있다는 건 말도 안 되는 일이었다.

"헨리는 저보다 훨씬 오래전부터 이곳에서 근무했어요. 들어오시면서 차를 대접하는 헨리를 보셨을 거예요."

"분위기가 꽤 독특한 사람이죠? 본 기억이 납니다."

"헨리가 없으면 우리는 아무것도 못 할 거예요. 정말 대단한 사람이에요. 이 호텔의 분위기를 좌지우지하죠."

고린지 양은 감동한 목소리로 말했다.

"그렇다면 저도 그분한테 차를 대접받을 수 있겠군요. 그분이 머핀도 함께 내놓는 걸 봤습니다. 저도 근사한 머핀을 맛보고 싶군요."

"원하신다면 물론 드려야죠."

고린지 양이 조금 쌀쌀맞게 대꾸했다.

"라운지로 차를 가져다 달라고 할까요?"

그녀는 캠벨 경위 쪽으로 고개를 돌리며 덧붙였다.

"그거……."

경위가 말하려 할 때 갑자기 문이 열리더니 험프리스가 위엄 있게 들어섰다.

그는 흠칫 당황한 표정을 짓고는 무슨 일이냐고 묻는 듯 고린지 양을 바라보았다. 고린지 양이 설명했다.

"경시청에서 나온 분들이에요, 험프리스 씨."

"캠벨 경위입니다."

"아 네, 그렇군요. 페니파더 참사회원 일로 오신 거겠죠? 정말 이상한 일입니다. 그 불쌍한 노인에게 아무 일도 없어야 할 텐데."

험프리스가 말했다.

"그래야 할 텐데요. 정말 상냥한 분이신데."

고린지 양이 말했다.

"구세대죠."

험프리스가 만족스러운 듯 말했다.

"이곳에는 구세대분들이 꽤 많은 것 같습니다."

데이비 경감이 한마디했다.

"그렇습니다. 네, 여러 면에서 저희 호텔은 구세대의 유물이죠."

험프리스가 말했다.

"저희는 단골손님들이 많아요. 한 번 오셨던 분들은 매년 다시 찾으시죠. 미국에서 온 손님들도 많고요. 보스턴이나 워싱턴에서 온 분들이요. 아주 점잖고 좋은 분들이세요."

고린지 양이 자랑스럽게 말했다.

"미국 손님들은 저희 호텔의 영국적인 분위기를 좋아하시죠."

험프리스는 새하얀 이를 드러내고 미소 지으며 말했다.

노인장이 그를 유심히 바라보았다.

캠벨 경위가 말했다.

"참사회원이 호텔로 아무런 연락을 하지 않은 게 확실합니까? 그러니까 누군가 연락을 받고도 메모를 하거나 메모를 건네주는 걸 잊어버렸는지도 모르지 않습니까."

"저희는 언제나 전화 연락을 철저히 관리하는데요. 연락이 왔는데 저나 담당자에게 전해 주지 않았다는 건 있을 수 없는 일이에요."

고린지 양이 냉랭한 목소리로 대꾸했다.

그녀가 쏘아보는 바람에 캠벨 경위는 흠칫 당황했다.

"아시겠지만 저희는 전에도 이런 질문에 모두 답해 드렸습니다."

험프리스 또한 냉랭하게 말했다.

"경사님께…… 갑자기 그분 성함이 기억나지 않는군요. 그분에 대해 저희가 알고 있는 모든 정보를 드렸습니다."

노인장은 몸을 슬쩍 뒤척이고는 겸손하게 말했다.

"아시겠지만 이번 상황은 좀 더 심각합니다. 그저 치매에 걸린 노인네 한 명이 사라진 사건이 아닌 것 같습니다. 그렇기 때문에 부인께서 말씀하신 래들리 대장이나 마플 양과 이야기를 나눠 봤으면 하는 겁니다."

"그분들과 면담할 수 있도록 자리를 마련해 달라는 건가요? 래들리 대장님은 귀가 거의 들리지 않으세요."

험프리스는 조금 못마땅한 표정을 지으며 말했다.

"공식적인 자리를 만들 필요는 없을 것 같습니다. 손님들이 동요하는 건 원치 않으니까요. 저희에게 맡겨 주십시오. 그 두 분이 누구인지만 가르쳐 주시면 됩니다. 혹시라도 페니파더 참사회원이 앞으로의 계획에 대해 말했거나, 루체른에서 만나기로 한 사람 또는 루체른에 함께 갈 사람에 대해 이야기했을 수도 있으니까요. 어쨌든 시도해 볼 만한 가치는 있습니다."

데이비 경감의 말에 험프리스는 조금 안심한 듯 말했다.

"저희가 더 도와 드릴 일은 없을까요?"

"수사하는 데 뭐든 도와 드리고 싶지만, 저희 입장에서 언론에 오르내리는 것은 좀 곤란하다는 걸 이해해 주셨으면 합니다."

"물론입니다."

캠벨 경위가 말했다.

"그리고 전 객실 담당 직원과 이야기를 좀 나눠 봐야겠습니다."

경감이 말했다.

"물론입니다, 원하신다면. 그 직원이 뭔가 아는 게 있는지 모르겠습니다만."

"어쩌면 아는 게 없을 수도 있죠. 하지만 참사회원이 편지나 약속에 대해 사소한 것이나마 무슨 말을 했는지도 모릅니다. 알 수 없는 일이죠."

험프리스가 시계를 흘끗 바라보고 말했다.

"그 직원은 6시부터 근무할 겁니다. 2층 담당입니다. 그럼 기다리시는 동안 차를 한잔하시겠습니까?"

"물론입니다."

노인장이 곧바로 대답했다.

모두 함께 사무실을 나왔다.

"래들리 대장님은 흡연실에 계실 거예요. 저기 복도 왼쪽 첫 번째 방이에요.《타임스》를 들고 벽난로 앞에 앉아 계실 거예요."

고린지 양은 이렇게 말하고 조심스럽게 덧붙였다.

"제 생각에는 잠드셨을 것 같은데. 정말 괜찮으시겠어요? 제가……."

"아니, 아닙니다. 제가 직접 확인하겠습니다."

"그리고 다른 분…… 노부인은 어디 계십니까?"

"저쪽 벽난로 옆에 앉아 계세요."

"하얗고 복슬복슬한 머리에 뜨개질을 하고 있는 분이요? 마치 무대 위의 배우 같군요, 안 그렇습니까? 증조할머니의 전형 같은 모습이네요."

노인장이 살펴보며 물었다.

"요즘 할머니들은 예전 같지 않아요. 어제 후작 부인께서 오셨는데, 그분도 증조할머니랍니다. 솔직히 그분이 처음 호텔로 들어설 때는 누군가 했어요. 막 파리에서 돌아오는 길이라고 하더군요. 얼굴은 가면을 쓴 것처럼 분홍색과 흰색 분으로 덮어쓴 데다 머리는 백금발이라 훨씬 젊은 사람인 줄 알았지 뭐예요. 보기에는 근사하더라고요."

"아, 저는 고전적인 걸 좋아합니다. 자, 감사합니다, 부인. 뒤는 제가 맡을까요, 경위님? 경위님께서는 중요한 약속이 있으시죠?"

노인장이 캠벨을 바라보고 말했다.

"그렇습니다. 별달리 나올 건 없을 것 같지만 시도는 해 봐야죠."

캠벨이 눈치를 채고 장단을 맞췄다.

험프리스가 사실(私室)로 들어가면서 말했다.

"고린지 양······. 잠깐 나 좀 봐요."

고린지 양은 그의 뒤를 따라 들어가 문을 닫았다.

험프리스가 방 안을 서성이면서 날카롭게 물었다.

"저 사람들이 왜 로즈를 찾는 거지? 필요한 건 이미 워델에게 다 말했잖아."

"그저 절차인 모양이에요."

고린지 양은 자신 없는 투로 대꾸했다.

"당신이 먼저 로즈와 이야기를 나눠 보는 게 좋겠어."

고린지 양은 약간 놀란 듯했다.

"하지만 캠벨 경위님이 분명······."

"내가 걱정하는 건 캠벨이 아니라 같이 온 사람이야. 그 남자가 누군지 아나?"

"그 사람 이름은 듣지 못했어요. 경사겠죠, 아마도. 시골뜨기 같아 보이던데요."

"시골뜨기라니, 맙소사. 그 남자가 바로 데이비 경감이고, 교활하기 짝이 없는 녀석이란 말이야. 경시청에서 꽤 신임을 받고 있지. 난 그가 시골뜨기인 척하고 기웃거리면서 무얼 꾸미고 있는지 알아내고 싶어. 정말이지 마음에 안 드는군."

평소의 우아한 험프리스는 온데간데없었다.

"그럼 설마……."

"나도 모르겠어. 하지만 마음에 들지 않아. 그 남자가 로즈 말고 또 누구를 만나 보고 싶다고 했지?"

"헨리랑 이야기를 나눠 볼 생각인 것 같아요."

험프리스가 웃음을 터트렸다. 고린지 양도 따라 웃었다.

"헨리라면 걱정할 필요 없지."

"네, 그럼요."

"그리고 페니파더 참사회원을 아는 손님들?"

험프리스가 다시 웃음을 터트렸다.

"그 친구가 래들리랑 즐거운 시간을 보냈으면 좋겠군. 이 호텔이 떠나가라 소리를 질러 대도 변변한 걸 알아내지 못할 거야. 수다스러운 할망구 마플 양 역시 마찬가지지. 그 친구가 여기저기 쑤시고 다니는 게 마음에 안 들어……."

14장

"있잖나. 난 험프리스라는 녀석이 마음에 안 들어."
데이비 경감이 곰곰이 생각하며 말했다.
"뭔가 수상쩍은 점이라도 있는 것 같습니까?"
캠벨이 물었다.
"글쎄……. 그냥 느낌이 그래. 유들유들한 녀석이지. 그 사람이 이 호텔 주인인지 아니면 그저 일개 지배인인지 궁금하군."
노인장이 겸연쩍은 목소리로 말했다.
"제가 물어보죠."
캠벨이 프런트로 돌아가려고 한 걸음 내딛었을 때 노인장이 말했다.
"아니야, 그 사람에게 물어보지 말고, 그냥 알아내게……. 조용히."
캠벨은 호기심에 찬 눈으로 그를 바라보았다.

"무슨 생각을 하고 계신 겁니까, 경감님?"

"별거 아니야. 이곳에 대해 훨씬 더 많은 것을 알아내고 싶어. 이 뒤에 누가 있는지, 재정은 어떤지, 그런 것들 말일세."

캠벨이 고개를 저었다.

"런던에서 그런 혐의와 무관한 곳이 있다면 이곳밖에 없습니다……."

"알아, 알아. 그런 평판을 얻고 있으니 얼마나 편리하겠나."

캠벨은 고개를 젓고는 호텔을 떠났다. 노인장은 흡연실로 이어진 복도로 걸어갔다. 래들리 대장은 마침 잠에서 깨어 있었다. 그의 무릎에 있던 《타임스》는 약간 구겨진 채 바닥에 떨어져 있었다. 노인장은 신문을 주워 가지런히 정리해 그에게 건네주었다.

"고맙소. 정말 친절하시군요."

래들리 대장이 걸걸한 목소리로 말했다.

"래들리 대장님이십니까?"

"그렇소만."

"실례합니다만 페니파더 참사회원에 대해 여쭤보고 싶은 게 있습니다."

노인장이 목소리를 높여 말했다.

"에……. 뭐라고?"

대장이 한 손을 귀에 갖다 댔다.

"페니파더 참사회원이요!"

노인장이 고함을 질렀다.

"우리 아버지? 몇 년 전에 돌아가셨소."

"페니파더 참사회원!"

"아, 그 사람이 왜요? 며칠 전에 봤소만. 그 사람도 여기 묵었어요."

"그분이 제게 댁 주소를 알려 주시기로 했습니다. 대장님께 맡겨 두었다고 하셔서요."

힘들기는 했지만 결국 래들리 대장이 말귀를 알아들었다.

"나에게 주소를 알려 준 적이 없소. 다른 사람이랑 헷갈린 거겠지. 건망증 심한 노인네 같으니. 항상 그랬지. 학자라는 작자들은 항상 그렇게 정신이 오락가락한다니까."

노인장은 조금 더 끈기를 가지고 이야기를 이어 보려고 했지만, 이내 래들리 대장과는 대화할 수 없을 뿐더러 아무것도 얻을 게 없을 거라는 결론을 내렸다. 노인장은 라운지로 나가 제인 마플 옆 테이블에 앉았다.

"차 드릴까요, 손님?"

노인장이 위를 올려다보았다. 모든 사람들이 그러하듯 그 또한 헨리의 분위기에 감탄했다. 커다란 체구에 당당한 풍채였지만, 마음 대로 모습을 드러냈다가 사라질 수 있는 아리엘(셰익스피어의 「템페스트」에 등장하는 공기의 요정 — 옮긴이) 같았다. 노인장은 차를 주문했다.

"여기 머핀도 있죠?"

헨리는 상냥한 미소를 지었다.

"네, 손님. 이렇게 말씀드려도 될지 모르겠지만 저희 머핀은 아주 훌륭하답니다. 손님들이 모두 좋아하시죠. 머핀도 가져다 드릴까요, 손님? 인도 차로 하시겠습니까, 아니면 중국 차로 하시겠습니까?"
"인도 차로 하죠. 혹시 실론 차가 있다면 그걸로 하겠습니다."
"물론 실론 차도 있습니다, 손님."
헨리가 손가락 하나를 까딱하자, 그의 부하 직원인 창백한 젊은이가 실론 차와 머핀을 가지러 갔다. 헨리는 우아하게 다른 곳으로 움직였다.
'정말 대단한 사람이야. 어디서 저런 사람을 구했지? 연봉은 또 얼마나 주는지 궁금하군. 어마어마하게 많이 받겠지. 그럴 만한 가치가 있어.'
노인장은 헨리가 다정하게 허리 숙여 한 노부인에게 말을 거는 모습을 지켜보았다. 그는 헨리가 '혹시라도 생각을 한다면' 자신에 대해 어떻게 생각할지 궁금했다. 노인장은 자신이 이 버트럼 호텔에 꽤 잘 어울린다고 생각했다. 어쩌면 취미로 농사 짓는 부유한 상류층이나 출판을 하는 세습 귀족으로 비쳐질지 모를 일이었다. 노인장은 그런 귀족을 2명 알고 있었다. 그는 전반적으로는 자신이 어느 정도 수준은 된다고 생각했지만, 헨리만은 속이지 못했는지 모른다는 생각이 들었다.
'그래, 대단한 사람이야.'
노인장이 다시 한번 생각했다.
차와 머핀이 나왔다. 노인장이 머핀을 한입 가득 베어 물자 버터가 턱으로 흘러내렸다. 그는 커다란 손수건으로 턱을 훔쳤다. 그리고 설탕을 잔뜩 넣은 차를 2잔 마신 뒤 앞으로 몸을 숙여 옆 의자에 앉아 있는 숙녀에게 말을 걸었다.

"실례합니다만 제인 마플 양 아니십니까?"

뜨개질하던 마플 양은 눈을 들어 데이비 경감을 바라보았다.

"네, 내가 제인 마플이에요."

"방해가 되지 않았으면 좋겠습니다. 사실 저는 경찰입니다."

"그러세요? 여기 무슨 일이 있는 건 아니겠죠?"

노인장이 서둘러 최대한 상냥하게 그녀를 안심시켰다.

"자 자, 걱정 마세요, 마플 양. 그런 일은 없습니다. 강도 사건 같은 건 전혀 없습니다. 그저 건망증이 심한 성직자 때문에 문제가 조금 있는 것뿐입니다. 그분이 마플 양의 친구라던데요. 페니파더 참사회원 말입니다."

"오, 페니파더 참사회원님. 며칠 전 이곳에 머물렀죠. 네, 그분과는 몇 년 전부터 좀 아는 사이이기는 해요. 말씀하신 대로 건망증이 심하시죠."

그녀는 흥미로운 듯 덧붙였다.

"그런데 그분이 왜요?"

"글쎄요, 완곡하게 말하자면 길을 잃으셨습니다."

"오, 이런. 그분이 어디에 가시기로 되어 있었는데요?"

"클로즈 성당 사제관에 돌아가기로 되어 있었죠. 하지만 그곳에 돌아오지 않았답니다."

"내게는 루체른에서 열리는 학술 대회에 참석할 거라고 하셨어요. 사해문서에 관한 학술 대회라고 했던 것 같은데. 아시겠지만 그분이 히브리어와 아랍어 분야에서는 훌륭한 학자이시거든요."

"네, 마플 양 말씀이 맞습니다. 그 학술 대회에 참석할 예정이셨죠."

"그럼 그곳에도 가지 않았다는 말씀이세요?"

"네, 그곳에도 가지 않았습니다."

"오, 이런. 아무래도 날짜를 잘못 안 모양이네요."

"그럴 가능성이 높습니다. 아주 높습니다."

"하지만 이번이 처음은 아닐 거예요. 내가 한 번은 그분과 차를 마시러 채드민스터에 간 적이 있는데, 그분이 집에 돌아오지 않았다지 뭐예요. 건망증이 굉장히 심하다고 가정부가 말해 주더군요."

"혹시 그분이 이곳에 머무는 동안 실마리가 될 만한 말씀을 하지 않았습니까?"

노인장은 편안하고 친숙하게 물었다.

"가령 이번 루체른 학술 대회가 끝난 뒤 오랜 친구를 만나기로 했다든가 뭔가 다른 계획이 있다든가 말입니다."

"오, 아니요. 그저 루체른 학술 대회에 간다는 말만 했어요. 19일에 열린다고 했던 것 같아요. 맞나요?"

"네, 루체른 학술 대회가 열린 날이 바로 그날입니다."

"나는 날짜에 특별히 주의를 기울이지 않았어요. 그러니까······."

노부인들이 흔히 그렇듯 마플 양은 이 부분에서 조금 두서없이 이야기를 늘어놓았다.

"그분이 19일이라고 말했던 것 같은데, 하지만 19일이라는 그 말은 실제 19일을 의미한 걸 수도 있고 사실은 20일을 의미한 걸 수도 있어요. 그러니까 그분은 20일을 19일이라고 생각했거나 19일을 20일이라고 생각했을 수도 있다는 거예요."

"뭐……."

노인장은 약간 당황했다.

"내 설명이 엉망이네요. 그러니까 페니파더 참사회원님 같은 분들이 목요일에 어디 간다고 말해도, 실제로는 목요일이 아니라 수요일이나 금요일을 두고 하는 말일 수 있다는 거예요. 이런 사람들은 자기가 착각하고 있다는 걸 잘 모르곤 하잖아요. 아무래도 참사회원님도 그러셨던 것 같네요."

노인장은 조금 당혹스러운 표정을 지었다.

"마플 양, 마치 페니파더 참사회원이 루체른에 가지 않은 걸 이미 알고 계셨던 것처럼 말씀하시는군요."

"그분이 목요일에 루체른에 있지 않았다는 건 알고 있었어요. 하루 종일……. 아니 하루의 대부분을 이곳에 있었거든요. 물론 그 때문에 나는 참사회원님이 목요일이라고 말하기는 했지만 사실은 금요일이 아닐까 생각했던 거예요. 그분이 목요일 저녁에 영국 유럽 항공사 가방을 들고 호텔을 나선 건 분명해요."

"그렇군요."

"그래서 그분이 비행기를 타시려나 보다 했는데 다시 돌아오신 걸 보고 깜짝 놀랐어요."

"네? '돌아왔다'니 그게 무슨 말씀이십니까?"

"그분이 이 호텔에 다시 돌아오셨다고요."

"잠시만요, 잠깐 정리 좀 해 보죠."

노인장은 그 점이 중요하다는 인상을 주지 않으려고 상냥하면서도 조심스럽게 말했다.

"그러니까 마플 양께서는 이 멍청한 노인네, 아니 참사회원이 그날 저녁 일찍 여행 가방을 들고 떠나는 모습을 보셨고, 공항으로 가는 거라고 생각하셨습니다. 맞습니까?"

"네, 6시 30분쯤이었어요. 아니면 45분쯤이나."

"하지만 그분이 돌아오셨다고 하셨죠."

"비행기를 놓쳤는지도 모르죠. 그러면 맞아떨어지잖아요."

"참사회원이 언제 돌아온 겁니까?"

"글쎄요, 난 모르겠어요. 그분이 돌아오는 모습을 보지는 못했어요."

"아. 그분을 봤다고 말씀하신 줄 알았는데요."

노인장은 당황했다.

"오, 나중에 봤어요. 내 말은 그분이 호텔에 들어오는 모습을 보지 못했다는 거예요."

"나중에 보셨다고요? 그게 언제입니까?"

마플 양은 생각에 잠겼다.

"어디 보자, 새벽 3시쯤이었어요. 잠을 제대로 잘 수가 없었죠. 무언가 때문에 잠에서 깼어요. 무슨 소리가 났거든요. 런던에는 이상한 소음들이 너무 많긴 하죠. 작은 시계를 보니 3시 10분이었어요.

뭔지는 잘 모르겠지만 왠지 마음 한구석이 불편했어요. 내 방문 바깥쪽에서 발걸음 소리 같은 게 들렸어요. 나처럼 시골에서 살다 보면 한밤중에 나는 발걸음 소리가 굉장히 거슬리거든요. 그래서 문을 열고 내다봤더니 페니파더 참사회원이 방을 나가고 있더라고요. 바로 내 옆방이었어요. 외투를 입고 계단 아래로 내려가는 모습이었어요."

"그분이 새벽 3시에 외투를 입고 방에서 나와 계단을 내려갔다고요?"

"네."

마플 양은 이렇게 대답하고는 곧바로 덧붙였다.

"그 시간에 나가다니, 좀 이상하다고 생각했죠."

노인장은 한동안 그녀를 바라보았다.

"마플 양, 그동안 왜 이 사실을 아무에게도 말하지 않으셨습니까?"

"아무도 묻지 않았으니까요."

마플 양이 천진난만하게 대꾸했다.

15장

노인장이 깊은 한숨을 내쉬고 말했다.
"네, 네. 아무도 마플 양께 물어보지 않았을 겁니다. 정말 간단하군요."
그는 다시 입을 다물었다.
"그분에게 무슨 일이 생겼다고 생각하시는 거죠, 안 그런가요?"
"벌써 일주일이 지났습니다. 길거리에서 뇌졸중을 일으켜 쓰러진 건 아닙니다. 사고로 병원에 누워 있는 것도 아니고요. 그렇다면 어디에 있는 걸까요? 그분이 실종됐다는 기사가 신문에 실렸지만, 아직까지 그분을 봤다는 사람이 없습니다."
"아무도 못 봤을 수 있죠. 나도 못 봤으니까요."
"이건 마치……."
노인장은 곰곰이 생각했다.

"마치 그분이 계획적으로 사라진 것 같군요. 한밤중에 이곳을 떠나다니요. 확실한 겁니까? 꿈을 꾼 건 아닙니까?"

노인장이 날카롭게 물었다.

"확실해요."

마플 양이 단호하게 대답했다.

노인장이 자리에서 일어나 말했다.

"저는 이만 가서 객실 담당 직원을 만나 봐야겠습니다."

일하고 있는 로즈 셸던을 발견한 노인장은 그녀의 밝은 얼굴을 찬찬히 살펴보고는 말을 건넸다.

"방해해서 죄송합니다. 이미 저희 쪽 경사를 만나셨다는 건 알고 있습니다. 하지만 실종된 페니파더 참사회원의 일로 몇 가지 물어보고 싶은 게 있습니다."

"오, 네. 아주 친절한 신사분이셨죠. 이곳에 자주 묵으셨어요."

"건망증도 심하고요."

로즈 셸던의 공손한 얼굴 위로 슬며시 미소가 떠올랐다.

"자, 어디 보자."

노인장은 수첩을 뒤적이는 척했다.

"페니파더 참사회원을 마지막으로 본 게……."

"목요일 아침이었어요. 19일 목요일이요. 저더러 그날 밤에는 호텔로 돌아오지 않을 것이고 그다음 날 밤에도 돌아오지 않을지도 모른다고 하셨어요. 어딘가 가실 모양이더라고요. 제네바였던 것 같아요. 어쨌든 스위스 어디였어요. 제게 세탁할 셔츠 2장을 맡기셨고, 저는 다음 날 오전까지 준비해 두겠다고 말씀 드렸어요."

"그게 마지막이었습니까?"

"네, 아시겠지만 저는 오후에는 일을 하지 않아요. 저녁 6시부터 다시 일하고요. 그때쯤이면 그분은 이미 떠나셨거나 적어도 아래층에 계셨던 게 분명해요. 방에는 안 계셨거든요. 여행 가방 2개도 방에 그대로 두셨고요."

"맞습니다."

노인장이 말했다. 그 여행 가방에 든 물건을 조사해 보았지만 실마리가 될 만한 것을 찾지 못했다. 그는 말을 이었다.

"다음 날 아침 그분 방에 가 보았습니까?"

"그분 방에요? 아니요, 그분은 출타 중이셨으니까요."

"평소에는 어떻게 했습니까……. 아침 일찍 차를 가져다주었습니까? 아침 식사를 가져다주었나요?"

"아침 일찍 차를 가져다 드렸어요. 아침 식사는 항상 아래층에서 하셨고요."

"그렇다면 다음 날 그분 방에 한 번도 들어가지 않았군요?"

로즈는 놀란 목소리로 대꾸했다.

"오, 아니에요. 평소처럼 그분 방에 들어갔어요. 그분 셔츠를 넣어 두려고요. 물론 방 청소도 했지요. 저희는 모든 객실을 매일 청소하니까요."

"침대에서 누군가 잔 흔적이 있었나요?"

로즈가 그를 빤히 바라보았다.

"침대요? 오, 아니요."

"시트가 구겨져 있거나……. 주름이 잡혀 있지는 않았습니까?"

그녀는 고개를 저었다.

"욕실은 어땠습니까?"

"누군가 사용한 듯 축축한 수건이 하나 걸려 있었어요. 전날 저녁에 사용했던 것 같아요. 그분이 떠나기 전에 손을 씻었을 수도 있으니까요."

"그분이 방에 다시 돌아왔다는……. 어쩌면 꽤 늦게 자정이 지나 돌아온 흔적은 전혀 없었습니까?"

당황한 그녀는 그를 빤히 바라보았다. 노인장이 입을 열었다가 다시 다물었다. 그녀는 참사회원이 돌아온 것을 전혀 모르거나, 연기력이 뛰어나거나 둘 중 하나였다.

"그분 옷은……. 양복은 어땠습니까. 여행 가방에 들어 있었습니까?"

"아니요, 벽장에 걸려 있었어요. 아시겠지만 잠시 여행을 다녀오시는 동안 방을 그대로 비워 두라고 하셨거든요."

"그 짐은 누가 챙겼습니까?"

"고린지 양이 제게 지시를 내렸어요. 예약한 숙녀분이 오기로 한 날이 되어서요."

딱 맞아떨어지는 진술이었다. 하지만 페니파더 참사회원이 금요일 새벽 3시에 방을 나서는 걸 보았다는 그 노부인 말이 맞다면 어느 때인가는 그 방으로 다시 돌아왔을 것이다. 그가 호텔로 들어오는 걸 본 사람은 아무도 없었다. 무엇 때문에 그가 사람들의 눈을 피해 들어온 것일까? 방에도 아무런 흔적을 남기지 않았다. 침대에 눕지도 않았다. 마플 양이 꿈을 꾼 것일까? 그녀 나이라면 충분히 그럴 수 있었다. 그러다 한 가지 생각이 노인장의 머릿속을 스쳤다.

"항공사 가방은요?"

"네?"

"짙은 파란색 작은 가방, 그러니까 영국 유럽 항공사 가방인지 영국 해외 항공사 가방인지 하는 거 말입니다. 분명 보셨겠죠?"

"오, 그거요……. 네, 하지만 해외에 나가시면서 가지고 가셨어요."

"하지만 그분은 해외에 나가지 않았습니다. 스위스에는 결국 가지 않았죠. 그러니까 분명 어딘가에 두었을 겁니다. 아니면 다시 돌아와 다른 짐과 함께 이곳에 두었거나요."

"네, 네……. 저는…… 저는 잘 모르겠지만 그러셨을 거예요."

'당황하는군. 그 부분에 대해서는 지시를 받지 않은 모양이지?'

노인장의 머릿속으로 생각이 꼬리에 꼬리를 물었다.

로즈 셸던은 지금까지 차분하게 차근차근 대답했다. 하지만 마지막 질문을 했을 때는 당황했다. 그녀는 적절한 대답을 몰랐던 것이다. 하지만 알았어야 했다.

참사회원은 공항에 그 가방을 가지고 갔고, 공항에서 비행기를 타지는 못했다. 그가 버트럼 호텔로 돌아왔다면 그 가방 또한 가져왔을 것이다. 하지만 마플 양은 방을 나서서 계단을 내려가는 참사회원의 모습을 설명할 때 가방을 들고 있었다는 말은 하지 않았다.

아마 침실에 두었을 텐데 여행 가방과 함께 짐 보관실에 보관되어 있지는 않았다. 왜일까? 참사회원이 스위스에 가기로 되어 있었기 때문인가?

데이비 경감은 로즈에게 상냥하게 고맙다는 인사를 하고 다시 아래층으로 내려왔다.

페니파더 참사회원, 그는 수수께끼 같은 인물이었다. 스위스에 간다는 말을 여기저기 늘어놓고 다녔고 날짜를 헷갈려 스위스에 가지 못했으며, 아무도 모르게 몰래 호텔로 돌아왔다가 새벽같이 다시 나갔다. 어디로, 무엇을 하러 간 것일까?

정신이 오락가락한다는 걸로 다 설명할 수 있을까?

그렇지 않다면 페니파더 참사회원은 무슨 생각을 하고 있었던 걸까? 그리고 더 중요한 것, 그는 어디에 있는 걸까?

노인장은 계단 중간쯤에 서서 혹시라도 본모습을 감추고 있는 사람이 없는지 의심의 눈길로 훑어보았다. 그 지경에까지 이른 것이다. 노인들, 중년들(그리 젊은 사람은 한 명도 없었다), 근사하고 고풍스러운 사람들, 부유하고 존경받는 사람들뿐이었다. 공직자, 변호사, 성직자, 출입문 가까이 앉아 있는 미국인 부부, 벽난로 가까이 앉은 프랑스인 가족까지. 화려한 사람도 없었고, 그 장소에 어울리지 않는 사람도 없었다. 대부분 고풍스러운 영국식 오후의 차를 즐기고 있었다. 고풍스러운 오후의 차를 대접하는 이런 곳에 심각한 문제가 도사리고 있을 수 있을까?

프랑스인 남자가 부인에게 그와 딱 맞아떨어지는 말을 했다.

"오후 5시의 차라니, 세 비엥 앙글레 사, 네 스 파(정말 영국적이야, 그렇지 않아)?"

프랑스인 남자는 감탄하듯 주위를 둘러보았다.

데이비 경감은 흔들문을 지나 길거리로 나서며 생각했다.

'오후 5시의 차. 저 친구는 '오후 5시의 차'가 도도새처럼 멸종된 지 오래되었다는 걸 모르는 모양이군.'

바깥에서는 거대한 미국식 옷 가방과 여행 가방이 택시에 실리고 있었다. 엘머 캐벗 부부가 파리의 방돔 호텔로 가려는 모양이었다. 부인은 남편에게 자신의 의견을 말하고 있었다.

"엘머, 팬들버리가(家) 사람들 말이 꼭 맞아요. 정말 옛날 영국 그대로잖아요. 정말 아름다운 에드워드 왕조 시대 그대로예요. 마치 에드워드 7세가 금방이라도 걸어 나와 오후의 차를 마실 것 같은 기분이 들지 뭐예요. 그러니까 내년에도 여기 다시 오고 싶어요……. 꼭 그러고 싶어요."

"우리가 백만장자라도 되는 줄 알아?"

그녀의 남편이 냉담하게 대꾸했다.

"엘머, 그래도 좋았잖아요."

짐이 모두 택시에 실렸고, 키가 훤칠한 수위가 택시에 타는 것을 도와주었다. 수위는 예상했던 캐벗 씨의 행동에 "감사합니다, 손님." 이라고 말했다. 택시가 떠난 뒤 수위는 노인장에게 주의를 돌렸다.

"택시 불러 드릴까요, 손님?"

노인장이 그를 올려다보았다.

180센티미터가 넘는 키의 잘생긴 친구였다. 한창때는 좀 지났고 군인 출신인 것 같았다. 훈장을 많이 받았을 것이다. 아마도 진짜 훈장을. 좀 교활한 면이 있을까? 술을 지나치게 많이 마시는 편이겠지.

"군인 출신이오?"

"네, 손님. 아일랜드군에 있었습니다."

"군대에서 받은 훈장이군요. 그건 어디서 받았습니까?"

"버마에서 받았습니다."

"이름이 뭡니까?"

"마이클 고먼입니다. 하사관이었고요."

"여기는 일할 만합니까?"

"평화로운 곳입니다."

"힐튼 호텔이 더 낫지 않겠어요?"

"그렇지 않습니다. 저는 이곳이 좋습니다. 근사한 분들이 오시고 경마를 좋아하는 신사분들이 애스컷이나 뉴버리에 가기 전에 들르기도 합니다. 이따금 팁을 두둑하게 주시죠."

"그렇다면 댁은 아일랜드인에 도박꾼이군요, 그렇죠?"

"아! 도박이 없다면 인생에 무슨 재미가 있겠습니까?"

"평화롭고 단조롭겠죠. 내 인생처럼 말입니다."

"그렇습니까, 손님?"

"내 직업이 뭔지 맞혀 보겠소?"

아일랜드인 남자가 씩 웃고는 말했다.

"손님에게 나쁜 감정은 없습니다만, 제가 보기에는 경찰 같군요."

"단번에 맞혔군요. 페니파더 참사회원 기억하십니까?"

"페니파더 참사회원이라, 제가 손님들의 이름은 잘……."

"나이 지긋한 성직자 말입니다."

마이클 고먼이 웃음을 터트렸다.

"아, 이런. 이곳에는 비슷비슷한 성직자들이 수도 없이 드나드는 걸요."

"이곳에서 실종된 성직자 말이에요."

"아, 그분!"

수위는 조금 당황한 듯했다.

"그분을 아십니까?"

"사람들이 제게 그분에 대해 이것저것 물어보지 않았다면 기억하지 못했을 겁니다. 제가 아는 거라고는 제가 그분을 택시에 태워 드렸고 애서니엄 클럽으로 가셨다는 것뿐입니다. 그게 마지막으로 본 그분 모습이었죠. 어떤 사람은 그분이 스위스로 갔다고도 하고, 또 어떤 사람은 스위스에 가지 않았다고도 하더군요. 길을 잃은 모양입니다."

"그날 저녁 이후로 그분을 보지 못했습니까?"

"이후에는……. 아니요, 보지 못했습니다."

"일은 몇 시에 끝납니까?"

"11시 30분에 끝납니다."

데이비 경감은 고개를 끄덕였다. 그는 택시를 거절하고 폰드가를 느릿느릿 걸어갔다. 순간 그의 바로 옆으로 차 1대가 쌩하게 지나가더니 요란한 브레이크 소리와 함께 버트럼 호텔 앞에 섰다. 데이비 경감은 침착하게 고개를 돌려 번호판을 주시했다. FAN 2266. 어디선가 본 듯한 번호였지만 기억나지 않았다.

데이비는 천천히 발길을 돌렸다. 그가 호텔 앞에 다다르기도 전에 그 차 운전자가 호텔 안에 들어갔다가 다시 나왔다. 남자와 그 차는 서로 잘 어울리는 한 쌍이었다. 길고 번쩍이는 하얀 줄이 들어가 있는 경주용 자동차. 그리고 젊은 남자는 잘생긴 얼굴에 그레이하운드 개처럼 예리한 눈, 군살 하나 없는 매끈한 몸매를 가지고 있었다.

수위가 차 문을 잡아 주자 젊은 남자가 차에 훌쩍 올라타더니 수위에게 동전 하나를 던지고는 강력한 엔진 소리를 내뿜으며 달려갔다.

"누군지 아십니까? 운전 습관이 위험한 남자인 건 분명하군요."

마이클 고먼이 노인장에게 물었다.

"라디슬라우스 말리노프스키. 2년 전 그랑프리를 차지했죠. 세계 챔피언이었습니다. 작년에 심한 충돌 사고를 당하기는 했지만, 지금은 괜찮다더군요."

"설마 저 친구가 버트럼에 묵는 건 아니겠죠? 정말 어울리지 않는군요."

마이클 고먼이 씩 웃었다.

"이곳에 묵고 있는 건 아닙니다. 하지만 그 사람 친구가 묵고 있죠……."

마이클 고먼이 눈을 찡긋했다.

줄무늬 앞치마를 두른 짐꾼 하나가 미국식 화려한 여행 장비를 더 가지고 나왔다.

노인장은 라디슬라우스 말리노프스키를 머릿속으로 떠올려 보면서 대여한 다임러 안에 편안히 놓이는 짐들을 멍하니 바라보고 서 있었다. 무모한 친구로군. 어떤 유명한 여자랑 사귄다는 소문이 돌았는데……. 어디 보자, 그 여자 이름이 뭐였더라? 여전히 세련된 옷 가방들을 노려보던 그는 돌아서서 가려다 마음을 바꿔 다시 호텔로 들어갔다.

데이비 경감은 프런트로 가 고린지 양에게 호텔 숙박부를 보여달라고 요청했다. 미국인 손님들을 배웅하느라 바쁜 고린지 양은 숙박부를 그에게 밀었다. 노인장은 페이지를 넘겼다.

레이디 셀리나 헤이지 : 햄프셔주 메리필드, 리틀 코티지

헤네시 킹 부부 : 에섹스주 엘더베리스

존 우드스톡 경 : 챌튼엄, 보먼트 크레센트 5번지

레이디 세지윅 : 노섬벌랜드주 허스팅스 하우스

엘머 캐벗 부부 : 코네티컷주

래들리 대장 : 치체스터, 더 그린 14호

울머 피킹턴 부부 : 코네티컷주 마블 헤드

라 콩테스 드 보빌(보빌 공작 부인) : 생제르맹 앙래, 레 사팽

제인 마플 양 : 머치 번햄, 세인트 메리 미드

러스컴 대령 : 서퍽주 리틀 그린

카펜터 부인, 귀족가 영애 엘비라 블레이크

페니파더 참사회원 : 채드민스터, 클로즈 성당

홀딩 부부, 오드리 홀딩 양 : 카멘턴, 매너 하우스

라이스빌 부부 : 펜실베이니아주 밸리 포지

반스터블 공작 : 노스 데번, 둔 캐슬.

버트럼 호텔에 묵고 있는 사람들의 일면이었다. 데이비 경감은 이들이 일종의 패턴을 이루고 있다고 생각했다…….

숙박부를 닫으려는 순간, 앞 장에 있던 이름 하나가 그의 눈길을 사로잡았다. 윌리엄 러드그로브 경이었다.

은행 강도 사건 현장 근처에서 보호 관찰관이 목격한 바로 그 러드그로브 판사였다. 러드그로브 판사와 페니파더 참사회원 둘 다 버트럼 호텔의 단골이었다.

"차는 맛있게 드셨습니까, 손님?"

노인장의 팔꿈치 뒤에 서 있던 헨리의 말이었다. 정중한 말투였지만, 동시에 손님을 완벽하게 대접하고 싶은 데 따르는 초조한 마음도 조금 엿보였다.

"최근 몇 년간 마신 것 중에 최고의 차였습니다."

그는 찻값을 지불하지 않았다는 생각이 퍼뜩 들었다. 경감이 돈을 내려고 했지만 헨리가 손을 들어 사양했다.

"아닙니다, 손님. 손님께는 서비스로 드린 겁니다. 험프리스 씨께서 그렇게 지시하셨습니다."

헨리가 그 자리를 떠났고, 노인장은 그에게 팁을 주었어야 했는지 말았어야 했는지 몰라 어정쩡한 표정을 지은 채 뒤에 남았다. 사교적인 문제에 대한 해답은 헨리가 그보다 훨씬 잘 알 거라는 생각에 짜증이 치밀었다.

거리를 따라 걷던 데이비 경감은 갑자기 걸음을 멈추고 수첩을 꺼내 이름 하나와 주소 하나를 적었다. 허비할 시간이 없었다. 그는 공중전화 부스로 갔다. 무모한 짓을 할 생각이었다. 어떠한 장해가 있더라도 자신의 직감을 따르기로 했다.

16장

페니파더 참사회원은 옷장이 거슬렸다. 잠에서 깨기 전부터 거슬렸지만 잊고 다시 잠에 빠졌다. 하지만 다시 눈을 떴을 때도 옷장은 여전히 엉뚱한 곳에 있었다. 창문은 누워 있는 침대 왼쪽에 있고, 옷장은 창문과 침대 사이의 왼쪽 벽에 있어야 했는데 그렇지 않았다. 옷장이 오른쪽에 있었다. 페니파더 참사회원은 그게 너무나도 거슬린 나머지 피곤할 지경이었다. 그는 머리가 부서질 듯 아프다는 것, 그리고 무엇보다 옷장이 엉뚱한 곳에 놓여 있다는 것을 뚜렷이 인식하고 있었다. 그리고 그의 눈이 다시 한번 감겼다.

그다음 눈을 떴을 때는 방 안이 좀 더 환했다. 하지만 아직 날이 완전히 밝은 것은 아니었다. 희미한 새벽빛이 비칠 뿐이었다.

옷장의 수수께끼를 갑자기 풀어낸 페니파더 참사회원이 중얼거렸다.

"이런, 이렇게 멍청할 수가! 여기는 집이 아니니 그럴 수밖에."

그는 조심스럽게 몸을 움직였다. 그랬다. 이건 그의 침대가 아니었다. 그는 집을 떠났다. 그렇다면 어디에 있는 거지? 그는 런던으로 갔다, 그렇지 않은가? 그는 버트럼 호텔에 묵었다. 하지만 여기는 버트럼 호텔이 아니었다. 버트럼 호텔에서는 침대가 창문을 마주 보고 있었으니, 버트럼 호텔이 아닌 게 분명했다.

"이런, 여기가 어디지?"

페니파더 참사회원은 다시 한번 중얼거렸다.

그러다 루체른에 가려 했다는 걸 기억했다.

"그래, 여기는 루체른이야."

그는 읽으려고 했던 논문을 생각했지만 오래가지 못했다. 두통이 더 심해지는 것 같아 다시 잠을 청했다.

그다음 참사회원이 눈을 떴을 때는 머리가 훨씬 맑았다. 그리고 방 안도 훨씬 환했다. 그는 집에 있지도, 버트럼 호텔에 있지도 않았으며, 루체른에 있는 것도 아니라는 확신이 들었다. 가구라고는 거의 없는 낯선 방이었다. 그가 옷장이라고 생각했던 벽장 하나와 빛이 스며드는 꽃무늬 커튼이 달린 창문 하나, 의자 하나와 탁자 하나, 그리고 서랍장 하나, 그게 전부였다.

"이런, 정말 이상하네. 도대체 여기가 어디지?"

페니파더 참사회원이 중얼거렸다.

참사회원은 그것을 알아볼 생각으로 침대에서 일어나 앉자마자 두통이 도져 다시 눕고 말았다.

'병이 났던 게 분명해. 그래, 병이 났던 거야.'

페니파더 참사회원은 그렇게 결론 내렸다.

그는 잠시 생각하더니 혼잣말로 중얼거렸다.

"사실 지금도 병에 걸려 있는 건지도 모르지. 감기인가?"

감기는 사람들이 말하듯 갑자기 찾아온다. 어쩌면……. 어쩌면 애서니엄에서 저녁 식사를 할 때 감기에 걸렸는지도 모른다. 그는 애서니엄에서 저녁 식사를 했다는 사실을 기억해 냈다.

집 안에서 누군가 돌아다니는 소리가 들렸다. 어쩌면 사람들이 그를 병원에 데려다 놓은 건지도 몰랐다. 하지만 이곳은 병원 같지 않았다. 점점 빛이 들어오면서 조금 낡고 휑한 작은 침실이 모습을 드러냈고 사람들 움직이는 소리가 계속 이어졌다. 아래층에서 한 사람의 목소리가 들려왔다.

"잘 다녀와요, 여보. 오늘 저녁은 소시지와 으깬 감자예요."

페니파더 참사회원은 소시지와 으깬 감자를 떠올려 보았다. 왠지 구미가 당겼다.

"아무래도 배가 고픈 것 같아."

그는 또다시 중얼거렸다.

방문이 열리면서 중년 여자가 들어왔다. 그녀는 창가로 가더니 커튼을 조금 열고 침대를 향해 돌아서서 말했다.

"아, 이제 일어나셨군요. 기분은 좀 어떠세요?"

"그게…… 나도 잘 모르겠어요."

페니파더 참사회원은 기운 없는 목소리로 대답했다.

"그러시겠죠. 상태가 많이 안 좋으셨어요. 의사 선생님이 어딘가에 심하게 부딪쳤다고 하더라고요. 요즘 운전자들은 사람을 치고 그냥 가 버린다니까요."

"내가 사고를 당했나요? 교통사고?"

"그래요. 저희가 집에 돌아오는 길에 길가에 쓰러져 계신 걸 발견했어요. 처음에는 술에 취한 줄 알았죠."

중년 여자는 그때를 떠올리며 재미있는 듯 낄낄거렸다.

"그랬는데 바깥양반이 가서 한번 보는 게 좋겠다고 하더라고요. 사고가 난 건지도 모른다면서요. 술 냄새 같은 건 전혀 나지 않았어요. 핏자국 같은 것도 없었고요. 어쨌든 그곳에 죽은 듯 쓰러져 계시지 뭐예요. 바깥양반이 '이렇게 내버려두고 갈 순 없어.'라고 해서 이리로 모시고 온 거예요. 아시겠어요?"

"아, 선한 사마리아인이시군요."

페니파더 참사회원은 이 모든 뜻밖의 일을 이해한 듯 들릴 듯 말 듯 중얼거렸다.

"그리고 바깥양반은 선생님이 성직자라는 걸 알아채고 훌륭한 분일 거라고 하지 뭐예요. 성직자들은 그런 걸 원하지 않을 수도 있으니 경찰을 부르지 않는 게 좋다고 했고요. 혹시라도 술을 마셨다면 말이에요. 물론 술 냄새는 전혀 나지 않았지만요. 그래서 스토크스 선생님을 불러 진찰을 하게 한 거예요. 의사 협회에서 제명되기는 했지만 우리는 여전히 그 사람을 스토크스 선생님이라고 불러요. 아주 좋은 사람이에요. 물론 제명된 것 때문에 좀 속상해하기는 했지만요. 그 사람이 몹쓸 아가씨들을 도와준 건 다 마음씨가 착해서 였다고요. 어쨌든 훌륭한 의사이기는 해서 이리로 모셔와 봐 달라고 한 거예요. 그 사람 말로는 어디를 심하게 다친 건 아니고 가벼운 뇌진탕일 뿐이래요. 그저 어두운 방에 조용히 눕혀 두면 된다고요. 그러면서 이러더라고요. '내가 의사로서 소견을 말한 게 아니라는 거 명심해요. 이건 공식적인 진료가 아니오. 난 처방전을 내리거나 진단을 내릴 권한이 전혀 없소. 물론 도리상 경찰에 신고해야겠지만, 원치 않는다면 꼭 그럴 필요는 없잖소? 이 불쌍한 노인네에게도 기회를 줘야지.'라고 말했어요. 실례되는 말을 했다면 용서하세요. 그 사람 입이 워낙 걸어서요. 자, 이제 따끈한 수프를 가져다 드릴까요? 아니면 따끈한 빵과 우유를 드릴까요?"

"아무거나 주시면 고맙겠습니다."

페니파더 참사회원은 힘없이 말했다.

그는 베개에 다시 머리를 뉘었다. 사고였다. 그리고 정작 본인은 아무것도 기억하지 못했다. 잠시 후 착한 여자가 김이 모락모락 나는 오목한 그릇을 쟁반에 담아 들고 돌아왔다.

"이걸 드시면 좀 나아지실 거예요. 위스키나 브랜디를 한 방울 떨어뜨릴까 했지만 의사 선생님이 그런 건 안 된다고 하시더라고요."

"물론이에요. 뇌진탕 환자에게는 안 되죠. 그래요, 권할 수 없는 일이에요."

"등에 베개를 하나 더 대어 드릴까? 자, 됐어요?"

페니파더 참사회원은 여자의 거침없는 말투에 조금 놀랐다. 그저 친하게 대하려는 것이라고 애써 납득했다.

"영차. 자, 됐어요."

"그런데 여기가 어디죠? 그러니까 어느 지역이죠?"

"밀턴 세인트 존이에요. 모르셨어요?"

"밀턴 세인트 존? 그런 이름은 처음 들어 보는군요."

페니파더 참사회원은 고개를 저었다.

"뭐, 지역이랄 것도 없어요. 작은 마을이니까요."

"정말 친절하시군요. 성함을 여쭤봐도 될까요?"

"휠링 부인이에요. 에머 휠링."

"정말 친절한 분이시군요. 하지만 이 사고라는 것에 대해 도통 기억이 나지 않아서……."

"밖에 나가 바람 좀 쐬고 나면 기분도 좋아지고 기억도 돌아올 거예요."

"밀턴 세인트 존이라……."

페니파더 참사회원은 이상하다는 듯 중얼거렸다.

"생전 처음 들어 보는 곳이란 말이야. 정말 이상해!"

17장

로널드 그레이브스 경은 압지에 고양이를 그렸다. 그리고 맞은편에 앉아 있는 덩치 큰 데이비 경감을 바라보며 불도그 한 마리를 그렸다.

"라디슬라우스 말리노프스키? 그럴 수도 있지. 증거는 있나?"
그레이브스 경이 말했다.

"없습니다. 하지만 그 친구가 딱 들어맞지 않습니까?"

"무모하고 대담한 녀석이긴 하지. 세계 선수권 대회에서 우승했고, 1년 전에 심한 충돌 사고를 겪었어. 여자 관계가 복잡하고 수입원이 확실하지 않은데, 국내와 해외에서 마음껏 돈을 쓰고 다니지. 언제나 유럽을 휘젓고 돌아다녀. 이 친구가 조직적인 범죄 집단의 배후라고 생각하나?"

"조직의 두뇌라고는 생각하지 않습니다. 하지만 그 일원이라고 생각합니다."

"이유가 뭔가?"

"한 가지 이유는 그가 메르세데스 오토를 몬다는 겁니다. 경주용 자동차죠. 같은 차가 우편 열차 강도 사건이 있던 날 아침 베드햄프턴 근처에서 목격됐습니다. 물론 자동차 번호는 다릅니다. 하지만 그런 경우를 흔히 보지 않았습니까. 같은 수법입니다. 달라 보이지만 크게 다르지 않죠. FAN 2266 대신 FAN 2299를 사용했으니까요. 그런 종류의 메르세데스 오토는 그리 흔하지 않습니다. 레이디 세지윅이 1대 가지고 있고 젊은 메리베일 경도 1대 가지고 있죠."

"말리노프스키가 그 모든 걸 지휘했다고 생각하는 건 아니겠지?"

"아닙니다. 제 생각에는 상층부에 그보다 더 뛰어난 두뇌가 있는 것 같습니다. 하지만 그 친구 또한 이 일에 연루되어 있죠. 사건 파일들을 좀 뒤져 봤습니다. 중부 지방과 런던 서부에서 일어난 강도 사건 말입니다. 밴 3대가 우연히, 정말 우연히 특정 거리를 가로막고 있었더군요. 현장에 나타난 메르세데스 오토 1대는 그 덕분에 깨끗이 모습을 감출 수 있었습니다."

"결국 잡아냈지."

"네. 그리고 운전자는 신원 보증서를 내밀었죠. 게다가 목격자들은 정확한 자동차 번호를 외우지 못했고요. 목격자들은 FAM 3366이라고 진술했지만, 말리노프스키의 자동차 번호는 FAN 2266입니다. 꼭 닮았죠."

"자네는 계속해서 버트럼 호텔과 연관 짓고 있군. 부하 직원들을 시켜 버트럼 호텔에 대한 정보를 캐냈다고…….."

노인장이 주머니를 톡톡 두드렸다.

"여기 다 있습니다. 정식으로 사업자 등록을 낸 곳이었습니다. 대차대조표, 평균 불입 자본, 임원진 등에 관한 자료들이죠. 하지만 이런 건 아무런 의미가 없습니다. 서류상에 나타난 재정 상태야 다 거기서 거기 아닙니까. 수많은 뱀들이 서로 꼬리에 꼬리를 물고 돌아가는 격이죠. 회사에 지주회사에……. 머리가 핑핑 돌 지경입니다."

"자 자 진정하게, 노인장. 시티(런던의 상업 금융 중심지 — 옮긴이)에서 돌아가는 일이 다 그렇지 않은가. 세금은……."

"제가 원하는 건 진짜 정보입니다. 소개장만 써 주시면 상층부 사람을 만나 보고 싶습니다."

국장은 그를 가만히 들여다보았다.

"상층부라니 정확히 누구를 말하는 건가?"

노인장은 이름 하나를 말했다.

국장이 당황한 표정을 지으며 말했다.

"그에 대해서는 나도 모른다네. 우리가 그 사람과 접촉하기는 힘들어."

"그럴 수만 있다면 큰 도움이 될 겁니다."

침묵이 흘렀고 두 남자는 서로를 바라보았다. 노인장의 얼굴은 우직하고 침착하며 끈질겨 보였다. 국장이 이내 손을 들었다.

"자네는 정말 고집불통 노인네야, 프레드. 자네가 원하는 대로 하게. 유럽의 국제적인 금융업자 중에서도 고위직들을 마음껏 괴롭혀 보라고."

"그 사람이라면 알 겁니다. 모른다 해도 책상 위에 있는 부저를 누르거나 전화 1통만 하면 알아낼 수 있을 겁니다."

"그 사람이 좋아할지 모르겠군."

"좋아하지 않을 수도 있겠죠. 시간을 많이 빼앗지는 않을 겁니다. 어쨌든 일단 연줄이 있어야 만날 수 있겠지만요."

"자네 정말 버트럼 호텔에 무언가 있다고 생각하나? 하지만 무슨 근거로 그렇게 생각하는가? 잘 운영되고 있는 데다 손님들도 모두 훌륭한 사람들뿐이야. 사전 허가제를 어긴 적도 없고."

"압니다, 알아요. 술도, 마약도, 도박도, 범죄자가 묵은 적도 없죠. 눈처럼 깨끗한 곳입니다. 비트족도 폭력배도, 비행 소년도 없죠. 그저 소박한 빅토리아 여왕 시대와 에드워드 7세 시대의 노부인들이나, 시골에서 올라온 가족들, 보스턴과 미국의 여러 대도시에서 온 여행객들뿐이에요. 하지만 존경받는 성당 참사회원이 조금 비밀스럽게 새벽 3시에 방을 나서는 모습이 목격됐습니다……."

"누가 본 건가?"

"어느 노부인입니다."

"어떻게 그것을 보게 되었다던가? 왜 그 노부인은 그 시간에 잠자리에 들지 않았지?"

"노부인들이 원래 그렇지 않습니까."

"설마 자네……. 그 이름이 뭐라더라……. 페니파더 참사회원 이야기인가?"

"맞습니다. 그 사람의 실종 신고가 들어왔고 캠벨이 지금 수사를 담당하고 있습니다."

"이상한 우연이군……. 방금 베드햄프턴의 우편 열차 강도 사건과 관련해 그 사람 이름이 언급됐는데 말이야."

"정말입니까? 어떤 식으로요?"

"또 다른 노부인, 아니 중년 부인이 그 사람을 보았다네. 신호 조작으로 기차가 멈춰 섰을 때 꽤 많은 사람들이 잠에서 깨어 복도를 내다봤지. 이 여자는 채드민스터에 살고 있어서 페니파더 참사회원의 얼굴을 아는데, 그때 그가 문을 열고 기차로 들어서는 모습을 봤다는 거야. 당시에는 그저 그 사람이 무슨 일인지 확인하러 밖에 나갔다가 다시 들어온 거라고 생각했다네. 그런데 그 사람이 실종됐다는 신고가 들어온 터라 우리도 확인해 볼 참이었어……."

"어디 보자……. 기차는 새벽 5시 30분에 멈춰 섰습니다. 페니파더 참사회원이 버트럼 호텔을 나선 것은 새벽 3시가 갓 넘었을 때였고요. 네, 가능한 일입니다. 그곳까지…… 이를테면 경주용 자동차를 몰고 갔다면요."

"결국 다시 라디슬라우스 말리노프스키로 돌아왔군."

국장은 압지에 그린 낙서를 바라보며 말했다.

"자네는 정말 불독처럼 끈질기군, 프레드."

30분 후 데이비 경감은 조용하고 조금 낡은 사무실로 들어갔다. 체구가 커다란 남자가 책상 앞 자리에서 일어나 손을 내밀었다.

"데이비 경감님이십니까? 앉으시죠. 시가 1대 하시겠습니까?"

데이비 경감은 고개를 저었다.

"먼저 사과 드리겠습니다. 귀중한 시간을 빼앗게 되어 죄송합니다."

경감은 시골 사람처럼 낮고 걸걸한 목소리로 말했다.

로빈슨은 미소 지었다. 체격은 뚱뚱했지만 아주 근사하게 차려입고 있었다. 노르스름한 얼굴에 눈동자는 까맣고 슬퍼 보였으며 입은 큼지막했다. 그는 툭하면 미소를 지어 유난히 큰 이를 드러냈다.

그의 이를 보고 데이비 경감은 엉뚱하게도 '널 잡아먹으려고'(「빨간 모자 이야기」에 나오는 한 구절 ― 옮긴이)라는 문장을 떠올렸다. 그는 영어를 완벽하게 구사했고 외국인 특유의 억양도 전혀 없었지만 영국인은 아니었다. 그를 만나 본 많은 사람들이 그랬듯이 노인장역시 로빈슨의 국적이 어디인지 궁금해졌다.

"자, 무얼 도와 드릴까요?"

"저는 버트럼 호텔의 소유주가 누구인지 알고 싶습니다."

로빈슨의 표정은 조금도 변하지 않았다. 그는 그 호텔 이름을 듣게 되어 놀랐다거나, 들어 본 적이 있다는 내색도 하지 않았다. 그는 생각에 잠긴 채 입을 열었다.

"버트럼 호텔의 소유주를 알고 싶으시다……. 피커딜리를 지나 폰드가에 있는 호텔로 알고 있습니다."

"맞습니다."

"저도 이따금 그곳에 묵곤 했죠. 조용한 곳입니다. 잘 운영되고 있죠."

"그렇습니다. 유난히 잘 운영되고 있죠."

"그곳 소유주가 누구인지 알고 싶으시다고요? 그건 간단한데요?"

로빈슨의 미소 뒤에 희미하게 비꼬는 듯한 기색이 서려 있었다.

노인장은 주머니에서 작은 종잇조각 하나를 꺼내 이름과 주소를 서너 개 읊었다. 그러자 로빈슨이 말했다.

"그렇군요. 누군가 꽤 수고를 한 모양입니다. 흥미롭군요. 그러고 나서 나를 찾아온 겁니까?"

"아는 사람이 있다면 그건 로빈슨 씨뿐일 겁니다."

"사실은 나도 모릅니다. 하지만 나에게 정보를 수집할 방법이 여러 가지 있는 건 사실이죠. 나에게는 연줄이 있으니까요."

그는 크고 통통한 어깨를 으쓱했다.

"네."

노인장은 태연한 표정으로 대꾸했다.

로빈슨은 노인장을 바라보다 책상 위 수화기를 집어 들었다.

"소냐? 카를로스와 연결해 줘."

그는 잠시 기다렸다 다시 말했다.

"카를로스?"

로빈슨은 외국어로 빠르게 대여섯 문장을 말했다. 노인장은 한 번도 들어 본 적 없는 언어였다.

노인장은 영국식 발음이 여실히 드러나기는 했지만 충분히 대화를 나눌 수 있을 만큼 프랑스어에 능통했다. 이탈리아어는 겉핥기 수준이었으며, 독일어는 간단한 여행용 회화 수준이었다. 스페인어와 러시아어, 아랍어는 들으면 구분할 수는 있지만 무슨 뜻인지는 전혀 몰랐다. 이 남자가 말하는 언어는 그중 하나가 아니었다. 어림 짐작으로 터키어나 페르시아어, 또는 아르메니아어가 아닐까 추측해 보았지만 확인해 볼 도리가 없었다. 로빈슨은 수화기를 내려놓고 상냥하게 말했다.

"오래 기다릴 필요는 없을 것 같군요. 흥미롭네요. 아주 흥미로워요. 이따금 나도 궁금했죠……."

노인장은 묻는 듯한 눈빛으로 그를 바라보았다.

"버트럼 호텔의 재정 상태가 말입니다. 여태까지는 그게 무슨 상관이었겠습니까. 그저……."

로빈슨은 어깨를 으쓱하고 말을 이었다.

"비상할 정도로 능력이 뛰어난 직원들의 안락한 접대에 고마울 따름이었죠……. 네, 나도 궁금하군요."

그는 노인장을 바라보았다.

"그 방법과 이유를 알고 있습니까?"

"아직은 모릅니다. 하지만 알아낼 겁니다."

로빈슨은 곰곰이 생각에 잠겨 말했다.

"몇 가지 가능성이 있습니다. 마치 음악처럼요. 한 옥타브 내의 음정은 한정되어 있는데 그 음정들을 결합하면……. 뭐라더라……. 수백만 가지 음을 만들어 낼 수 있다죠? 어떤 음악가가 내게 그러더군요. 똑같은 선율을 두 번 다시 연주할 수 없다고요. 정말 흥미로워요."

책상 위에서 부저 소리가 낮게 울리자 로빈슨이 다시 수화기를 들었다.

"그래? 그래, 아주 신속하군그래. 마음에 들어. 알겠네. 아! 암스테르담, 그래……. 아……. 고맙네……. 그래, 철자를 불러 주겠나? 좋아."

그는 팔꿈치께에 있던 수첩에 재빨리 적었다.

"당신에게 도움이 됐으면 좋겠군요."

로빈슨이 종이 한 장을 찢어 노인장에게 건넸다. 노인장은 그 종이에 적힌 이름을 소리 내어 읽었다.

"빌헬름 호프만."

"국적은 스위스입니다. 스위스에서 태어나지는 않았지만 말입니다. 은행계에 상당한 영향력을 행사하고 있어요. 법은 철저하게 지키고 있지만 뒤로 의문스러운 거래를 꽤 하고 있는 게 분명합니다. 이 나라가 아닌 유럽 대륙에서 혼자 일하고 있습니다."

"아."

로빈슨이 계속했다.

"하지만 그 남자에게 동생이 하나 있습니다. 로베르트 호프만이라고 런던에 살고 있습니다. 다이아몬드 상인인데 사업가로 꽤 평판이 높죠. 아내는 네덜란드인이고요. 암스테르담에도 사무실이 있습니다……. 경시청 사람들이라면 그에 대해 알지도 모르겠군요. 말했듯이 주로 다이아몬드를 거래하고 있는 데다 아주 부유하고 재산도 어마어마하게 많지만 그의 명의로 되어 있지는 않습니다. 네, 이 친구의 배후에 어마어마한 기업들이 있는 겁니다. 바로 이 친구와 그 형이 버트럼 호텔의 실제 소유주입니다."

"감사합니다. 정말 큰 신세를 졌습니다. 대단하십니다."

데이비 경감이 자리에서 일어나 조금 전보다 열성적으로 말했다.

로빈슨이 미소 지었다.

"내가 알아냈다는 게 말입니까? 정보 수집은 내 전문 분야 중 하나입니다. 난 뭐든 알아내는 걸 좋아하죠. 당신도 그 때문에 날 찾아온 것 아닙니까?"

"뭐, 저희는 로빈슨 씨에 대해 잘 알고 있습니다. 내무부나 특별 수사 본부, 그 외 모든 부서에서 말입니다."

데이비 경감이 순진하게 이렇게 덧붙였다.

"사실 제가 로빈슨 씨를 찾아뵙는 데는 꽤 많은 용기가 필요했습니다."

로빈슨은 다시 한번 미소 지었다.

"정말 흥미로운 분이시군요, 데이비 경감님. 어떤 일을 맡고 계시든 성공하기를 바라겠습니다."

"감사합니다. 저에게는 그런 격려가 필요할 것 같습니다. 그런데 이 두 형제에게 폭력적인 성향이 있습니까?"

"물론 아닙니다. 그들의 방침에 위배되는 일일 테니까요. 호프만 형제는 사업적인 문제를 폭력으로 해결하지 않습니다. 더 나은 방법을 사용하죠. 그 형제는 매년 착실하게 재산을 불려 가고 있어요. 스위스 은행계에 있는 내 정보원이 그렇게 알려 주더군요."

"스위스란 여러모로 유용한 장소로군요."

"네, 그렇습니다. 스위스가 없었다면 어떻게 해야 할지 몰랐을 겁니다. 대단히 정확한 곳입니다. 섬세한 사업 감각하며! 네, 우리 사업가들은 모두 스위스에 고마워해야 합니다. 나는 또한……."

로빈슨이 덧붙였다.

"암스테르담도 높이 평가하고 있죠."

그는 데이비 경감을 빤히 바라보더니 다시 미소 지었다.

경감이 그곳을 떠나 경시청으로 돌아와 보니 책상 위에 메모가 놓여 있었다.

페니파더 참사회원 나타났음. 부상을 입기는 했지만 무사함.
밀턴 세인트 존에서 차에 치여 뇌진탕을 일으킨 것 같음.

18장

페니파더 참사회원은 데이비 경감과 캠벨 경위를 바라보았고, 두 사람은 참사회원을 바라보았다. 페니파더 참사회원은 다시 집으로 돌아왔다. 그는 서재에 있는 커다란 안락의자에 앉아 머리에 베개를 대고 발은 푹신한 휴대용 발판 위에 올려놓고 있었다. 그리고 그가 환자라는 것을 강조하듯 무릎에 담요 1장이 덮여 있었다.

참사회원이 점잖게 입을 열었다.

"아무래도 전혀 기억이 나지 않아요."

"차에 치인 것도 기억나지 않습니까?"

"아무래도 그런 것 같습니다."

"그럼 차에 치였다는 건 어떻게 아셨습니까?"

캠벨 경위가 날카롭게 물었다.

"그곳에 있던 여자가……. 그 여자 이름이 휠링이었나? 하여간 그 여자가 말해 주었어요."

"그 여자분은 어떻게 알았답니까?"

참사회원은 혼란스러운 듯했다.

"이런, 당신 말이 옳아요. 그 여자가 알 리 없죠, 그렇죠? 그 여자 생각에 교통사고가 분명하다고 본 모양이에요."

"그렇다면 전혀 기억나지 않는다는 겁니까? 밀턴 세인트 존에는 어떻게 가셨죠?"

"모르겠어요. 그 마을 이름도 처음 들어 봅니다."

캠벨 경위가 깊은 한숨을 내쉬었다. 데이비 경감은 부드럽고 편안하게 말했다.

"그렇다면 마지막으로 기억하는 것을 다시 한번 말씀해 주시겠습니까."

페니파더 참사회원은 안심한 듯 그를 바라보았다. 경위의 냉정하고 의심하는 듯한 말투 때문에 마음이 영 불편했던 것이다.

"나는 학술 대회에 참석하려고 루체른으로 떠날 예정이었어요. 공항에 가려고……. 켄싱턴 공항에 가려고 택시를 탔죠."

"네, 그다음에는요?"

"그게 전부입니다. 더 이상 기억나지 않아요. 그다음 기억나는 건 옷장이에요."

"어떤 옷장 말입니까?"

캠벨 경위가 물었다.

"엉뚱한 곳에 놓여 있었어요."

캠벨 경위는 엉뚱한 곳에 놓여 있던 옷장에 대해 물어보려고 했지만 데이비 경감이 끼어들었다.

"공항에 도착한 건 기억하십니까?"

"그런 것 같아요."

페니파더 참사회원은 잘 모르겠다는 듯 대꾸했다.

"그리고 제시간에 맞춰 루체른으로 가셨죠."

"내가 그랬나요? 그건 전혀 기억나지 않아요."

"그날 밤 버트럼 호텔로 다시 돌아오신 건 기억나십니까?"

"아니요."

"버트럼 호텔은 기억나십니까?"

"그럼요. 그곳에 묵었어요. 아주 편안했죠. 내가 하루나 이틀 정도 비우더라도 방은 그대로 두라고 했어요."

"기차를 타신 건 기억나십니까?"

"기차라뇨? 아니에요, 기차를 탄 건 기억나지 않아요."

"강도 사건이 있었습니다. 열차 강도 사건이요. 페니파더 참사회원님, 그건 물론 기억하시겠죠."

"내가요? 기억해야 하나요? 하지만 난……."

페니파더 참사회원이 미안한 듯 말을 이었다.

"기억나지 않아요."

그는 온화한 미소를 지으며 두 경관을 번갈아 바라보았다.

"그렇다면 공항으로 가는 택시를 탄 이후부터 밀턴 세인트 존의 휠링 씨 집에서 눈을 뜰 때까지 아무것도 기억나지 않는다, 이 말씀이시군요."

"이상할 것도 없죠. 뇌진탕의 경우에는 흔히 그러니까요."

참사회원은 확실하다는 듯 말했다.

"눈을 뜨셨을 때 무슨 일이 일어났다고 생각하셨습니까?"

"두통이 너무 심해서 생각할 수가 없었어요. 물론 그러다 내가 어디 있는 건지 생각해 보기 시작했고, 휠링 부인이 그간의 일을 이야기해 주었죠. 그리고 내게 맛있는 수프를 가져다주었어요. 그 여자가 반말로 '당신' 어쩌고 하기는 했지만……. 아주 친절하게 대해 주었어요. 정말 친절한 사람이에요."

참사회원은 조금 못마땅한 표정으로 말했다.

"그분은 경찰에 신고했어야 했습니다. 그랬다면 병원에 가서 적절한 치료를 받았을 겁니다."

캠벨이 말했다.

"하지만 날 아주 잘 보살펴 줬어요. 그리고 뇌진탕 환자는 조용한 곳에서 안정을 취하는 것 외에 달리 할 수 있는 게 없다고 알고 있어요."

참사회원은 기운을 차리고 항변했다.

"페니파더 참사회원님, 혹시라도 더 기억나는 게 있으시면……."

참사회원이 끼어들었다.

"나흘이 내 인생에서 사라져 버린 것 같아요. 너무 이상해요. 정말이지 너무 이상해요. 내가 어디 있었는지 무얼 하고 있었는지 줄곧 생각해 봤어요. 의사 선생 말이 언젠가 기억이 날 수도 있다더군요.

하지만 기억나지 않을 수도 있다고 해요. 그동안 나에게 무슨 일이 있었는지 영영 기억 못 할 수도 있다고요."

참사회원이 눈꺼풀을 깜빡거렸다.

"이만 실례해야겠습니다. 좀 피곤하군요."

"이만하면 충분하잖아요."

문가에서 서성거리며 여차하면 끼어들 태세였던 매크래 부인이 말했다. 그녀는 두 경관 앞으로 다가가 단호하게 말했다.

"의사 선생님이 너무 무리하면 좋지 않다고 했어요."

두 경관은 자리에서 일어나 문으로 향했다. 매크래 부인은 성실한 양치기 개처럼 둘을 홀로 안내했다. 참사회원이 무언가를 중얼거렸고 맨 뒤에 서 있던 데이비 경감이 즉시 돌아서서 물었다.

"뭐라고 하셨죠?"

하지만 참사회원의 두 눈은 이미 감겨 있었다.

"뭐라고 한 것 같습니까?"

매크래 부인이 내키지 않은 듯 권하는 음료를 거절하고 집을 나서며 캠벨이 물었다.

노인장은 곰곰이 생각에 잠겨 말했다.

"내 생각에는 '예리코 성벽'이라고 한 것 같아."

"무슨 뜻으로 그런 말을 했을까요?"

"성경과 관련된 것 같은데."

"저 노인네가 어쩌다 크롬웰로에서 밀턴 세인트 존까지 가게 되었는지 알아낼 수 있기는 한 걸까요?"

"그 사람한테서는 별로 알아낼 게 없을 것 같아."

경감이 고개를 끄덕이며 대꾸했다.

"강도 사건이 일어난 뒤 열차에서 참사회원을 봤다고 진술한 그 여자 말입니다. 그 여자 말이 맞을까요? 참사회원이 어떤 식으로든 그 강도 사건에 연루되어 있는 걸까요? 제가 보기에는 말도 안 되는 일인 것 같습니다. 존경받는 늙은 성직자 아닙니까. 채드민스터 성당의 참사회원이 열차 강도에 연루되었다고 의심하는 건 무리겠죠?"

"그래. 러드그로브 판사가 은행 강도 사건에 연루되었다고는 상상할 수 없는 것과 마찬가지야."

노인장이 곰곰이 생각하며 대답했다.

캠벨 경위는 흥미로운 듯 상사를 바라보았다.

채드민스터로의 여정은 스토크스 박사와의 짧고 아무런 소득 없는 면담으로 끝났다.

스토크스 박사는 공격적인 데다 협조할 마음이 전혀 없었으며 무례하기까지 했다.

"난 꽤 오랫동안 휠링 씨 부부와 이웃에 살면서 알고 지냈소. 그런데 그 사람들이 길에 쓰러져 있는 한 노인네를 데려 왔어요. 그 노인네가 죽은 건지 술에 취한 건지 어디가 아픈 건지 나더러 한번 봐 달라고 했던 거요. 술에 취한 건 아니고 뇌진탕이라고 말해 줬지……."

"그리고 그분을 치료해 주셨군요."

"천만에. 난 치료를 하지도, 처방을 내리지도, 간호를 하지도 않았소. 난 의사가 아니오. 한때는 의사였지만 지금은 아니오. 경찰에 알려야 한다고 일러 주었소. 했는지 안 했는지는 나도 모르오. 내가 상관할 일도 아니고. 둘 다 좀 우둔하기는 하지만 착한 사람들이니까."
"선생님께서 직접 경찰에 연락하실 생각은 하지 않으셨습니까?"
"하지 않았소. 난 의사가 아니니까. 나와는 전혀 상관없는 일이잖소. 그저 인간적인 정으로 환자 목에 위스키를 들이붓지 말고 경찰이 오기 전까지 조용한 곳에 눕혀 두라고 조언했을 뿐이오."
스토크스는 눈을 번득이며 두 경관을 쏘아보았다. 둘은 머뭇거리며 하는 수 없이 그쯤에서 물러나야 했다.

19장

호프만은 체구가 크고 튼튼해 보이는 남자였다. 마치 티크 나무로 깎아 만든 것 같은 인상이었다.

얼굴에서 표정이라고는 찾아볼 수 없어서 저 남자가 생각이라는 걸 하기는 하는 걸까, 감정을 느끼기는 하는 걸까 하는 생각이 들었다. 조금도 그럴 것 같지 않았다. 하지만 태도는 꽤 단정했다.

호프만은 일어나 고개를 숙이고 쐐기 같은 손을 내밀었다.

"데이비 경감님? 오랜만에 뵙는군요. 경감님께서는 기억도 못 하실 겁니다."

"오, 아니요, 기억합니다, 호프만 씨. 애런버그 다이아몬드 사건이요. 그때 크라운사의 증인으로 서셨죠. 정말 훌륭한 증언이었습니다. 피고 측에선 당신의 털끝도 건드리지 못했죠."

"저는 쉽게 당하는 사람이 아닙니다."

호프만이 진지하게 대꾸했다. 과연 쉽게 당할 사람으로 보이지 않았다.

"무슨 일로 저를 찾아오셨습니까? 무슨 문제가 있는 건 아니겠죠. 저는 언제나 경찰들에게 호의적입니다. 뛰어난 경찰들을 깊이 존경하죠."

"문제가 있는 건 아닙니다. 그저 저희가 입수한 작은 정보를 확인하려고 온 것뿐입니다."

"제가 도움이 될 만한 일이라면 기꺼이 돕겠습니다. 말씀드렸듯이 나는 런던 경시청을 아주 높이 평가하고 있으니까요. 우수한 사람들만 모여 있지 않습니까. 청렴하고 공정한 사람들이죠."

"이거 몸 둘 바를 모르겠군요."

"뭐든 말씀해 보세요. 알고 싶으신 게 뭡니까?"

"버트럼 호텔에 대해 작은 정보를 주십사 부탁 드리러 왔습니다."

호프만의 표정은 조금도 바뀌지 않았다. 일순간 그의 몸이 한층 더 굳어지는 듯했지만 그게 전부였다.

"버트럼 호텔요?"

호기심을 느끼면서도 조금 당황한 목소리였다. 버트럼 호텔을 처음 들어 보거나 그곳을 아는지 모르는지 기억이 잘 나지 않는 모양이었다.

"그곳과 연관이 있으시죠, 그렇지 않습니까, 호프만 씨?"

호프만이 어깨를 으쓱했다.

"벌여 놓은 사업이 워낙 많아서 다 기억할 수 없습니다. 벌여 놓은 사업이 워낙 많아서……. 덕분에 정신없이 바쁘죠."

"여러 가지 일에 손대고 계신 건 저도 알고 있습니다."

호프만은 무표정하게 미소 지었다.

"네. 제가 어마어마하게 많은 돈을 벌어들이고 있다고 생각하시죠? 그리고 버트럼 호텔과 연관이 있다고 생각하시고요?"

"연관이 있다는 말은 적절하지 않겠군요. 실제로 당신이 그곳 소유주 아니십니까?"

노인장이 상냥하게 물었다.

이번에는 호프만의 몸이 눈에 띄게 굳어지더니 그가 부드럽게 대꾸했다.

"누구에게 들으셨는지 궁금하군요?"

"뭐, 어쨌든 사실이죠, 그렇지 않습니까? 정말 근사한 곳이잖습니까. 무척 자랑스러우시겠습니다."

데이비 경감이 쾌활하게 말했다.

"아, 네. 잠시……. 기억이 나지 않았습니다. 아시겠지만……."

그는 이해해 달라는 듯 미소 지었다.

"런던만 해도 내 소유의 부동산이 수없이 많습니다. 부동산은…… 좋은 투자 대상이죠. 괜찮은 물건이 시장에 나오고 싼값에 손에 넣을 수 있다면 투자합니다."

"버트럼 호텔도 싸게 나왔습니까?"

"경영 면에서는 하락세를 걷고 있었죠."

호프만은 고개를 절레절레 저으며 말했다.

"뭐, 이제는 다시 일어서지 않았습니까. 저도 며칠 전에 그곳에 가 봤습니다. 그곳 분위기에 깊은 감명을 받았죠. 근사하고 점잖은 고객들하며 안락하고 고풍스러운 건물, 결코 시끌벅적하지 않은 데다 사치스러워 보이지 않는 사치스러움이 깃들어 있더군요."

"저는 사실 버트럼 호텔에 대해 아는 게 거의 없습니다. 그저 내가 투자한 사업체 중 하나일 뿐이니까요……. 하지만 꽤 잘 돌아가고 있는 것 같습니다."

"네, 그곳 경영자가 수완이 대단한 것 같더군요. 그 사람 이름이 뭐더라, 험프리스? 네, 험프리스요."

"대단한 사람입니다. 모든 걸 그 사람에게 일임하고 있습니다. 저는 그저 1년에 한 번 상황을 파악하기 위해 대차대조표를 확인할 뿐입니다."

"귀족들로 가득하더군요. 부유한 미국인 관광객들도 있고요."

노인장이 그렇게 말하고 생각하는 듯 고개를 끄덕였다.

"환상적인 조합입니다."

"며칠 전 그곳에 갔었다고 말씀하셨죠? 물론…… 공식적인 건 아니겠지만?"

"물론입니다. 그저 작은 사건을 해결하러 갔을 뿐입니다."

"사건이라고요? 버트럼 호텔에서요?"

"그런 것 같습니다. 굳이 제목을 붙인다면 '사라진 성직자 사건'이라고 할 수 있을 겁니다."

"재미있군요. 꼭 셜록 홈즈가 할 법한 말입니다."

"이 성직자는 어느 날 저녁 호텔을 나갔다가 다시 돌아오지 않았습니다."

"이상하군요. 하지만 흔히 있는 일 아닙니까. 옛날에도 꽤 화제가 되었던 비슷한 사건이 있었죠. 어디 보자, 그 사람 이름이……. 아, 메리 여왕의 시종 무관 중 한 명인 퍼거슨 대령이었더랬죠. 어느 날 밤 클럽을 걸어 나간 뒤로 역시나 그대로 종적을 감춰 버렸습니다."

"이런 실종 사건은 대부분 자발적인 것이기는 합니다."

노인장이 한숨을 쉬며 말했다.

"물론 친애하는 경감님께서 저보다 더 많은 걸 알고 계시겠죠."

호프만은 이렇게 말하고 다시 덧붙였다.

"버트럼 호텔 측에서 가능한 모든 협조를 다 했어야 할 텐데요."

"물심양면으로 도와주었습니다."

노인장은 안심하라는 투로 말했다.

"그 고린지 양이라는 분은 그곳에 오래 계셨던 모양입니다?"

"그럴지도 모르죠. 정말이지 저는 그 호텔에 관해 아는 게 거의 없습니다. 개인적으로도 전혀 관심이 없고요. 실은…… 경감님께서 그 호텔이 제 소유라는 사실을 알고 있다는 데 놀랐습니다."

호프만은 편안한 미소를 지으며 말했다.

의심은 아니었지만, 다시 한번 그의 눈에 조금 불편한 기색이 어렸다. 노인장은 아무렇지 않은 척하며 그 점에 주목하고 말했다.

"시티 내에서 벌어지는 일들은 마치 거대한 지그소 퍼즐 같습니다. 아마 제가 그런 일을 해야 했다면 머리가 다 지끈거렸을 거예요.

그 회사……. 메이페어 홀딩 트러스트인지 뭔지 하는 회사가 등록된 소유주였습니다. 그 회사를 또 다른 회사가 소유하고 있었고, 그 회사는 또 다른 회사가 소유하고 있었고요. 그렇게 올라가다 보니 최종 소유주가 당신이더군요. 간단하죠. 제 말이 맞습니까?"

"저와 제 동료 임원진들이 경감님이 말씀하시는 배후 인물이라고 할 수 있습니다, 네."

호프만은 조금 머뭇거리더니 사실을 인정했다.

"동료 임원진이라면 누구를 말하는 겁니까? 당신과……. 당신의 형인가요?"

"빌헬름 형과 함께 이 사업을 시작한 것은 사실입니다. 하지만 버트럼 호텔은 우리가 소유하고 있는 여러 호텔과 사무실, 클럽 체인 및 런던 내 부동산 중 하나일 뿐이라는 점을 이해하셔야 합니다."

"그리고 다른 임원들은요?"

"폼프렛 경과 아벨 오사크스테인입니다."

호프만의 목소리가 갑자기 날카롭게 변했다.

"이런 것들까지 다 아셔야 합니까? 사라진 성직자 사건을 수사하는 데 말입니까?"

노인장이 고개를 저으며 겸연쩍은 표정을 지었다.

"사실 호기심 때문입니다. 사라진 성직자를 찾으러 버트럼에 가게 된 건 사실입니다. 그러다…… 흥미가 생긴 거죠. 무슨 뜻인지 아시겠습니까? 이따금 한 가지 일을 하다 보면 그것이 또 다른 일로 이어지곤 하지 않습니까, 안 그렇습니까?"

"그럴 수도 있겠군요, 네. 그리고 지금은 어떠십니까? 호기심이 충족되셨나요?"

호프만이 미소 지었다.

"어떤 정보를 얻고 싶을 때는 본인에게 직접 듣는 것만 한 게 없지요, 안 그렇습니까?"

노인장이 싹싹하게 대꾸하고 자리에서 일어섰다.

"한 가지 정말 궁금한 게 있습니다……. 그런데 말씀해 주시지 않을 것 같군요."

"무얼 말입니까, 경감님?"

호프만이 조심스럽게 물었다.

"버트럼 호텔 직원들은 어떻게 채용한 겁니까? 정말 대단한 사람들이더군요. 게다가 그…… 아, 헨리라는 그 친구 말입니다. 꼭 대공이나 대주교 같은 분위기더군요. 그 친구가 차와 머핀을 대접해 주었습니다. 세상에서 가장 훌륭한 머핀을요. 잊지 못할 맛이었습니다."

"경감님은 버터를 듬뿍 바른 머핀을 좋아하시나 보군요?"

호프만의 눈길은 잠시 못마땅한 듯 통통한 그의 배에 머물렀다.

"보면 아시겠죠?"

노인장이 받아쳤다.

"자, 바쁘신 분을 계속 붙잡고 있으면 안 되겠죠. 기업 매수나 뭐 그런 일로 아주 바쁘실 테니까요."

"이런 일에 대해 아무것도 모르는 척하는 게 재미있으신가 보군요. 아니, 저는 바쁘지 않습니다. 지나치게 일에만 매달리지 않으려고 애쓰고 있죠. 제 취향은 검소합니다. 저는 여가 생활을 즐기고 장미를 키우고 가족들에게 헌신하면서 검소하게 살고 있죠."

"이상적인 삶이군요. 저도 그렇게 살아 봤으면 좋겠습니다."

호프만은 미소를 지었고 악수를 하기 위해 무겁게 몸을 일으켰다.

"사라진 성직자를 빨리 찾으시기를 바랍니다."

"아! 그건 이미 해결됐습니다. 제가 말씀을 제대로 안 드렸군요. 이거 죄송합니다. 그 사람은 찾았습니다. 정말이지 시시한 사건이었어요. 교통사고를 당해 뇌진탕에 걸렸었다는 겁니다. 간단하죠."

노인장은 문 쪽으로 가더니 갑자기 몸을 돌려 물었다.

"그나저나 레이디 세지윅이 당신 회사의 임원진입니까?"

"레이디 세지윅이요?"

호프만은 잠시 아무 말도 하지 않았다.

"아닙니다. 그 여자는 무슨 일로?"

"아, 뭐, 들은 게 좀 있어서요. 그냥 주주인가요?"

"그게⋯⋯. 네."

"그럼 안녕히 계십시오, 호프만 씨. 대단히 고맙습니다."

노인장은 경시청으로 돌아가자마자 국장을 찾아갔다.

"호프만 형제가 버트럼 호텔의 배후 인물이었습니다. 재정적으로요."

"뭐라고? 그 건달들이?"

"그렇습니다."

"그동안 잘도 숨겼군."

"그리고 로베르트 호프만은 우리가 그 사실을 알아낸 걸 굉장히 못마땅해하더군요. 충격을 받은 모양이었습니다."

"그가 뭐라고 하던가?"

"아주 예의 바르고 정중하게 대화를 나눴습니다. 그 친구가…… 드러내 놓고 그러지는 않았지만, 그 사실을 어떻게 알아냈는지 탐색하더군요."

"그리고 자네는 그 정보를 흘리지 않았겠지."

"물론입니다."

"무슨 핑계를 대고 그를 만나자고 했나?"

"아무런 핑계도 대지 않았습니다."

"좀 이상하게 생각하지 않았을까?"

"그랬을 겁니다. 하지만 대체로 괜찮은 방법이었던 것 같습니다."

"모든 일의 배후에 호프만 형제가 있다면, 많은 것들이 해결되겠군. 그 두 사람이 직접 범죄에 가담하지는 않았을 거야. 그건 확실해. 범죄를 계획하지도 않았을 테고……. 하지만 돈은 댔겠지. 빌헬름은 스위스 은행계를 주무르고 있어. 전쟁 직후 외환 밀거래의 배후도 그자야……. 우리는 알고 있었지만 증거를 찾지 못했지. 그 두 형제는 어마어마하게 많은 돈을 관리하고 있는 데다 그 돈으로 수많은 기업을 후원하고 있지. 개중에는 합법적인 것도 있고, 그렇지 않은 것도 있어. 하지만 신중한 사람들이야. 사업 수완이 대단해. 로베르트의 다이아몬드 사업 자체는 문제될 게 전혀 없지. 하지만 전반적으로 볼 때 수상해. 다이아몬드, 은행 이자, 부동산, 클럽, 문화

재단, 사무실 건물, 레스토랑, 호텔……. 이 모든 것들이 명목상으로는 다른 사람의 소유로 되어 있으니까."

"호프만이 조직적인 강도 사건을 계획했다고 생각하십니까?"

"아니, 이 두 사람은 재정적인 부분에만 관여한 것 같아. 그래, 자네는 다른 곳에서 조직의 두뇌를 찾아봐야 해. 어딘가에서 일급 두뇌가 계획을 세우고 있는 게 분명해."

20장

그날 밤 런던에 갑자기 안개가 깔렸다. 데이비 경감은 코트 깃을 세우고 폰드가로 들어섰다. 뭔가 생각에 푹 잠긴 사람처럼 느릿느릿 걷고 있었지만 특별한 목적이 있는 것 같지는 않았다. 하지만 그를 잘 아는 사람이라면 그가 극도로 예리한 상태라는 걸 알아차렸을 것이다. 그는 먹이를 덮치기 직전의 고양이처럼 어슬렁거리고 있었다.

폰드가는 오늘따라 조용했다. 지나가는 차도 거의 없었다. 안개는 듬성듬성 뭉치기 시작하더니 거의 걷혔다가 다시 짙게 깔렸다. 파크 레인에서 들려오는 자동차 소음은 교외의 샛길에서 나는 듯 아득하게 들렸다. 버스들은 대부분 운행하지 않기로 한 모양이었다. 안개가 금방 걷히겠지 하고 낙천적인 생각을 한 자가용들이 이따금 몇 대 지나갈 뿐이었다. 데이비 경감은 막다른 골목으로 들어서 끝까지 걸어갔다가 다시 나왔다. 그는 목적 없는 듯 어느 길에 갔다 다른 길로 갔지만 목적이 없는 게 아니었다. 사실 고양이처럼 어슬렁거리는 발걸음은 특정 건물 주변을 돌고 있었다. 바로 버트럼 호텔이었다. 그는 버트럼 호텔 동쪽에는 무엇이 있고, 서쪽에는 무엇이 있으며, 북쪽과 남쪽에는 무엇이 있는지 신중하게 관찰하는 중이었다. 그는 길가에 주차되어 있는 차와 막다른 골목에 세워진 차들을 살펴보았다. 그는 그중 한 골목에 세워진 차 1대를 특히 흥미로운 눈길로 바라보았다. 노인장은 그 자리에 멈춰 서서 입을 우물거리며 부드럽게 중얼거렸다.

"여기서 또 보는구나, 이쁜아."

그는 자동차 번호를 확인하고 고개를 끄덕였다.

"오늘 밤에는 FAN 2266이구나?"

노인장은 허리를 숙여 번호판을 손가락으로 조심스럽게 훑고 만족스러운 듯 고개를 끄덕였다.

"제대로 해 놨군."

노인장은 입속으로 웅얼거렸다.

그는 골목 반대편 끝까지 걸어가 오른쪽으로 한 번 꺾고 또 한 번 오른쪽으로 꺾어 다시 폰드가로 나왔다. 버트럼 호텔 입구는 45미터 앞에 있었다. 다시 한번 그는 멈춰 서서 또 다른 근사한 경주용 자동차를 보고 감탄했다.

"너도 정말 미인이구나. 네 번호판은 내가 마지막으로 봤을 때와 똑같구나. 네 숫자판은 언제나 똑같겠지. 그렇다면 그게……."

경감은 갑자기 말을 멈췄다.

"그게 아닌가?"

그는 중얼거리면서 하늘을 올려다보았다.

"안개가 점점 짙어지는군."

버트럼 호텔 정문 앞에는 아일랜드인 수위가 체온을 유지하려는 듯 팔을 앞뒤로 세차게 흔들며 서 있었다. 데이비 경감이 그에게 인사를 건넸다.

"안녕하십니까, 선생님. 오늘 밤 날씨가 험하죠?"

"그렇군요. 오늘 밤에는 부득이한 일이 아니라면 모두 꼼짝도 안 하겠군요."

흔들문이 열리면서 중년 여자가 나오더니 계단에 엉거주춤 멈춰 섰다.

"택시를 불러 드릴까요, 부인?"

"오, 이런. 난 걸어갈 생각이었어요."

"저라면 그러지 않을 겁니다, 부인. 안개 때문에 길이 험합니다. 택시도 잡기 힘들 정도예요."

"택시를 잡을 수 있겠어요?"

중년 여자가 의심스러운 듯 물었다.

"최선을 다해 보겠습니다. 부인께서는 따뜻한 곳에서 기다리세요. 택시를 잡으면 제가 안으로 들어가 말씀 드리겠습니다."

수위의 목소리가 설득하는 투로 바뀌었다.

"꼭 외출하셔야 한다면 말입니다, 부인. 저라면 오늘 밤에는 꼼짝 않고 있겠습니다."

"오, 이런. 어쩌면 당신 말이 옳을지도 몰라요. 하지만 첼시에서 친구를 만나기로 해서요. 어떻게 해야 할지 모르겠네요. 일단 나가면 다시 돌아오기 힘들겠어요. 어떻게 생각하세요?"

마이클 고먼이 책임을 떠맡고 단호하게 말했다.

"부인, 제가 부인이라면 안에 들어가 친구분께 전화를 할 겁니다. 이렇게 안개가 짙은 밤에 부인 같은 숙녀분이 혼자 밖에 나가는 건 위험합니다."

"글쎄요……. 어쩌지……. 네, 뭐, 당신 말이 맞을지도 모르겠군요."

그녀는 다시 호텔로 들어갔다.

"제가 일일이 돌봐 드려야 해요."

미키 고먼은 노인장을 돌아보며 해명하듯 말했다.

"저런 여자분들은 핸드백을 날치기당할 겁니다. 분명해요. 이렇게 안개 낀 늦은 밤에 첼시나 웨스트 켄싱턴이나 어디든 어슬렁거리다 보면 말입니다."

"노부인들을 다뤄 본 경험이 꽤 많은 모양입니다?"

"물론이죠. 이곳은 노부인들에게 집과 같은 곳이라 마음에 위안이 된답니다. 선생님은 어떠십니까? 택시를 부르려던 참이셨습니까?"

"그렇다 하더라도 택시를 잡을 수 있을지 모르겠군요. 택시가 이 근처로는 오지 않는 모양입니다. 택시 기사들을 탓할 수는 없죠."

"그럼요. 어쩌면 선생님께 택시를 불러 드릴 수도 있을 것 같습니다. 저기 모퉁이에 언제나 택시 기사들이 몸을 녹이면서 한잔 걸치는 곳이 있으니까요."

"택시는 필요 없습니다."

노인장이 한숨을 쉬며 말했다. 그러고는 엄지손가락으로 버트럼 호텔을 가리켰다.

"안에 들어가 봐야 해서요. 일이 있습니다."

"이 시간에요? 아직도 그 실종된 참사회원 사건을 수사하고 계신 겁니까?"

"그렇지는 않아요. 그 사람은 찾았습니다."

"찾았다고요? 어디서 말입니까?"

수위는 눈을 휘둥그렇게 뜨고 경감을 바라보았다.

"교통사고로 뇌진탕에 걸려 여기저기 떠돌아다녔답니다."

"아, 그분이라면 그럴 만합니다. 주위를 제대로 살피지도 않고 길을 건넜을 겁니다."

"그럴 법한 이야기군요."

노인장은 고개를 끄덕이고 호텔로 들어갔다. 오늘 밤에는 라운지에 사람들이 별로 없었다. 그는 마플 양이 벽난로 가까이에 있는 의자에 앉아 있는 것을 보았다. 마침 마플 양도 그를 보았다. 하지만 그녀는 아는 척하지 않았다. 그는 언제나 그렇듯 고린지 양이 자리를 차지하고 있는 프런트로 다가갔다. 경감은 그녀가 자신을 보고 어쩐지 좀 불안해하는 것 같다고 생각했다. 미약한 반응이었지만, 그는 알아차렸다.

"저를 기억하시겠죠, 고린지 양. 며칠 전 이곳에 왔었죠."

"네, 물론 기억해요, 경감님. 더 궁금한 게 있으신가요? 험프리스 씨를 불러 드릴까요?"

"고맙지만 괜찮습니다. 그럴 필요는 없을 것 같군요. 괜찮다면 숙박부를 한 번 더 봤으면 합니다."

"물론이에요."

고린지 양이 숙박부를 노인장에게 내밀었다.

그는 숙박부를 펼쳐 찬찬히 살펴보았다. 고린지 양이 보기에는 특별한 항목을 찾는 것 같았다. 하지만 사실은 그렇지 않았다. 노인장은 일찍이 한 가지 기술을 배웠는데 이제는 달인의 경지에까지 이르렀다. 바로 한 번 본 이름과 주소를 마치 사진 찍듯 완벽하게 외우는 것이었다. 그 기억은 24시간 혹은 48시간까지 지속되었다. 그는 숙박부를 덮으며 고개를 젓고는 그녀에게 돌려주었다.

"페니파더 참사회원이 이곳에 묵고 있지 않은 모양입니다?"

경감은 대수롭지 않게 말했다.

"페니파더 참사회원이요?"

"그분이 다시 나타난 거 알고 계시죠?"

"아니요. 저는 못 들었어요. 어디서요?"

"시골 어디였답니다. 자동차 사고를 당한 모양이에요. 그런데 신고가 들어오지는 않았죠. 착한 사마리아인이 그분을 데려가 돌봐 줬답니다."

"오! 다행이에요. 네, 정말 다행이에요. 안 그래도 걱정했는데."

"그분 친구들도 같은 생각일 겁니다. 사실 저는 그 친구분 중 한 명이 지금 이곳에 머물고 있지 않나 찾아본 거였습니다. 부주교님……. 그 무슨 부주교님 말입니다. 이름은 기억나지 않지만 보면 알 것 같아서요."

"톰린슨 부주교님이요?"

고린지 양이 거들었다.

"그분은 다음 주에 오실 예정이에요. 솔즈버리에서요."

"아닙니다, 톰린슨은 아니에요. 뭐, 상관없습니다."

데이비 경감은 돌아서서 걸어갔다.

오늘 밤 라운지는 조용했다.

수도사처럼 보이는 중년 남자가 엉망으로 타이핑된 논문을 읽고 있었다. 그는 이따금 거의 알아볼 수 없는 작은 필체로 여백에 글을 썼다. 글을 적을 때마다 심술궂고 만족스러운 미소를 지었다.

결혼한 지 오래되어 서로 대화가 거의 필요 없는 부부가 한두 쌍 있었다. 이따금 두세 명이 모여 앉아 날씨를 핑계 삼아 자신과 가족들이 원래 계획했던 여행지에 가려고 얼마나 애썼는지에 대해 걱정스럽게 이야기했다.

"그래서 전화를 걸어 수전에게 차를 몰고 오지 말라고 신신당부했어요……. M1을 타고 와야 하는데 안개가 끼면 너무 위험하잖아요……."

"중부 지방에는 안개가 좀 걷혔다던데요……."

데이비 경감은 그 곁을 지나다 대화를 들었다. 서두르지도 않고, 아무런 목적도 없는 것처럼 어슬렁거리다 목적지에 도착했다.

마플 양은 벽난로 가까이 앉아 경감이 오는 것을 지켜보고 있었다.
"아직 이곳에 계셨군요, 마플 양. 반갑습니다."
"나는 내일 떠난답니다."
그녀의 태도가 그 사실을 말해 주고 있었다. 그녀는 공항 라운지나 기차역 대합실에 앉아 있는 사람처럼, 편안한 자세가 아니라 꼿꼿이 앉아 있었다. 경감은 그녀가 이미 짐을 다 챙겨 놓았을 것이고, 나중에 목욕 용품과 잠옷만 넣으면 될 거라고 확신했다.
"2주일간의 휴가가 끝났네요."
"즐거우셨습니까?"
마플 양은 곧바로 대답하지 않았다.
"어떤 면에서는…… 그랬죠……."
그녀는 말을 멈췄다.
"다른 면에서는 아니었습니까?"
"뭐라고 말하기가 힘드네요……."
"혹시 너무 벽난로 가까이 앉으신 건 아닙니까? 여기는 좀 더운데요. 저쪽…… 구석진 자리로 옮기지 않으시겠습니까?"
마플 양은 경감이 가리킨 곳을 바라보고 나서 다시 경감을 보았다.
"그 말씀이 옳은 것 같네요."
경감은 그녀가 일어나는 것을 도와주었다. 그리고 그녀의 핸드백과 책을 들고 자신이 가리킨 조용하고 구석진 자리에 그녀를 앉혔다.
"괜찮으십니까?"
"아주 좋아요."

"제가 왜 이리로 오자고 한지 아십니까?"

"아주 친절하게도…… 벽난로 옆이 제게 너무 뜨거울 거라고 생각하셨겠죠. 게다가 이곳이라면 누군가 우리 이야기를 엿들을 염려도 없고요."

"저에게 뭔가 하실 말씀이 있으시죠, 마플 양?"

"왜 그렇게 생각하시는 거죠?"

"그래 보였습니다."

"너무 빤히 드러낸 모양이네요. 미안해요. 그럴 생각은 아니었는데."

"자, 말씀해 보시죠."

"이 말을 해야 할지 잘 모르겠네요. 경감님, 내가 남의 일에 끼어드는 걸 좋아하지 않는다는 것만 알아주세요. 결코 남의 일에 끼어들고 싶지 않아요. 아무리 좋은 의도였다 해도 오히려 해가 되기도 하니까요."

"그런 거군요, 그렇죠? 알겠습니다. 네, 마플 양께는 꽤 골칫거리겠군요."

"가끔 다른 사람들이 현명하지 못한……. 그러니까 때로는 위험한 행동을 하는 게 눈에 보이잖아요. 하지만 내가 끼어들 권리는 없잖아요? 대개는 그럴 권리가 없다고 생각해요."

"말씀하시려는 게 페니파더 참사회원에 관한 일입니까?"

"페니파더 참사회원이요?"

마플 양은 매우 놀란 목소리로 말했다.

"오, 아니에요. 오, 세상에, 아니에요. 그분과는 아무 상관없는 일이에요. 내가 말씀 드리려는 건……. 한 아가씨에 대한 이야기예요."

"아가씨라니요? 제가 도움이 될 거라고 생각하셨습니까?"

"모르겠어요. 정말이지 모르겠어요. 하지만 걱정이 돼서 견딜 수가 없어요."

노인장은 재촉하지 않았다. 커다란 몸집의 그는 편안하고 조금 멍하게 앉아 있었다. 그는 마플 양이 천천히 이야기를 하도록 내버려 두었다. 며칠 전 그녀가 기꺼이 그를 도와주었으므로, 이제 그는 무엇이든 그녀를 돕기로 했다. 어쩌면 마플 양의 이야기가 별거 아닐 수도 있겠지만, 들어 보기 전에는 알 수 없는 일이었다.

마플 양은 나직하고 또렷한 목소리로 입을 열었다.

"신문을 보면 법정에서 일어나는 일들이 실려 있잖아요. 젊은 사람들, 그러니까 '관심과 보호가 필요한' 어린아이들이나 아가씨들 이야기 말이에요. 법률 용어이기는 하지만 그게 정말 중요할 수도 있어요."

"그렇다면 말씀하신 그 아가씨에게 관심과 보호가 필요하다고 생각하시는 겁니까?"

"네. 네, 그래요."

"천애고아인가요?"

"오, 아니에요. 그렇지는 않아요. 겉보기에는 아주 극진한 관심과 보호를 받고 있는 것 같죠."

"흥미로운데요."

"그 아가씨가 이 호텔에 묵었어요. 카펜터 부인과 함께요. 이름을 확인하려고 숙박부를 봤는데 그 아가씨 이름이 엘비라 블레이크더군요."

노인장은 순간 흥미로운 표정으로 마플 양을 올려다보았다.

"사랑스러운 아가씨였어요. 아주 어리고, 좀 전에도 말씀 드렸듯이 철저하게 보호받고 있었어요. 그 아가씨의 보호자는 러스컴 대령이라고 아주 좋은 분이에요. 꽤 매력적인 분이죠. 하지만 나이가 많은 데다 안타까울 정도로 순진해요."

"그 아가씨의 보호자가 말입니까?"

"네, 보호자가요. 그 아가씨에 대해서는 저도 잘 몰라요. 하지만 그 아가씨가 위험에 빠져 있다고 생각해요. 우연히 배터시 공원에서 그 아가씨를 봤어요. 그곳 찻집에서 어떤 젊은 남자랑 같이 앉아 있더라고요."

"아, 그런 거군요? 바람직하지 못한 청년이었나 보군요. 비트족이나, 건달, 폭력배 같은······."

"아주 잘생긴 청년이었어요. 그렇게 어리지도 않았고요. 30살쯤 됐을까, 여자들이 푹 빠질 만한 남자였지만 인상이 좋지 않더라고요. 무자비한 데다 사기꾼 같고, 탐욕스러웠어요."

"생긴 것만큼 나쁜 사람이 아닐 수도 있습니다."

노인장이 달래듯 말했다.

"오히려 생긴 것보다 더 나쁜 사람이에요. 난 확신해요. 그 남자는 커다란 경주용 자동차를 몰고 다녀요."

노인장은 재빨리 그녀를 올려다보았다.

"경주용 자동차요?"

"네. 한두 번 이 호텔 근처에 세워져 있는 걸 봤어요."

"혹시 자동차 번호 기억하십니까?"

"네, 기억해요. FAN 2266. 말을 더듬는 사촌이 1명 있어서 기억하고 있어요."

노인장은 당황한 표정을 지었다.

"그 남자가 누군지 아세요?"

노인장이 천천히 말을 꺼냈다.

"사실은 알고 있습니다. 절반은 프랑스인, 절반은 폴란드인이죠. 아주 유명한 자동차 경주 선수이고 3년 전에 세계 챔피언이었습니다. 이름은 라디슬라우스 말리노프스키고요. 마플 양이 제대로 보셨습니다. 여자 관계에 있어 악명이 높으니까요. 어린 아가씨가 사귀기에는 적절하지 않은 인물입니다. 하지만 그런 일에 끼어들기는 쉽지 않습니다. 그 아가씨는 그 친구와 몰래 만나고 있겠죠, 그렇죠?"

"그런 게 분명해요."

"그 아가씨의 보호자에게 말씀해 보셨습니까?"

"전 그 사람을 잘 몰라요. 그저 내 친구가 한 번 소개해 줬을 뿐이에요. 그 사람에게 고자질하고 싶지는 않아요. 혹시 경감님께서 어떻게든 손을 써 주실 수 없을까요?"

"노력해 보겠습니다. 그나저나 친구분인 페니파더 참사회원이 무사히 발견되었습니다."

"세상에! 어디서요?"

마플 양은 생기 넘치는 표정으로 물었다.

"밀턴 세인트 존이라는 마을입니다."

"그것 참 이상하네요. 그곳에서 뭘 하고 있었던 거죠? 그분은 뭐라던가요?"

"일단은…… 사고를 당하셨던 것 같습니다."

데이비 경감은 '일단'이라는 단어를 강조했다.

"어떤 사고요?"

"차에 치여 뇌진탕을 일으켰든지, 아니면 머리를 얻어맞았는지도 모릅니다."

"오! 그렇군요."

마플 양은 곰곰이 생각해 보았다.

"그분은 기억을 못하는 건가요?"

"그분 말씀이……."

경감은 다시 강조하며 말했다.

"아무것도 기억나지 않는다고 하시더군요."

"정말 놀랍네요."

"그렇죠? 마지막으로 기억나는 게 켄싱턴 공항에 가려고 택시를 탄 거랍니다."

마플 양은 혼란스러운 듯 고개를 저었다.

"뇌진탕이라면 그럴 수도 있죠."

그녀가 중얼거리듯 말했다.

"뭔가…… 도움될 만한 말은 하지 않던가요?"
"예리코 성벽이라고 중얼거리셨습니다."
"여호수아?"
마플 양은 이것저것 짐작해 보았다.
"아니면 고고학……. 발굴……? 아니면 오래전에 서트로 씨가 연출한 연극이 하나 있었던 것 같은데."
"그리고 이번 주 내내 템즈 강 북쪽의 고몽 영화관에서 올가 래드본과 바트 레빈이 출연한 「예리코 성벽」이 상영되었습니다."
마플 양은 의아하다는 듯 그를 바라보았다.
"크롬웰로에 있는 그 영화관에서 그 영화를 봤는지도 모릅니다. 11시쯤 그곳에서 나와 이 호텔로 돌아왔을 수도 있죠. 하지만 그렇다면 누군가 그분을 봤을 겁니다. 자정이 되기 전에 도착했을 테니까요."
"버스를 잘못 탔을 수도 있어요. 아니면 그 비슷한 거나요……."
"그분이 자정이 지나 이곳에 도착했다고 하죠. 다른 사람 눈에 전혀 띄지 않고 자기 방으로 올라갈 수도 있습니다. 하지만 그렇다면 그다음에 무슨 일이 일어난 걸까요……. 그리고 왜 3시간 후에 다시 밖으로 나간 걸까요?"
마플 양은 곰곰이 할 말을 생각해 보았다.
"내가 생각할 수 있는 한 가지는…… 오!"
바깥 거리에서 폭음이 울려 퍼지자 마플 양이 화들짝 놀랐다.
"자동차 엔진 소리입니다."

노인장이 달래듯 말했다.

"호들갑을 떨어서 미안해요. 오늘 밤에는 왠지 불안하네요. 그런 기분이 들어요."

"무슨 일이 일어날 것 같은 기분이 드십니까? 그런 걱정은 할 필요 없을 것 같습니다."

"나는 안개가 싫어요."

"마플 양께서는 제게 많은 도움을 주셨습니다. 사소한 것들이기는 하지만 마플 양께서 이곳에서 눈여겨보신 것들이 많은 도움이 되었습니다."

"그렇다면 이곳에 뭔가 문제가 있었던 거예요?"

"문제가 있었고 지금도 문제투성이입니다."

마플 양은 한숨을 쉬었다.

"처음에는 근사하다고 생각했어요. 예전 그대로니까 마치 과거로 돌아간 것 같은……. 즐겁고 행복했던 지난날로 돌아간 듯한 기분이 들었죠."

그녀는 잠시 말을 멈췄다.

"하지만 사실은 그렇지 않았어요. 나는 어쩌면 이미 알고 있었겠지만 사람은 절대 과거로 돌아갈 수 없다는 것, 과거로 돌아가려고 애쓰지 말아야 한다는 것……. 그러니까 인생의 본질은 앞을 향해 나아가는 것이라는 걸 깨달았어요. 인생은 일방통행이잖아요, 안 그래요?"

"그렇죠."

노인장이 그녀의 말에 동의했다.

"아직도 눈에 선해요."

마플 양은 언제나 그렇듯 엉뚱한 길로 빠졌다.

"어머니와 할머니와 파리에서 엘리제 호텔에 차를 마시러 갔던 때가요. 할머니는 주위를 둘러보더니 느닷없이 이렇게 말씀하셨죠. '클라라, 여기서 보닛을 쓴 여자는 나밖에 없는 것 같구나!' 정말 그랬어요. 집으로 돌아오셨을 때 보닛이며 모자 달린 망토를 죄 싸더니 보내 버리셨죠."

"바자회에요?"

노인장이 안타깝다는 듯 혀를 끌끌 차며 물었다.

"오, 아니에요. 바자회에서 누가 그런 걸 사겠어요. 레퍼토리 극단에 보냈어요. 얼마나 고마워하던지. 그런데 어디 보자…… 내가 무슨 이야기를 하고 있었지."

마플 양은 다시 제자리로 돌아왔다.

"이 호텔에 관해 이야기하고 있었습니다."

"네. 괜찮아 보이지만 사실은 그렇지 않았어요. 섞여 있더라고요. 진짜와 가짜가 말이에요. 그 사람들을 정확하게 구분하기는 힘들어요."

"가짜라는 건 어떤 뜻으로 하시는 말씀입니까?"

"퇴직한 군인들이 있기는 하지만, 겉보기에는 군인 같으면서도 실제로는 군대에 가 보지 않은 사람들이 있어요. 그리고 진짜 성직자가 아닌 성직자도 있고요. 해군 근처에도 가 보지 않은 해군 대장과 해군 대령들도 있어요. 내 친구인 셀리나 헤이지가 언제나 아는 사람들 얼굴을 찾아보려고 하고, 툭하면 사람들을 헷갈리는 게 재미있더라고요. 물론 아주 자연스러운 일이죠. 하지만 그런 일이 너무 잦았어요. 그래서 이상하다는 생각이 들기 시작한 거예요. 객실 담당 직원인 로즈 역시 아주 상냥하기는 하지만 어쩌면 진짜가 아닐지도 모른다는 생각이 들었어요."

"제가 알려 드릴까요? 그 여자는 이 일을 하기 전에 배우였습니다. 훌륭한 배우였죠. 연극 무대보다 이곳에서 더 많은 돈을 번답니다."

"하지만…… 왜죠?"

"일종의 장식이죠. 어쩌면 뭔가 더 있을지도 모르고요."

"이곳을 떠나게 돼서 다행이에요. 무슨 일이 일어나기 전에 말이에요."

마플 양은 살짝 몸서리를 쳤다.

데이비 경감은 호기심 어린 눈빛으로 그녀를 바라보며 물었다.

"어떤 일이 일어날 거라고 생각하십니까?"

"사악한 일이요."

"사악한 일이라, 거창하군요……."

"조금 감상적이라고 생각하시죠? 하지만 나는 살인 사건을 꽤 자주…… 경험했답니다."

"살인 사건이요? 그런 일은 없을 겁니다. 범죄자 몇 명만 잡으면 되는 일이니까요……."

데이비 경감이 고개를 저었다.

"그거와는 달라요. 살인은…… 누군가를 살해하고픈 욕망은 전혀 다른 거예요. 그건……. 이걸 어떻게 표현해야 할지……. 하느님께 반항하는 거예요."

경감은 그녀를 바라보며 조용히 고개를 젓고 안심시키듯 말했다.

"살인은 절대 일어나지 않을 겁니다."

순간 밖에서 날카로운, 몹시 큰 총소리가 울려 퍼졌다. 비명 소리와 또 다른 총소리가 계속 이어졌다.

데이비 경감은 벌떡 일어났다. 몸집이 큰 사람치고는 놀라울 정도로 빠르게 움직였다. 잠시 후 그는 흔들문을 밀치고 거리로 나섰다.

비명 소리가 들렸다. 여자의 비명 소리였다. 공포에 질린 비명 소리가 날카롭게 울려 퍼졌다.

데이비 경감은 비명 소리가 나는 쪽을 향해 폰드가를 내달렸다. 난간에 기대고 있는 여자의 모습이 흐릿하게 보였다. 경감은 열두 걸음 만에 여자 곁에 도착했다. 여자는 연한 색의 긴 모피 코트를 입고 있었고, 반짝이는 금발이 얼굴 양쪽으로 흘러내렸다. 경감은 잠시 그녀가 어딘지 낯이 익다고 생각하다가, 그저 소녀일 뿐이라는 사실을 깨달았다. 그녀의 발치에 웅크리고 있는 것은 제복을 입은 남자였다. 데이비 경감은 그가 누구인지 알아챘다. 마이클 고먼이었다.

경감이 소녀에게 다가가자, 소녀는 그를 꽉 붙잡고 온몸을 벌벌 떨며 떠듬떠듬 말했다.

"누군가 저를 죽이려고 했어요……. 누군가……. 어떤 사람들이 저를 향해 총을 쐈어요……. 이분이 아니었다면……."

그녀는 발치에 미동도 없이 누워 있는 사람을 가리켰다.

"이분이 저를 뒤로 밀치고 제 앞을 가로막았어요……. 그러다 두 번째 총소리가 울리면서…… 이분이 쓰러졌어요……. 이 분이 제 목숨을 구해 주었어요. 다쳤을 텐데……. 많이 다쳤을 거예요……."

데이비 경감은 무릎을 꿇고 앉아 손전등을 꺼냈다. 키가 훤칠한 아일랜드인 수위는 마치 군인처럼 쓰러져 있었다. 제복 상의 왼쪽에서 피가 배어 나오면서 얼룩이 점점 커졌다. 경감은 수위의 눈꺼풀을 올려 보고 맥도 짚어 보았다. 그는 다시 일어나 말했다.

"제대로 맞았군요."

소녀가 날카롭게 외쳤다.

"그렇다면 죽었단 말씀이세요? 오, 아니에요, 아니에요! 죽었을 리 없어요."

"누가 아가씨에게 총을 쏘려고 했죠?"

"모르겠어요……. 길모퉁이에 차를 세워 두고 걸어오고 있었는데……. 버트럼 호텔로 가는 중이었어요. 그런데 갑자기 총소리가 들리는 거예요……. 그 총알이 제 뺨을 스쳐 지나갔고 그 다음에 이분이……. 버트럼 호텔 수위가…… 제 쪽으로 달려와 저를 감쌌어요. 그리고 또다시 총소리가 울렸어요……. 제 생각에는……. 제 생각에는 누군가 저 근처에 숨어 있었던 것 같아요."

데이비 경감은 그녀가 가리킨 곳을 바라보았다. 버트럼 호텔의 그쪽 끝에는 인도보다 낮은 공간이 있었으며, 문과 함께 그 아래로 내려가는 계단이 있었다. 저장실로 만든 것이기 때문에 그리 자주 사용하는 곳은 아니었다. 하지만 남자 한 명이 손쉽게 몸을 숨길 만한 공간이었다.

"남자 얼굴은 못 봤습니까?"

"제대로 보지 못했어요. 마치 그림자처럼 제 옆을 지나갔어요. 짙은 안개 같았어요."

데이비 경감이 고개를 끄덕였다.

소녀가 신경질적으로 흐느끼기 시작했다.

"하지만 도대체 누가 저를 죽이려고 한 거죠? 왜 저를 죽이려고 한 거예요? 두 번이나 말이에요. 이해할 수 없어요……. 왜……."

데이비 경감은 소녀의 어깨에 한쪽 팔을 두르고 나머지 한 손으로 주머니 속을 뒤졌다.

날카로운 경찰 호루라기 소리가 안개를 뚫고 울려 퍼졌다.

버트럼 호텔 라운지에서는 프런트에 있던 고린지 양이 날카롭게 눈을 들었다.

손님 한두 명도 눈을 들었다. 나이 많고 귀가 잘 들리지 않는 손님들은 미동조차 없었다.

어느 테이블에 오래된 브랜디 한 잔을 놓으려던 헨리는 그대로 동작을 멈췄다.

마플 양은 엉덩이를 앞으로 옮기며 의자 팔걸이를 꽉 움켜쥐었다. 퇴직한 해군 대장이 코웃음을 치며 말했다.

"사고가 났군! 안개 때문에 차가 충돌한 모양이지."

흔들문이 열리고 몸집이 커다란 경찰관이 들어왔다. 그는 실제보다 훨씬 더 커 보였다.

그는 연한 색 모피 코트를 입은 아가씨를 부축하고 있었다. 아가씨는 제대로 걷기조차 힘든 모양이었다. 경찰관은 난처한 표정으로 도움을 청하듯 주위를 둘러보았다.

고린지 양이 재빨리 프런트에서 나왔다. 그때 엘리베이터가 내려오더니 키가 큰 사람이 내렸다. 그러자 아가씨가 경관의 팔을 뿌리치고 라운지를 가로질러 미친 듯이 달려가며 외쳤다.

"어머니. 오, 어머니, 어머니……."

그녀는 흐느끼며 베스 세지윅의 품에 몸을 던졌다.

21장

 데이비 경감은 맞은편 의자에 앉아 있는 두 여자를 바라보았다. 자정이 지난 시각이었다. 출동한 경찰관들은 돌아가고 없었다. 경찰 의와 지문 감식가, 구급차가 와 시신을 치웠고 이제는 버트럼 호텔 측이 법적인 문제가 생겼을 때 사용하려고 마련한 이 방으로 공간이 좁혀졌다. 데이비 경감은 탁자 한쪽에 앉아 있었고 베스 세지윅과 엘비라는 맞은편에 앉아 있었다. 경찰관 한 명이 벽을 등지고 앉아 조심스럽게 무언가를 적고 있었고, 워델 경사는 문 근처에 앉아 있었다.
 노인장은 마주 보고 앉은 두 여자를 유심히 살펴보고는 어머니와 딸의 겉모습이 아주 비슷하다는 것을 알아챘다. 안개 속에서 잠시 엘비라 블레이크를 베스 세지윅으로 착각한 이유를 알 것 같았다. 하지만 그 둘을 유심히 살펴보던 노인장은 두 사람이 비슷한 점보다 다른 점이 더 많다는 것을 알게 되었다. 얼굴색 말고는 그리 닮은 구석이 없었으며, 천성은 같지만 한 명에게서는 긍정적인 인상을, 다른 한 명에게서는 부정적인 인상을 받았다. 베스 세지윅은 활기와 에너지, 자석처럼 끌어당기는 매력까지 모든 면에서 긍정적이었다. 노인장은 레이디 세지윅을 존경했다. 그는 언제나 그녀를 존경해 왔다. 그녀의 용기를 존경했고 그녀의 업적에 흥분하곤 했다. 일요 신문을 읽으며 "이번에는 절대 해내지 못할 거야."라고 중얼거렸지만 그녀는 늘 변함없이 해냈다. 그녀가 해낼 수 있을 거라고 생각하지 않았지만 그녀는 해냈다. 그는 그녀의 그와 같은 불굴의 정신을 특히 존경했다. 그녀는 한 번의 비행기 사고, 서너 번의 자동차 충돌 사고를 겪었고, 두 번이나 말에서 심하게 떨어진 적이 있었다. 활기와 생동감이 넘치는 그녀는 단 한순간도 그냥 지나칠 수 없는 명사였다. 그는 마음속으로 그녀에게 경의를 표했다. 물론 언젠가 그녀도 실패하는 날이 올 것이다. 언제까지나 운이 따르지는 않을 것이다. 어머니를 바라보던 노인장의 눈길이 딸에게로 옮겨 갔다. 이상했다. 아주 이상했다.

  노인장은 엘비라 블레이크가 모든 면에서 내향적이라고 생각했다. 베스 세지윅은 자신의 의지로 삶을 헤쳐 나갔다. 하지만 엘비라는 다른 방식으로 삶을 헤쳐 나갔을 거라고 생각했다. 엘비라는 다른 사람의 뜻에 복종했을 것이다. 순순히 미소 지으면서 그 뒤로 몰래 빠져나갔을 거라고 생각했다.

  '교활한 아가씨야.'

노인장은 곰곰이 생각해 보았다.

'그 방법밖에 없었겠지. 배짱 있게 직접 부딪혀 보지는 못했을 거야. 그랬으니 저 아가씨 보호자들이 저 아가씨가 무슨 짓을 하고 다니는지 전혀 몰랐겠지.'

노인장은 이 아가씨가 무슨 일로 안개 낀 늦은 밤에 몰래 빠져 나와 버트럼 호텔이 있는 거리를 배회하고 있었는지 궁금했다. 이제 곧 물어볼 작정이었다. 물론 진실을 말하지 않을 가능성이 높다고 생각했다.

'저 불쌍한 아가씨가 자기를 보호하는 방법이란 게 그런 거겠지.'

노인장은 생각했다. 어머니를 만나러 왔거나 혹은 어머니를 찾으러 이곳에 온 것일까? 그럴 수도 있지만, 그건 아닐 거라고 생각했다. 절대 아닐 것이다. 그 대신 길모퉁이에 세워져 있는 커다란 스포츠카를 떠올렸다. FAN 2266이란 번호판을 단 차가 그곳에 있으니, 라디슬라우스 말리노프스키 또한 이 근처에 있는 게 분명했다.

노인장은 최대한 상냥하고 아버지처럼 자상하게 엘비라에게 말을 건넸다.

"자, 이제 기분이 좀 어떤가요?"

"이젠 괜찮아요."

"좋습니다. 괜찮다면 몇 가지 질문에 대답해 주었으면 합니다. 잘 알겠지만 이런 일에는 시간이 가장 중요하니까요. 아가씨를 향해 두 발의 총알이 날아왔고 한 남자가 살해되었습니다. 우리는 그 남자를 죽인 사람에 대해 가능한 많은 정보를 모아야 합니다."

"할 수 있는 한 모든 것을 말씀 드리겠지만, 너무 갑작스러운 일이었어요. 게다가 안개 속에서는 아무것도 보이지 않잖아요. 그게 누구였는지……. 아니 그 사람이 어떻게 생겼는지도 전혀 모르겠어요. 그래서 너무 무서웠어요."

"아가씨는 누군가 아가씨를 죽이려 한 게 이번이 두 번째라고 말했습니다. 전에도 누군가 아가씨의 목숨을 노린 적이 있다는 말인가요?"

"제가 그렇게 말했나요? 기억이 나지 않아요. 그런 말은 하지 않은 것 같은데요."

엘비라의 눈동자가 불안하게 흔들렸다.

"하지만 분명 그렇게 말했습니다."

"제가 그때는…… 정신이 좀 없어서……."

"아니요. 그랬다고 생각하지는 않아요. 자신이 무슨 말을 하는지 알고 있었을 겁니다."

"제가 엉뚱한 상상을 했는지도 몰라요."

엘비라의 눈동자가 다시 불안하게 흔들렸다.

베스 세지윅이 몸을 뒤척이더니 차분하게 말했다.

"솔직하게 말씀 드려, 엘비라."

엘비라는 재빨리 불안한 눈길로 어머니를 바라보았다.

"걱정할 필요 없습니다."

노인장이 위로하듯 말했다.

"우리 경찰들도 아가씨들이 어머니나 보호자에게 모든 걸 다 털어놓지 않는다는 것쯤은 잘 알고 있으니까요. 너무 심각하게 받아들이지는 않겠지만 일단은 알아야 합니다. 알고 있겠지만 아무리 사소한 것이라도 도움이 되니까요."

베스 세지윅이 입을 열었다.

"이탈리아에서였니?"

"네."

"그곳에서 학교를 다녔죠. 아니면 요즘 말하는 교양 학교인가요?"

"네. 저는 마르티넬리 백작 부인 댁에서 지냈어요. 그 집에 학생이 18명에서 20명 정도 있었고요."

"그리고 누군가 아가씨를 죽이려 했다고요. 왜 그런 생각을 하게 된 거죠?"

"그게, 초콜릿이랑 사탕 같은 게 든 커다란 상자가 제 앞으로 배달되어 온 적이 있어요. 그리고 이탈리아어로 화려한 문구가 쓰여진 카드도 1장 들어 있었고요. '벨리시마 시뇨리나(아름다운 아가씨)에게', 뭐 그런 거였어요. 그래서 친구들과 저는 깔깔거리면서 누가 보냈는지 궁금해했죠."

"우편으로 왔나요?"

"아니요, 아니요, 우편으로 왔을 리가 없어요. 그냥 제 방에 놓여 있었거든요. 누군가 제 방에 직접 갖다 놓은 거예요."

"그렇군요. 하인을 매수한 모양이군요. 백작 부인에게는 알리지 않았겠죠?"

엘비라의 얼굴에 희미하게 미소가 떠올랐다.

"네, 물론 알리지 않았어요. 어쨌든 상자를 열어 보니 근사한 초콜릿이 들어 있었어요. 종류별로 여러 가지가 있었는데 그중에 제비꽃 크림이 얹힌 것도 있었어요. 맨 위에 크림으로 만든 제비꽃이 올려져 있는 초콜릿 말이죠. 제가 가장 좋아하는 거죠. 그래서 물론 저는 먼저 그걸 한두 개 집어 먹었어요. 그런데 그날 밤 배가 너무 아팠어요. 처음에는 초콜릿 때문이라고 생각하지 않았어요. 그저 저녁에 뭘 잘못 먹은 모양이라고 생각했죠."

"배탈 난 사람이 또 있었나요?"

"아니요, 저뿐이었어요. 그날 밤에는 너무 아팠는데 다음 날 밤이 되니까 괜찮아졌어요. 그리고 하루 이틀쯤 후에 또 그 초콜릿을 먹었는데 또 배가 아픈 거예요. 그래서 저는 가장 친한 브리짓에게 이야기했어요. 그리고 함께 초콜릿을 살펴봤는데, 제비꽃 크림 초콜릿 바닥에 무언가 채워 넣은 것처럼 구멍이 나 있는 거예요. 누군가 그 안에 독을 넣은 거라고 생각했죠. 제가 제비꽃 크림 초콜릿을 좋아하는 줄 알고 거기에만 넣은 거라고요."

"다른 아가씨들은 배탈이 나지 않았나요?"

"네."

"그렇다면 다른 아가씨들은 제비꽃 크림 초콜릿을 먹지 않았나요?"

"네, 아무도 먹지 않았을 거예요. 제 앞으로 온 선물인 데다 제가 제비꽃 크림 초콜릿을 좋아한다는 걸 모두 알고 있으니까요."

"누군지는 몰라도 위험한 도박을 했군요. 그 초콜릿을 먹은 아가씨들이 전부 독살될 수도 있었을 텐데 말이에요."

"말도 안 돼요. 정말이지 말도 안 돼요. 그렇게 잔인한 이야기는 이제까지 한 번도 들어 본 적이 없어요."

레이디 세지윅이 날카롭게 말했다.

데이비 경감이 가벼운 손짓으로 제지했다.

"잠시만요."

그러고는 엘비라에게 말했다.

"그거 참 흥미롭군요, 블레이크 양. 그런데도 백작 부인에게는 말하지 않았나요?"

"그럼요, 말하지 않았어요. 소란을 피울 게 뻔했으니까요."

"그 초콜릿을 어떻게 했나요?"

"버렸어요. 근사한 초콜릿이었는데."

그녀는 조금 슬픈 듯한 투로 덧붙였다.

"누가 보냈는지 알아볼 생각은 하지 않았나요?"

엘비라는 난처한 표정을 지었다.

"그게……. 저는 귀도일지 모른다고 생각했어요."

"네? 귀도가 누굽니까?"

데이비 경감이 타이르듯 물었다.

"아, 귀도는……."

엘비라는 말을 멈추고 어머니를 바라보았다.

"바보같이 굴지 말거라. 누군지는 모르겠지만 경감님에게 귀도에 대해 말씀 드려. 네 나이대 아가씨들에게는 다들 귀도가 한 명씩 있으니까. 밖에서 그 남자를 만난 거니?"

베스 세지윅이 말했다.

"네. 오페라를 보러 갔을 때 그곳에서 제게 말을 걸었어요. 근사한 사람이었어요. 아주 매력적이었고요. 수업을 들으러 갈 때 이따금 보곤 했거든요. 제게 쪽지를 보내곤 했어요."

"그리고 수많은 거짓말을 하고, 친구들과 짜고 몰래 빠져나가 그 남자를 만났겠지? 그런 거니?"

베스 세지윅이 물었다.

엘비라는 어머니가 간단하게 정리해 주자 긴장을 풀었다.

"이따금 귀도가……."

"귀도의 진짜 이름이 뭡니까?"

"모르겠어요. 말해 주지 않았거든요."

데이비 경감이 그녀를 보며 미소 지었다.

"말하고 싶지 않다 이거죠? 뭐, 상관없습니다. 아가씨가 말하지 않아도 충분히 알아낼 수 있으니까요. 그게 진짜 중요한 문제라면 말이에요. 하지만 왜 그 젊은이가, 아가씨를 좋아하는 그 젊은이가 아가씨를 죽이려 했다고 생각한 거죠?"

"오, 그 사람이 그런 협박을 하곤 했으니까요. 그러니까 우리는 이따금 말다툼을 했어요. 그 사람이 친구들을 몇 명 데려오면 저는 그 친구들에게 더 관심 있는 척했고, 그러면 굉장히 흥분하면서 화를 냈어요. 저더러 행동을 조심하는 게 좋을 거라고 했죠. 그래서 저는 그 사람을 떠날 수가 없었어요. 제가 다른 사람을 만나거나 자기를 떠나면 저를 죽여 버리겠다고 했으니까요. 그래도 그저 좀 감정적이고 표현이 과격한 것뿐이라고만 생각했어요."

엘비라가 느닷없이 갑자기 미소를 지었다.

"하지만 재미있었어요. 그게 진심이라고 생각하지 않았거든요."

"자, 내 생각에는 아가씨가 말한 그 젊은이가 초콜릿에 독을 넣어 보냈을 것 같지는 않군요."

데이비 경감이 말했다.

"뭐, 저도 진짜 그렇게 생각하는 건 아니에요. 하지만 그 사람 말고는 그럴 만한 사람이 없으니까 그 사람이 분명해요. 저는 불안했어요. 그러다 이곳으로 돌아왔을 때 메모를 하나 받았어요……."

엘비라는 말을 멈췄다.

"어떤 메모였나요?"

"봉투 안에 인쇄된 메모지가 들어 있었어요. '조심하라. 누군가 당신을 죽이려 한다.'라고 적혀 있었어요."

데이비 경감의 눈썹이 치켜 올라갔다.

"그게 정말입니까? 아주 흥미롭군요. 네, 아주 흥미로워요. 그 때문에 불안했다고요. 겁이 났나요?"

"네. 저는……. 저는 누가 저를 해치려고 하는지 궁금했어요. 그래서 제가 정말 부자가 되는 건지 알아보려고 했던 거예요."

"계속해요."

"그리고 며칠 전 런던에서 다른 일이 있었어요. 제가 지하철을 타려고 서 있었고 승강장에는 사람들이 가득했어요. 그런데 누군가 저를 선로로 밀치려고 했던 것 같아요."

"얘! 말도 안 되는 소리 마."

베스 세지윅이 끼어들었다.

다시 한번 노인장이 손짓을 했다.

"네. 다 제 상상인지도 모르지만……. 모르겠어요……. 오늘 저녁에 이런 일을 겪고 나니까, 그 모든 게 다 사실인 것 같지 않으세요?"

겸연쩍은 듯 말한 엘비라는 베스 세지윅을 바라보며 절박하게 말했다.

"어머니! 어머니라면 아실지도 몰라요. 누가 저를 죽이려고 하나요? 그런 사람이 있는 거예요? 저에게 적이 있나요?"

"너한테 적 같은 건 없어. 바보같이 굴지 말거라. 너를 죽이려는 사람은 없어. 누가 왜 너를 죽이려고 하겠니?"

베스 세지윅이 조급하게 대꾸했다.

"그럼 오늘 밤 저를 향해 총을 쏜 사람은요?"

"그런 안개 속에서는 너를 다른 사람으로 착각했을 수 있지. 그럴 수도 있다고 생각하지 않으세요?"

베스 세지윅이 노인장을 돌아보며 말했다.

"네, 그럴 가능성도 충분하다고 생각합니다."

데이비 경감이 말했다.

베스 세지윅은 경감을 유심히 바라보았다. 경감은 그녀의 입술이 "나중에."라고 말한 게 아닌가 하는 생각마저 들었다.

"자, 이제 몇 가지만 더 확인하겠습니다. 오늘 밤 어디에 다녀온 겁니까? 이렇게 안개가 자욱한 밤에 무슨 일로 폰드가를 걷고 있었죠?"

경감이 쾌활하게 물었다.

"저는 오늘 아침 미술 수업을 들으러 테이트 미술관에 갔어요. 그 다음에 친구 브리짓이랑 점심을 먹으러 갔고요. 브리짓은 온슬로 스퀘어에 살거든요. 우리는 함께 영화를 봤어요. 영화관에서 나와 보니 안개가 너무 짙었고, 점점 더 짙어져서 차를 몰고 가지 않는 게 좋겠다고 생각했어요."

"차를 몰고 다니나요?"

"네. 작년 여름에 운전면허 시험을 봤어요. 하지만 운전을 썩 잘하는 건 아닌 데다 안개 속에서 운전하는 걸 싫어해요. 그래서 브리짓 어머니께서도 하룻밤 자고 가라고 하셔서 밀드레드 사촌 언니 집에 전화를 걸었어요. 켄트에 있어요. 제가 사는 곳이죠……."

노인장이 고개를 끄덕였다.

"하룻밤 자고 갈 거라고 말씀 드렸더니 아주 현명한 생각이라고 하시더라고요."

"그다음에는 어떻게 됐나요?"

"그러다 갑자기 안개가 걷히는 것 같았어요. 안개가 듬성듬성 모이는 거 있죠. 그래서 그냥 켄트까지 차를 몰고 내려가야겠다고 생각했어요. 브리짓에게 작별 인사를 하고 출발했죠. 하지만 안개가 다시 짙게 깔리기 시작하더라고요. 앞이 보이지 않았어요. 두꺼운 안개를 헤치고 가다가 길을 잃었고 어딘지 알 수가 없었어요. 그렇게 조금 더 가다가 제가 하이드 파크 모퉁이에 있다는 걸 알게 되었고 이런 식으로는 도저히 켄트까지 갈 수 없겠다고 생각했어요. 처음에는 브리짓네 집으로 돌아갈까도 생각해 봤지만 이미 길을 잃어서 다시 돌아가기는 힘들 것 같았어요. 그러다 제가 이탈리아에서 돌아왔을 때 데릭 아저씨가 데려가 주셨던 이 호텔이 가까이 있다는 걸 깨달았고, 이곳에 오면 방을 하나 얻을 수 있을 거라고 생각했어요. 쉽게 이곳까지 찾아와 근처에 차를 세워 두고 호텔로 걸어갔던 거예요."

"도중에 누군가를 만났거나, 근처에서 누군가의 발걸음 소리를 들었나요?"

"어떻게 아셨어요? 제 뒤에서 누군가 따라오는 듯한 소리를 들은 것 같았어요. 물론 런던에는 사람들이 워낙 많지만요. 이렇게 안개가 짙은 날에는 왠지 마음이 불안하잖아요. 멈춰 서서 귀를 기울여 봤지만 발걸음 소리는 전혀 나지 않았고 그저 제 상상인가 보다 했어요. 그때쯤에는 호텔에 거의 도착했을 때였고요."

"그러고 나서는요?"

"그리고 느닷없이 총소리가 들렸어요. 총알이 꼭 귓전을 스치고 지나간 것 같았어요. 호텔 밖에 서 있던 그 수위분이 저에게 달려와서 저를 밀쳤고……. 그리고 또다시 총소리가 들렸어요……. 그분이…… 그분이 쓰러졌고 저는 비명을 질렀어요."

엘비라는 몸을 떨었다. 그녀의 어머니가 말했다.

"진정해, 애야. 자 자, 진정해."

베스 세지윅은 낮고 단호한 목소리로 말했다.

그건 그녀가 말에게 말을 걸 때의 목소리였으며, 그녀의 딸에게도 효과가 있었다. 엘비라는 어머니를 보며 눈을 깜빡거리더니 등을 조금 세우고 다시 마음을 가라앉혔다.

"그래, 착하지."

베스 세지윅이 말했다.

"그러고 나서 경감님이 오셨어요. 경감님이 호루라기를 불었고, 경찰관에게 저를 호텔로 데려가라고 말씀하셨어요. 그리고 안에 들어서자마자 저는……. 저는 어머니를 발견했어요."

엘비라가 노인장에게 말했다.

그녀는 고개를 돌려 베스 세지윅을 바라보았다.

"그게 가장 최근 일이군요."

노인장은 무거운 몸을 조금 뒤척이더니 물었다.

"라디슬라우스 말리노프스키라는 남자를 알고 있나요?"

노인장의 목소리는 평소와 다름없었으며, 억양도 변함이 없었다. 그는 소녀를 보고 있지는 않았지만, 귀를 쫑긋 세우고 있었기 때문에 그녀가 숨을 급히 들이마셨다는 걸 알고 있었다. 그는 딸이 아닌 어머니를 보고 있었다.

"아니요."

엘비라가 간단한 대답치고는 지나치게 오래 머뭇거린 끝에 대답했다.

"아니요, 몰라요."

"아. 알지도 모른다고 생각했는데요. 그 남자가 오늘 밤 이곳에 왔을지도 모른다고 생각했습니다."

"네? 그 사람이 왜 여기 왔다고 생각하셨어요?"

"뭐, 그 사람 차가 이 근처에 있으니까요. 그래서 이곳에 있을지도 모른다고 생각했습니다."

"저는 그 사람이 누군지 몰라요."

"내가 실수했군요. 레이디께서는 물론 아시겠죠?"

노인장이 고개를 돌려 베스 세지윅을 바라보았다.

"물론이에요. 안 지 몇 년 됐죠."

베스 세지윅은 슬쩍 미소 지으며 덧붙였다.

"무모한 사람이죠. 천사 같다가도 갑자기 악마처럼 운전해요……. 그러다 언젠가는 목이 부러지고 말 거예요. 18개월 전에도 심한 충돌 사고를 당했다죠."

"네, 저도 신문에서 읽은 기억이 납니다. 아직은 자동차 경주를 다시 시작하지 않았겠죠?"

"네, 아직은요. 어쩌면 앞으로도 영원히 안 할 수도 있어요."

"이만 침실로 올라가도 될까요? 너무 피곤해서요."

엘비라가 애처롭게 물었다.

"물론이에요, 그래야죠. 기억나는 건 모두 말해 준 거죠?"

"오, 그럼요."

"같이 올라가자."

베스 세지윅이 말했다.

어머니와 딸이 함께 방을 나갔다.

"그 남자를 알고 있는 게 분명해."

노인장이 말했다.

"정말 그렇게 생각하십니까?"

워델 경사가 물었다.

"분명해. 불과 하루 이틀 전에 배터시 공원에서 그 남자와 차를 마셨으니까."

"그걸 어떻게 아셨습니까?"

"한 노부인이 내게 말해 줬네. 심란해하면서 말이야. 그 남자가 어린 아가씨에게는 적절하지 못한 친구라고 생각하더군. 그렇고말고."

"특히 그 남자와 아가씨의 어머니가……."

워델은 적절히 중간에 말을 끊었다.

"소문이기는 하지만요……."

"그래, 사실일 수도 있고 아닐 수도 있어. 어쩌면 사실인지도 모르지."

"그렇다면 그 남자가 진정으로 원하는 건 둘 중 누구일까요?"

노인장은 그 말을 무시했다.

"그 남자를 잡고 싶어. 정말 잡고 싶어. 그 남자 차가 이곳에 있어……. 모퉁이에."

"그 남자가 이 호텔에 묵고 있을지도 모른다고 생각하십니까?"

"그렇게 생각하지는 않네. 이 상황에 들어맞지 않아. 그 남자는 이곳에 있으면 안 되니까. 그 남자가 이곳에 왔다면 그 아가씨를 만나러 왔겠지. 그 아가씨는 그 남자를 만나러 온 게 분명해."

문이 열리고 베스 세지윅이 다시 모습을 드러냈다.

"다시 왔어요. 경감님과 이야기를 나누고 싶어서요."

그녀는 그와 두 남자를 차례로 바라보았다.

"경감님과 단둘이 이야기를 나눌 수 있을까요? 이미 알고 있는 정보는 다 드렸으니, 개인적으로 한두 마디만 더 하고 싶은데요."

"안 될 이유가 없죠."

데이비 경감이 고개를 끄덕이자 젊은 경찰관이 수첩을 들고 나갔다. 워델도 그와 함께 나갔다.

"하실 말씀이 뭡니까?"

데이비 경감이 물었다.

레이디 세지윅은 또다시 그의 맞은편에 앉아 입을 열었다.

"그 독이 든 초콜릿 이야기 말이에요. 말도 안 되는 소리예요. 정말 터무니없는 소리라고요. 그런 일은 없었을 거예요."

"그렇게 생각하십니까?"

"경감님은 어떻게 생각하세요?"

노인장이 고개를 끄덕였다.

"따님께서 이야기를 꾸며 냈다고 생각하십니까?"

"네. 하지만 왜 그랬을까요?"

"글쎄요, 레이디 세지윅께서도 모르시는 일을 제가 어떻게 알겠습니까? 그 아가씨는 레이디 세지윅의 따님입니다. 저보다 레이디 세지윅께서 더 잘 아시겠죠."

"난 그 아이에 대해 아는 게 하나도 없어요."

베스 세지윅이 쓸쓸하게 대꾸했다.

"그 애가 2살이었을 때 남편한테서 도망쳐 나온 후로는 본 적도 연락을 한 적도 없어요."

"아, 네. 저도 알고 있습니다. 흥미롭더군요. 아시겠지만 법정에서는 이혼 사유가 여자 측에 있다 하더라도, 여자 측에서 요구하면 아이의 양육권을 주게 마련입니다. 그렇다면 레이디 세지윅께서는 아이의 양육권을 요구하지 않으셨다는 거겠죠? 아이를 원치 않으신 거군요."

"나는…… 그 편이 나을 거라고 생각했어요."

"왜죠?"

"그 아이의 안전을 위해서요."

"도덕적인 면에서 말입니까?"

"아니, 그건 아니에요. 요즘 세상에 불륜은 흔하니까. 아이들도 그걸 알아야 하고, 그걸 보면서 자라야 해요. 그건 아니에요. 그저 내가 그 아이와 함께 살기에 안전한 사람이 아니기 때문이에요. 내 삶은 안전한 삶이 아니니까요. 그렇게 타고난 건 어쩔 수 없어요. 저는 위험한 삶을 타고난 사람이에요. 법이나 전통을 지키는 사람이 아니죠. 엘비라는 전통적인 영국 방식으로 자라는 게 더 낫다고 생각했어요. 그게 더 행복할 거라고 말이에요. 보호를 받으면서……."

"어머니의 사랑 없이요?"

"그 애가 나를 사랑하게 되면 그 애 삶이 슬퍼질지도 모른다고 생각했어요. 오, 경감님은 내 말을 믿지 않을지 모르겠지만 그때는 그렇게 생각했어요."

"알겠습니다. 아직도 그 생각이 옳다고 생각하십니까?"

"아니요. 그렇지 않아요. 이제는 내 생각이 완전히 틀렸을지도 모른다고는 생각이 드네요."

"따님이 라디슬라우스 말리노프스키와 아는 사이일까요?"

"그 애는 그 사람을 모르는 게 분명해요. 그렇게 말했잖아요. 그 애가 하는 말을 들으셨잖아요."

"네, 들었습니다."

"그렇다면?"

"아시겠지만 그 아가씨는 여기 앉아 있을 때 겁에 질려 있었습니다. 이런 직업에 종사하다 보면 상대방이 어떤지 알 수 있죠. 그 아가씨는 두려워하고 있었습니다. 왜일까요? 초콜릿 사건이 진짜든 아니든, 누군가 그 아가씨의 목숨을 노렸습니다. 지하철에서 있었던 일도 어쩌면 사실일지도 모르죠……."

"말도 안 돼요. 소설도 아니고……."

"어쩌면. 하지만 그런 일이 실제로 일어나기도 합니다, 레이디 세지윅. 생각하시는 것보다 자주 일어나죠. 혹시 누가 따님을 죽이려 하는지 짐작 가는 사람 없으십니까?"

"없어요……. 전혀 없어요."

그녀는 격하게 말했다.

데이비 경감은 한숨을 쉬고 고개를 저었다.

22장

데이비 경감은 멜퍼드 부인이 이야기를 끝낼 때까지 참을성 있게 기다렸다. 정말이지 아무 소득 없는 면담이었다. 엘비라의 사촌 언니라는 밀드레드는 두서없고 믿지 못할 말들을 늘어놓았으며, 대체로 어리석은 여자였다. 노인장이 보기에는 그랬다. 엘비라의 상냥한 태도와 좋은 성격하며 그녀의 이가 안 좋다는 둥 전화로 늘어놨던 이상한 변명에 대해 이야기하더니, 느닷없이 엘비라의 친구 브리짓이 정말 어울려도 괜찮은 친구인지 모르겠다며 심각한 이야기로 이어졌다. 밀드레드는 경감에게 이런 말들을 죽 늘어놓았다. 멜퍼드 부인은 아는 것도, 들은 것도, 본 것도 없었으며 자기 의견도 없었다.

경감은 엘비라의 후견인 러스컴 대령과 짤막하게 통화를 했다. 다행히 말수는 더 적었지만 소득은 더더욱 없었다.

"바보같이 순진해 빠진 사람들뿐이군."

경감은 수화기를 내려놓으며 경사에게 투덜거렸다.

"사악한 것은 보지도, 듣지도, 말하지도 않지. 문제는 이 아가씨와 연관된 사람들은 모두 너무 착하다는 거야. 내 말 무슨 뜻인지 알겠나? 사악한 것에 대해서는 아무것도 모르는 착한 사람들이 너무 많아. 그 노부인과 달리."

"버트럼 호텔에서 만난 노부인이요?"

"그래, 그 노부인. 그분은 사악한 것을 알아보고, 사악한 것을 상상하고, 사악한 것을 의심하고, 사악한 것과 맞서 싸운 경험이 많지. 그 아가씨 친구 브리짓에게서 뭘 알아낼 수 있을지 한번 보자고."

이번 면담이 어렵게 풀린 것은 처음부터 끝까지 브리짓의 어머니가 끼어들었기 때문이다. 그 어머니가 거드는 것을 무시하고 브리짓과 이야기를 나누기 위해 데이비 경감은 온갖 재담과 감언이설을 동원해야 했다. 브리짓도 그를 거들었다. 몇 가지 상투적인 질문과 답변, 그리고 엘비라가 거의 죽을 뻔한 사건을 듣고 브리짓의 어머니가 경악하는 표정을 짓자 브리짓이 말했다.

"엄마, 위원회 모임 갈 시간이잖아요. 아주 중요한 모임이라고 말씀하셨잖아요."

"오, 이런, 이런."

"엄마가 없으면 엉망이 될 거예요."

"오, 그럼, 그렇고말고. 하지만 내가……."

"괜찮습니다, 부인."

데이비 경감이 자상하고 편안한 표정으로 말했다.

"걱정하지 않으셔도 됩니다. 어서 가 보세요. 중요한 것들은 이미 다 끝났습니다. 제가 궁금해하는 것들에 대해 부인께서 다 대답해 주셨습니다. 그저 이탈리아에서 만난 사람들에 대해 한두 가지 형식적인 것만 물어보면 되는데, 그건 따님이신 브리짓 양이 도와주실 겁니다."

"글쎄요. 너 혼자 괜찮겠니, 브리짓?"

"그럼요, 엄마. 걱정 마세요."

마침내 어머어마하게 수선을 떨어 대며 브리짓의 어머니가 모임에 참석하러 나섰다.

"오, 이런."

브리짓은 현관문을 닫고 돌아오면서 한숨을 쉬었다.

"정말이지! 엄마들은 다루기가 너무 힘들어요."

"다들 그렇게 말하더군요. 젊은 숙녀들을 많이 만나 봤는데 많은 사람들이 자기가 어머니와의 사이에 문제가 많다고 하더군요."

"그 반대로 말씀하실 줄 알았는데요."

"아, 아닙니다. 하지만 젊은 숙녀들은 그렇게 생각하지 않죠. 자, 이제 좀 더 말해 주세요."

"엄마 앞에서는 솔직히 말할 수 없었어요. 하지만 아주 중요한 거라 경감님께서도 꼭 아셔야 한다고 생각해요. 엘비라는 무언가에 대해 많이 걱정하고 두려워하고 있었어요. 그 애는 자기가 위험에 처해 있다는 걸 인정하지 않았지만 그 애는 위험에 처해 있었어요."

"나 역시 그럴지도 모른다고 생각했습니다. 물론 아가씨의 어머니 앞에서는 그런 이야기를 하고 싶지 않았지만 말이에요."

"오, 그럼요. 엄마가 아는 건 원치 않아요. 괜한 수선을 피우면서 여기저기 죄 떠벌리고 다닐 테니까요. 엘비라가 이 일이 알려지는 걸 원하지 않는다면······."

"먼저 이탈리아에서 있었던 초콜릿 상자 사건에 대해 알고 싶군요. 엘비라 양에게 독이 들었는지 모르는 초콜릿 상자가 배달되었다죠?"

브리짓의 눈이 휘둥그레졌다.

"독이라니요? 오, 아니에요. 그럴 리 없어요. 적어도······."

"무슨 일이 있었나요?"

"오, 네. 초콜릿 한 상자가 배달되어 왔고 엘비라는 초콜릿을 너무 많이 먹어서 그날 밤 좀 아팠어요. 많이 아팠죠."

"그 초콜릿에 독이 들었을 거라고 의심하지 않았나요?"

"네. 적어도······. 오, 네, 우리 중 누군가를 독살하려는 사람이 있다는 말을 엘비라가 하기는 했어요. 우리는 혹시나 독약이 들어 있나 싶어 초콜릿을 확인했어요."

"그랬더니 뭔가 있던가요?"

"아니요. 적어도 우리가 확인하기로는 없었어요."

"하지만 엘비라 양은 여전히 그렇게 생각할 수도 있겠죠?"

"뭐, 그럴 수도 있죠······. 하지만 그 애도 그 뒤로 초콜릿에 대해 아무 말 하지 않았어요."

"혹시 엘비라 양이 누군가를 두려워하고 있었다고 생각하세요?"

"그때는 그렇게 생각하지 않았고 그런 눈치도 아니었어요. 나중에, 여기 오고 나서 그렇게 생각했죠."

"귀도라는 남자는 어떻습니까?"

브리짓이 낄낄거리며 웃었다.

"엘비라에게 푹 빠져 있었죠."

"그리고 아가씨와 아가씨 친구는 그 남자를 만나곤 했고요?"

"경감님께는 말씀 드릴게요. 경감님은 경찰이니까요. 그런 일은 경감님에게 중요하지도 않을 것이고 또 경감님은 이해해 주실 것 같네요. 마르티넬리 백작 부인은 끔찍할 정도로 엄격했어요. 아니 스스로 엄격하다고 생각했죠. 물론 우리는 요리조리 피해 다녔고요. 서로 대역을 하면서요."

"그리고 거짓말도 했겠군요?"

"뭐, 그랬어요. 하지만 그렇게 의심이 많은 사람인데 달리 어쩌겠어요?"

"그래서 아가씨는 귀도를 만났군요. 그 남자가 가끔 엘비라 양을 위협하기도 했나요?"

"오, 심각한 건 아니었어요."

"그렇다면 엘비라 양이 다른 누군가를 만났나요?"

"그건……. 글쎄요, 저도 모르겠어요."

"말해 줘야 해요, 브리짓 양. 아주 중요한 일일 수도 있으니까요."

"네, 네, 저도 잘 알아요. 누군가 있기는 했어요. 누구인지는 모르겠지만 엘비라가 진지하게 마음에 둔 사람이 있어요. 그러니까 정말 소중한 사람이요."

"엘비라 양이 그 남자를 만나곤 했나요?"

"그랬던 것 같아요. 엘비라가 귀도를 만나고 있다고 말했지만 사실 귀도를 만난 게 아니었어요. 다른 남자였죠."

"누군지 알고 있나요?"

"아니, 몰라요."

자신 없는 목소리였다.

"혹시 라디슬라우스 말리노프스키라는 자동차 경주 선수 아닙니까?"

브리짓은 입을 벌리고 멍하니 경감을 바라보았다.

"알고 계시는군요."

"내 말이 맞나요?"

"네······. 그런 것 같아요. 엘비라가 잡지에서 찢어 낸 그 남자 사진을 간직하고 있었어요. 스타킹 밑에 감춰 두고 다녔죠."

"그저 동경하던 영웅일 수도 있겠죠?"

"물론 그럴 수도 있지만 그건 아니었다고 생각해요."

"엘비라 양이 영국에서도 그 남자를 만났나요? 혹시 알고 있나요?"

"저는 몰라요. 이탈리아에서 돌아온 뒤로 그 애가 뭘 하고 다니는지는 저도 몰라요."

"엘비라 양은 치과에 가려고 런던에 올라왔었죠. 아니 그랬다고 말했죠. 하지만 엘비라 양은 치과에 가지 않고 브리짓 양을 찾아갔습니다. 그리고 멜퍼드 부인 댁에 전화를 걸어 나이 든 가정 교사

이야기를 했고요."

데이비 경감이 슬쩍 떠보았다.

브리짓의 입에서 희미하게 낄낄거리는 소리가 새어 나왔다.

"사실이 아니죠, 그렇죠? 엘비라 양은 어디에 갔던 겁니까?"

경감이 미소 지으며 물었다.

브리짓은 망설이더니 입을 열었다.

"아일랜드에 갔었어요."

"아일랜드에 갔었다고요? 왜죠?"

"이유는 말하지 않았어요. 알아낼 게 있다고만 했죠."

"아일랜드 어디에 갔었는지 알고 있나요?"

"정확히 어딘지는 몰라요. 무슨 지명을 하나 말하기는 했는데. 볼리 뭐였나? 볼리가울런이었던 것 같아요."

"그렇군요. 엘비라 양이 아일랜드에 갔던 게 확실한가요?"

"제가 켄싱턴 공항에서 배웅했어요. 에어 링거스를 타고 갔었죠."

"언제 돌아왔나요?"

"그다음 날이요."

"역시 비행기를 타고요?"

"네."

"비행기를 타고 돌아온 게 확실한가요?"

"글쎄요……. 그랬을 거라고 생각해요."

"왕복 항공권을 끊어 두었나요?"

"아니에요. 그건 기억해요."

"다른 교통수단으로 돌아왔을 수도 있겠군요, 그렇죠?"

"네, 그랬을지도 모르죠."

"예를 들어 아일랜드 우편 열차를 타고 돌아왔을 수도 있겠군요?"

"그런 말은 하지 않았어요."

"하지만 비행기를 타고 왔다는 말도 하지 않았겠죠?"

"네. 하지만 왜 비행기를 놔두고 배나 기차를 타고 왔겠어요?"

"글쎄요. 원하던 걸 알아냈고 묵을 데가 없었다면, 야간 우편 열차를 타는 게 더 낫다고 생각할 수 있죠."

"네, 그럴 수도 있겠네요."

데이비 경감은 희미하게 미소 짓고 말했다.

"요즘 아가씨와 같은 젊은 숙녀들은 외국을 여행할 때 비행기 외에 다른 수단을 생각하지 않는 것 같은데, 그런가요?"

"그런 것 같아요."

브리짓이 고개를 끄덕였다.

"어쨌든 엘비라 양은 영국으로 돌아왔습니다. 그다음에 어떻게 됐나요? 아가씨를 찾아오거나 전화를 했나요?"

"전화가 왔어요."

"몇 시쯤이었죠?"

"오전쯤이었을 거예요. 네, 11시에서 12시 사이였던 것 같아요."

"뭐라고 하던가요?"

"뭐, 다 잘 풀렸냐고 묻더라고요."

"그랬나요?"

"아니요. 멜퍼드 부인이 우리 집으로 전화를 걸었고 엄마가 그 전화를 받는 바람에 일이 다 틀어져 제가 뭐라고 해야 할지 모르겠더라고요. 그랬더니 엘비라가 우리 집에 오지 않고 사촌인 밀드레드에게 전화를 걸어 이야기를 꾸며 냈어요."

"그게 아가씨가 기억하는 전부인가요?"

"그게 전부예요."

하지만 브리짓은 무언가를 숨기고 있는 듯했다. 그녀는 볼라드 씨와 그 팔찌를 생각했다. 그건 분명 데이비 경감에게 말해서는 안 되는 것이었다. 노인장은 그녀가 무언가 숨기고 있다는 걸 알아챘다. 그저 그 일이 무엇이든 지금 조사하는 것과 상관없는 일이기를 바랄 뿐이었다. 그는 다시 질문을 던졌다.

"아가씨 친구가 누군가, 혹은 무언가를 정말 두려워하고 있었다고 생각하세요?"

"네, 그렇게 생각해요."

"엘비라 양이 아가씨에게 그런 말을 한 적이 있거나 아가씨가 엘비라 양에게 그런 말을 한 적이 있나요?"

"오, 제가 터놓고 물어봤어요. 처음에는 아니라고 하더니 겁이 났었다고 인정하더라고요."

브리짓이 격하게 말을 이었다.

"그리고 저는 엘비라가 위험한 상황에 처해 있다는 걸 알았어요. 엘비라도 그렇게 확신하더라고요. 하지만 왜, 아니 어떻게 된 일인지는 전혀 몰라요."

"아가씨가 그렇게 확신하는 건 엘비라 양이 아일랜드에서 돌아온 그날 아침의 일과 연관이 있는 거겠죠?"

"네. 네, 그때 확신이 들었어요."

"엘비라 양이 아일랜드 우편 열차를 타고 돌아왔을지도 모르는 그날 아침이요?"

"그렇지는 않은 것 같아요. 경감님께서 직접 물어보시는 게 어때요?"

"결국은 그래야 할지도 모르죠. 하지만 그쪽으로 주의를 돌리고 싶지는 않군요. 지금으로서는요. 오히려 엘비라 양이 더 큰 위험에 빠질지도 모르니까요."

브리짓이 눈을 휘둥그렇게 떴다.

"그게 무슨 말씀이세요?"

"기억할지 모르겠지만 브리짓 양, 그날 밤, 아니 그날 새벽에 아일랜드 우편 열차 강도 사건이 있었죠."

"엘비라가 그 열차에 타고 있었고 제게는 아무 말도 하지 않았다는 말씀이세요?"

"가능성이 적다는 데는 동의합니다. 하지만 엘비라 양이 아일랜드 우편 열차 강도 사건과 연관된 무언가, 누군가, 혹은 어떤 사건을 목격했는지도 모른다는 생각이 들었습니다. 이를테면 얼굴을 아는 누군가를 봤을 수도 있고, 그 때문에 위험에 처했을지도 모르죠."

"오! 그렇다면 엘비라가 아는 누군가가 강도 사건과 관련되어 있다는 거군요."

브리짓은 곰곰이 생각해 보았다.

데이비 경감이 자리에서 일어나서 말했다.

"이제 더 이상 물어볼 게 없는 것 같군요. 더 할 말은 없나요? 그날 엘비라 양이 어디에 있었는지, 아니면 그 전날은 어디에 있었는지 말이에요."

다시 한번 브리짓의 눈앞에 볼라드 씨와 본드가의 상점이 떠올랐다.

"아니요."

"아무래도 말하지 않은 무언가가 있는 것 같군요."

브리짓은 다행히도 지푸라기를 하나 잡았다.

"오, 제가 깜빡했네요. 네, 엘비라는 어떤 변호사를 찾아갔어요. 피신탁인인 변호사에게 무언가를 알아보려고요."

"아, 엘비라 양의 피신탁인인 변호사를 찾아갔군요. 그 변호사 이름은 모르죠?"

"이름이 이거턴……. 포브스 이거턴인가 뭐 그런 이름이었어요. 비슷한 이름이 워낙 많아서요. 아마 맞을 거예요."

"그렇군요. 그리고 엘비라 양이 무언가를 알아보려고 했고요?"

"돈을 얼마나 받게 되는지 알고 싶다고 했어요."

데이비 경감이 눈썹을 추켜올렸다.

"세상에! 흥미롭군요. 엘비라 양이 그걸 왜 모르고 있었죠?"

"그거야 아무도 그 애에게 돈에 대해 이야기해 주지 않았으니까요. 앞으로 얼마나 많은 돈을 갖게 될지 알려 주지 않는 게 좋다고 생각한 모양이에요."

"엘비라 양이 무척 궁금해했겠군요, 그렇죠?"

"네. 꼭 알아야 한다고 생각하는 것 같았어요."

"네. 감사합니다. 정말 많은 도움이 됐습니다."

23장

리처드 이거턴은 앞에 놓인 경찰 수첩을 다시 한번 보고 나서 경감의 얼굴을 올려다보았다.

"기이한 일이군요."

이거턴이 말했다.

"네, 아주 기이한 일입니다."

데이비 경감이 말했다.

"안개 속의 버트럼 호텔이라……. 네, 지난밤에는 안개가 무척 심했죠. 안개가 짙을 때는 그런 사건이 많이 일어나겠죠? 핸드백 날치기나 뭐……. 그런 것 말입니다."

"그런 일은 아니었습니다. 블레이크 양에게서 무언가를 낚아채려고 한 사람은 없었으니까요."

"어디서 총을 쏜 겁니까?"

"안개 때문에 저희도 확실한 건 모르겠습니다. 블레이크 양 또한 확실한 건 모르겠다고 했고요. 하지만 저희는 한 남자가 그 근처에서 있었을지도 모른다고 추측하고 있습니다. 지금으로서는 그렇게밖에 생각할 수 없습니다."

"그 아이를 향해 2발을 쐈다고 하셨죠?"

"네. 첫 번째는 빗나갔습니다. 호텔 출입문 밖에 서 있던 수위가 달려와 블레이크 양을 감쌌고 그때 바로 두 번째 총알이 날아왔습니다."

"그래서 그 남자가 대신 맞았군요?"

"네."

"아주 용감한 친구로군요."

"네, 용감한 사람입니다. 군 경력도 아주 훌륭했죠. 아일랜드인이었습니다."

"그 남자 이름이 뭐죠?"

"고먼입니다. 마이클 고먼."

"마이클 고먼? 아닙니다. 잠시 어디선가 들어 본 이름이라는 생각이 들어서요."

이거턴은 잠시 이마를 찌푸렸다.

"물론 아주 흔한 이름입니다. 어쨌든 그 남자가 블레이크 양의 목숨을 살렸습니다."

"정확히 무슨 일로 저를 찾아오신 겁니까, 경감님?"

"작은 정보를 얻기 위해서입니다. 아시다시피 저희는 공격을 받은 피해자에 대해 가능한 모든 정보를 모아야 하니까요."

"그럼요, 그럼요. 하지만 저는 엘비라가 어릴 때 두 번 보았을 뿐입니다."

"일주일 전쯤 블레이크 양이 이곳에 찾아왔죠, 아닙니까?"

"네, 맞습니다. 정확히 뭘 알고 싶으신 겁니까? 그 아이의 성격이나 친구 관계, 남자 친구, 연인과의 다툼 같은 거라면 여자들에게 물어보는 게 나을 겁니다. 그 아이를 이탈리아에서 데려온 카펜터 부인도 있고, 지금 그 아이와 함께 사는 멜퍼드 부인도 있으니까요."

"멜퍼드 부인은 이미 만나 봤습니다."

"아."

"얻은 게 아무것도 없었습니다. 단 한 가지도요. 그리고 저는 그 아가씨의 성격을 알고 싶은 게 아닙니다……. 어쨌든 그 아가씨를 직접 만나 보았고 그 아가씨가 해 줄 수 있는 이야기는……. 아니 그 아가씨가 하고 싶어 하는 이야기는 다 들었으니까요……."

그 순간 경감은 이거턴의 눈썹이 재빨리 움직이는 것을 보았고, 그가 '하고 싶어 하는'이라는 말의 의미를 인식했다는 사실을 알아차렸다.

"저는 블레이크 양이 무언가를 걱정하고 불안해하고 두려워하고 있을 뿐 아니라 자신이 위험에 처해 있다는 것을 확신하고 있다고 들었습니다. 블레이크 양이 찾아왔을 때 변호사님께서도 그런 인상을 받으셨습니까?"

"아닙니다. 그렇게 보이지는 않았어요. 물론 흥미로운 말을 하기는 했지만요."

이거턴이 느릿느릿 대꾸했다.

"이를테면요?"

"뭐, 그 아이는 자신이 갑자기 죽을 경우 유산을 누가 받게 되는지 알고 싶어 했습니다."

"아. 그렇다면 블레이크 양은 자신이 그렇게 될 수도 있다고 생각한 거로군요? 갑자기 죽을 수도 있다는 생각을 하고 있었다, 흥미롭군요."

"그 아이가 뭔가를 생각하고 있는 건 분명하지만, 그게 뭔지는 저도 모르겠습니다. 그리고 또 유산이 얼마나 되는지……. 그러니까 그 아이가 21살이 되었을 때 유산을 얼마나 받게 되는지 알고 싶어 했습니다. 그거야 이해할 수 있는 일이죠."

"유산이 꽤 많겠죠?"

"어마어마합니다, 경감님."

"블레이크 양이 왜 그걸 궁금해했다고 생각하십니까?"

"유산 액수 말입니까?"

"네. 그리고 자신이 죽으면 누가 그 돈을 물려받게 되는지에 대해서도요."

"모르겠습니다. 전혀 모르겠어요. 그리고 결혼 이야기도 꺼냈죠……."

"남자 문제가 있다는 인상을 받으셨습니까?"

"증거는 전혀 없습니다……. 하지만…… 그럴 거라고 생각했습니다. 어딘가에 남자 친구를 숨겨 두었다는 느낌이 들더군요. 흔한 일이니까요. 러스컴은……. 그 아이의 후견인 말입니다, 그는 남자 친구에 대해서는 아무것도 모르는 눈치였습니다. 하지만 데릭 러스컴이라면 그러고도 남지요. 제가 혹시 남자 친구가 있을지도 모른다고, 그것도 적절하지 않은 남자 친구가 있을지도 모른다고 하자 크게 화를 내더군요."

"적절하지 않은 남자인 건 확실합니다."

"아, 그렇다면 누군지 아시는군요?"

"추측할 뿐입니다. 라디슬라우스 말리노프스키입니다."

"세상에! 그 자동차 경주 선수 말입니까? 잘생기고 무모한 청년이지요. 여자들은 그 남자를 숭배합니다. 그 남자가 어떻게 엘비라를 만나게 되었는지 궁금하군요. 서로 사는 세계가 다를 텐데……. 아, 그 남자가 두어 달 전 로마에 있었다고 들었습니다. 어쩌면 그곳에서 만났는지도 모르겠군요."

"충분히 가능한 일입니다. 아니면 블레이크 양이 어머니를 통해 그 남자를 만난 건 아닐까요?"

"뭐요? 베스를 통해서? 그건 있을 수 없는 일입니다."

데이비 경감이 헛기침을 했다.

"레이디 세지윅과 말리노프스키가 친밀한 사이라고 하던데요."

"아, 네 네. 저도 그 소문은 들었습니다. 사실일 수도 있고 아닐 수도 있죠. 둘이 친한 친구 사이라……. 사는 방식이 비슷하니 함께 어울릴 수 있죠. 베스가 물론 여러 연애 스캔들에 휘말리기는 했지만 결코 가벼운 여자가 아닙니다. 사람들은 그런 여자를 두고 이러쿵저러쿵 말들이 많지만, 베스의 경우는 결코 사실이 아닙니다. 어쨌든 제가 아는 한 베스와 딸은 서로 만난 적이 없습니다."

"레이디 세지윅도 그렇게 말했습니다. 변호사님께서도 동의하십니까?"

이거턴은 고개를 끄덕였다.

"블레이크 양에게 다른 가족이 있나요?"

"사실상 없습니다. 그 아이의 어머니에게 오빠 둘이 있었지만 전쟁 중에 죽었습니다. 그리고 그 아이는 코니스턴의 외동딸이었고요. 그 애가 멜퍼드 부인의 딸 밀드레드를 '사촌 언니'라고 부르기는 하지만 사실 멜퍼드 부인은 러스컴 대령의 사촌입니다. 러스컴은 그 아이를 위해 해 줄 수 있는 건 다 해주었지만 남자로서는 어려운 일이죠……."

"블레이크 양이 결혼 이야기를 꺼냈다고 하셨죠? 혹시 블레이크 양이 이미 결혼했을 가능성은……."

"아직 결혼할 나이가 아닙니다……. 그리고 먼저 후견인과 피신탁인들의 허락을 받아야 해요."

"법적으로는 그렇죠. 하지만 젊은 사람들이 어디 그렇습니까?"

"그렇죠. 정말 안타까운 일입니다. 법정에서 피보호자로 지정받으려면 복잡한 절차를 밟아야 합니다. 그것도 나름의 어려움이 있습니다."

"하지만 일단 결혼을 하면 끝이죠. 블레이크 양이 결혼했다면, 그러고 나서 갑자기 죽는다면 블레이크 양의 남편이 유산을 상속받게 되는 건가요?"

"그 아이가 결혼했다는 건 너무 터무니없는 생각인 것 같습니다. 그 아이는 누구보다 극진한 보살핌을 받아 왔어요……."

이거턴은 데이비 경감의 냉소적인 미소를 보고 말을 멈췄다.

아무리 엘비라를 애지중지 보살폈다 해도, 그녀는 사실상 해로운 남자인 라디슬라우스 말리노프스키와 사귀고 있지 않은가.

이거턴은 모호하게 말을 이었다.

"그 아이의 어머니가 남자와 도망친 건 사실이죠."

"그 아가씨 어머니는 남자와 도망쳤어요. 네……. 그분이라면 그랬을 겁니다. 하지만 블레이크 양은 다릅니다. 어떻게든 해결해 보려고 하겠지만, 다른 방식으로 해 나갈 겁니다."

"무슨 생각을……."

"저는 어떤 생각도 하고 있지 않습니다……. 아직은요."

24장

라디슬라우스 말리노프스키는 두 경관을 번갈아 쳐다보았다. 그리고 머리를 뒤로 젖히며 웃음을 터트렸다.

"이거 정말 재미있군! 꼭 부엉이처럼 엄숙한 표정을 짓고 있지 않습니까. 당신들이 나를 이리로 불러 뭔가 물어보고 싶어 하다니, 거 참 이상하군요. 나에게 불리한 증거 같은 건 없을 텐데요, 아무것도."

"어쩌면 당신이 우리 조사에 도움을 줄지도 모른다고 생각합니다, 말리노프스키 씨."

데이비 경감이 노련한 경찰답게 말했다.

"메르세데스 오토, 등록번호 FAN 2266 차량을 소유하고 계시더군요."

"내가 그런 차를 소유하면 안 될 이유라도 있습니까?"

"안 될 이유는 없습니다. 자동차 번호에 관해 조금 의심스러운 점이 있어서요. 당신 차가 M7 도로에서 발견되었는데, 그때는 다른 번호판이었습니다."

"말도 안 되는 소립니다. 다른 차였던 게 아닙니까?"

"그건 흔한 차가 아닙니다. 저희가 이미 조사해 봤습니다."

"당신들은 교통경찰 말이라면 뭐든 다 믿는 모양이군요. 이거야 원! 그 차가 어디 있었다는 겁니까?"

"경찰이 당신 차를 멈춰 세우고 면허증을 요구한 곳은 베드햄프턴에서 그리 멀지 않은 곳이었습니다. 아일랜드 우편 열차 강도 사건이 있던 날 밤이었죠."

"점점 재미있어지는군요."

라디슬라우스 말리노프스키가 말했다.

"리볼버를 가지고 계십니까?"

"물론입니다. 리볼버 1자루와 자동 권총 1자루가 있죠. 총기 면허증도 있고요."

"물론 그러시겠죠. 둘 다 아직 가지고 계십니까?"

"물론입니다."

"이미 경고했습니다, 말리노프스키 씨."

"이게 그 유명한 경찰관의 경고로군요. 진술 내용은 모두 기록되며 재판 때 불리하게 이용될 수 있다."

"꼭 그렇지는 않습니다. '이용된다'는 말은 맞지만 '불리하게'는 아닙니다. 지금의 진술을 기록하고 싶으신 건 아니겠죠?"

노인장이 부드럽게 말했다.

"네."

"변호사를 부르고 싶지도 않고요?"

"나는 변호사를 싫어합니다."

"그런 사람들도 있더군요. 자, 그 총기들은 지금 어디에 있습니까?"

"어디 있는지는 경감님이 더 잘 아실 텐데요. 소형 권총은 아까 말했듯이 등록번호 FAN 2266인 내 차 메르세데스 오토 주머니에 들어 있습니다. 리볼버는 내 아파트 서랍 속에 있고요."

"아파트 서랍 속에 있는 건 맞습니다. 하지만 다른 하나, 소형 권총은 당신 차에 없습니다."

"아니, 있습니다. 왼쪽 주머니에 있어요."

노인장이 고개를 저었다.

"한때는 있었는지도 모르죠. 하지만 지금은 아닙니다. 그렇죠, 말리노프스키 씨?"

노인장이 소형 자동 권총을 탁자 앞으로 밀었다. 라디슬라우스 말리노프스키는 몹시 놀란 듯 그 총을 집어 들었다.

"네, 이겁니다. 그렇다면 경감님이 내 차에서 가져온 겁니까?"

"아닙니다. 당신 차에서 가져온 게 아닙니다. 이 총은 당신 차에 있었던 게 아닙니다. 다른 곳에서 발견했죠."

"어디서 발견했습니까?"

"그게 발견된 곳은 폰드가였습니다. 물론 아시겠지만 폰드가는 파크 레인 근처에 있습니다. 그 길을 걸어가다가……. 혹은 뛰어가다가 떨어뜨렸겠죠."

라디슬라우스 말리노프스키가 어깨를 으쓱했다.

"나는 그런 적이 없습니다. 그곳에 흘리지 않았어요. 하루 이틀 전만 해도 내 차 안에 있었습니다. 그 총이 있는지 수시로 확인하지는 않으니까요. 그저 있겠거니 생각하죠."

"말리노프스키 씨, 이 총이 11월 26일 밤 마이클 고먼 씨를 쏜 그 총이라는 걸 아십니까?"

"마이클 고먼? 난 그 사람이 누군지 모릅니다."

"버트럼 호텔 수위였지요."

"아 네, 총에 맞았다는 사람 말이군요. 신문에서 읽었습니다. 그 사람이 내 권총에 맞았다고요? 말도 안 되는 소리!"

"말도 안 되는 소리가 아닙니다. 탄도학 전문가들이 이 총을 조사해 봤습니다. 그러한 증거가 꽤 믿을 만하다는 걸 알 만큼 총기에 대해 잘 아시겠죠?"

"지금 날 모함하려는 거로군요. 당신네 경찰들이 하는 짓이 뻔하지!"

"이 나라 경찰이 고작 그 정도가 아니라는 건 잘 알고 계실 텐데요, 말리노프스키 씨."

"내가 마이클 고먼을 쐈다는 겁니까?"

"그저 진술을 요청한 것뿐입니다. 아직은 아무런 혐의도 없습니다."

"하지만 그렇게 생각하는 거겠죠. 내가 그 괴상하게 차려입은 군인을 쐈다고. 내가 왜요? 난 그 사람에게 빚을 진 적도 없고, 어떤 원한도 없습니다."

"범인이 노린 건 젊은 숙녀였습니다. 고먼은 그 숙녀를 보호하려고 뛰어들었다가 가슴에 두 번째 총알을 맞았고요."

"젊은 숙녀?"

"당신이 아는 사람입니다. 엘비라 블레이크 양이요."

"지금 어떤 사람이 내 권총으로 엘비라를 쏘려고 했다는 말입니까?"

믿을 수 없다는 듯한 목소리였다.

"둘 사이에 의견이 맞지 않았을 수도 있죠."

"그러니까 내가 엘비라와 다투고 나서 그녀를 쐈다? 이거 미치겠군. 내가 왜 결혼할 여자를 쏜단 말입니까?"

"그것도 진술입니까? 당신이 엘비라 블레이크 양과 결혼할 예정이라는 것 말입니다."

라디슬라우스는 잠시 머뭇거렸다. 그러다 어깨를 으쓱하고 말했다.

"엘비라는 아직 어려요. 그 부분은 아직 이야기를 더 나눠 봐야 합니다."

"어쩌면 블레이크 양이 당신과 결혼을 약속했다가 마음을 바꿨겠죠. 블레이크 양은 누군가를 두려워하고 있었습니다. 그게 당신인가요, 말리노프스키 씨?"

"내가 무엇 때문에 엘비라를 죽인단 말입니까? 내가 엘비라를 사랑한다면 엘비라와 결혼하면 되고, 내가 엘비라와 결혼하고 싶지 않으면 안 하면 될 일입니다. 그것뿐입니다. 그런데 내가 왜 엘비라를 죽이려고 하겠습니까?"

"블레이크 양을 죽이려고 할 만큼 가까운 사람은 많지 않습니다."

데이비 경감은 잠시 기다렸다가 아무렇지 않게 말을 이었다.

"물론 블레이크 양의 어머니가 있기는 하죠."

"뭐라고요?"

말리노프스키가 튕겨 나가는 듯 자리에서 일어났다.

"베스요? 베스가 자기 친딸을 죽이려 했다고요? 당신 미쳤군요. 베스가 무엇 때문에 엘비라를 죽이려 하겠습니까?"

"어쩌면 블레이크 양의 최근친자로 어마어마한 유산을 상속받게 될지도 모르니까요."

"베스가요? 베스가 돈 때문에 딸을 죽이려고 했다는 말입니까? 베스는 미국인 남편한테 받은 돈만 해도 꽤 됩니다. 돈은 충분하단 말입니다."

"충분한 돈과 어마어마하게 많은 돈은 다르지요. 사람들은 어마어마하게 많은 돈을 위해 살인을 저지르고, 어머니들은 자녀들을 죽이며, 자녀들은 어머니들을 죽입니다."

"분명히 말하지만, 당신 제정신이 아니야."

"말리노프스키 씨 당신은 방금 블레이크 양과 결혼하게 될지도 모른다고 말씀하셨습니다. 혹시 벌써 결혼하신 건 아닙니까? 그렇다면 당신이 막대한 유산을 상속받게 되겠군요."

"도대체 무슨 말도 안 되는 헛소리를 하는 겁니까. 아니요, 난 엘비라와 결혼하지 않았습니다. 엘비라는 예쁜 아가씨죠. 난 그녀를 좋아하고 그녀는 나를 사랑합니다. 네, 그건 인정하죠. 우리는 이탈리아에서 만났습니다. 서로 즐겼고요. 하지만 그게 전부입니다. 그 이상은 아니란 말입니다, 알아듣겠습니까?"

"정말입니까? 잠시만요, 말리노프스키 씨, 당신은 방금 블레이크 양을 두고 당신과 결혼할 아가씨라고 말씀하셨습니다."

"아, 그거."

"네……. 그건 사실입니까?"

"그렇게 말한 건…… 그 편이 더 점잖게 들릴 것 같아서입니다. 당신은……. 아니 이 나라 사람들은 워낙에 점잔 빼는 걸 좋아하니까요."

"그건 해명이라고 보기 어렵겠는데요."

"당신은 아무것도 모릅니다. 엘비라의 어머니와 난……. 우리는 연인 사이입니다. 그렇게 말하고 싶지 않아서 대신 그 딸과 결혼을 약속한 사이라고 한 겁니다. 그게 더 영국적이고 그럴듯하게 들릴 테니까요."

"훨씬 더 억지스럽게 들리는군요. 당신은 지금 돈이 궁한 상태입니다, 말리노프스키 씨. 그렇지 않습니까?"

"친애하는 경감님, 난 언제나 돈이 궁하답니다. 참으로 슬픈 일이죠."

"그리고 제가 알기로 몇 달 전에는 돈을 물 쓰듯 마음껏 쓰고 다니셨다죠."

"아, 그때는 돈을 좀 땄거든요. 도박을 좀 합니다. 그건 인정합니다."

"그럼 말이 되는 것도 같군요. 어디서 돈을 따신 겁니까?"

"그건 말할 수 없습니다. 기대하지 마십시오."

"기대하지 않습니다."

"질문 다 하셨습니까?"

"지금으로서는 그렇습니다. 그 권총이 당신 것이라고 확인해 주셨으니까요. 많은 도움이 될 겁니다."

"난 이해할 수 없습니다. 납득할 수 없어요······."

말리노프스키가 갑자기 말을 멈추고 손을 뻗었다.

"그거 이리 주십시오."

"안타깝게도 지금으로서는 저희가 보관해야 하니 영수증을 써 드리죠."

경감은 영수증을 써서 말리노프스키에게 건넸다.

말리노프스키는 문을 쾅 닫고 나가 버렸다.

"성질이 불 같은 친구로군."

노인장이 말했다.

"다른 번호판과 베드햄프턴 문제로는 압박하지 않으시던데요?"

"그래, 단지 겁을 좀 주려고 한 거니까. 하지만 지나치게 겁을 주고 싶지는 않았지. 한 번에 한 가지씩만 던져 줄 거야. 한 번에 한 가지씩만."

"국장님이 끝나는 대로 보자고 하십니다."

데이비 경감은 고개를 끄덕이고 로널드 경의 사무실로 향했다.

"노인장, 진척이 있나?"

"네, 순조롭게 진행되고 있습니다. 꽤 많은 물고기가 그물에 걸려들었습니다. 대부분 피라미들이지만 곧 큰 녀석들이 걸릴 겁니다. 열차 안에 있던 모두가……."

"잘했네, 프레드."

25장

패딩턴 역에서 내린 마플 양은 승강장에서 그녀를 기다리며 서 있던 건장한 모습의 데이비 경감을 발견했다.
"와 주셔서 정말 감사합니다, 마플 양."
그는 마플 양의 팔을 부축해 개찰구를 지나 차가 대기하고 있는 곳으로 안내했다. 운전사가 문을 열어 주자 마플 양이 차에 탔고, 경감이 그 뒤를 따라 탄 후 차는 출발했다.
"나를 어디로 데려가시는 거예요, 데이비 경감님?"
"버트럼 호텔입니다."
"세상에, 또 버트럼 호텔이군요. 왜죠?"
"공식적인 답변을 하자면, 경찰 측에서 마플 양이 조사에 도움을 줄 수 있을 거라고 생각했기 때문입니다."
"많이 들어 본 말이지만 좀 불길하게 들리는데요? 그건 보통 경찰이 사람을 체포할 때 하는 말이잖아요, 안 그런가요?"

"마플 양을 체포할 일은 없습니다. 알리바이가 있으니까요."

노인장이 미소 지었다.

마플 양은 아무 말 없이 그 말을 곱씹어 보고 말했다.

"그렇군요."

두 사람은 아무 말 없이 버트럼 호텔로 향했다. 그들이 호텔로 들어서자 프런트에 있던 고린지 양이 고개를 들고 바라보았다. 하지만 데이비 경감은 마플 양을 엘리베이터로 안내했다.

"2층이요."

엘리베이터가 올라가더니 멈췄고, 노인장은 복도를 따라 걸어갔다.

그가 18호실 방문을 열자 마플 양이 말했다.

"여기는 지난번 내가 묵었던 방이네요."

"네."

마플 양은 안락의자에 앉았다.

"정말 아늑한 방이에요."

그녀는 작게 한숨을 쉬고 주위를 둘러보더니 한마디했다.

"이 호텔은 안락한 게 어떤 건지 제대로 알고 있죠."

노인장이 고개를 끄덕였다.

"피곤해 보이시네요, 경감님."

마플 양이 느닷없는 말을 건넸다.

"그동안 여기저기 돌아다니느라 조금 바빴습니다. 사실은 아일랜드에 다녀오는 길입니다."

"그렇군요. 볼리가울런에요?"

"세상에 도대체 볼리가울런을 어떻게 아시는 겁니까? 죄송합니다. 실례했습니다."

마플 양은 이해한다는 듯 미소 지었다.

"마이클 고먼이 마플 양께 고향에 대해 말했습니까? 그런 건가요?"

"아니, 그렇지는 않아요."

"그렇다면 어떻게……. 양해해 주십시오. 어떻게 아신 겁니까?"

"오, 이런. 이거 정말 창피하네요. 그저 우연히 엿들은 거예요."

"아, 그렇군요."

"몰래 엿들은 건 아니에요. 공공장소였으니까요. 엄밀히 말하면 공공장소죠. 솔직히 말해 나는 사람들 이야기 듣는 걸 좋아해요. 다들 그렇잖아요. 특히 나이가 들고 여기저기 돌아다니기 힘들 때는 말이에요. 그러니까 누군가 가까이에서 떠들어 대면 자연스럽게 듣게 되죠."

"제가 보기에는 지극히 당연한 일인 것 같습니다."

"어느 정도는 그래요. 사람들이 목소리를 낮추지 않는다는 건 남이 엿들으리라는 것을 알면서도 그러는 거겠죠. 물론 생각지도 않게 그런 일이 생길 수도 있지만요. 공공장소이기는 하지만 다른 사람이 없는 줄 알고 이야기하는 것처럼요. 그럴 때는 어떻게 할지 결단을 내려야 해요. 자리에서 일어나 헛기침을 하거나, 아니면 조용히 기다리면서 상대방이 알아차리지 못하기를 바라는 거예요. 어느 쪽이든 참 민망하죠."

데이비 경감이 손목시계를 흘끗 바라보고 말했다.

"더 듣고 싶지만 곧 페니파더 참사회원이 도착하실 겁니다. 제가 가서 모시고 와야 하거든요. 괜찮으시겠습니까?"

마플 양이 괜찮다고 대답했다. 데이비 경감은 방을 나섰다.

페니파더 참사회원은 흔들문을 지나 버트럼 호텔로 들어섰다. 그는 인상을 조금 찌푸리며 왜 오늘따라 버트럼 호텔이 달라 보이는지 의아하게 생각했다. 페인트칠을 새로 했거나 수리를 한 것일까? 그는 고개를 저었다. 그건 아니었지만 뭔가 달랐다. 파란 눈에 검은 머리를 가진 180센티미터의 수위가, 굽은 어깨에 검버섯이 핀 얼굴, 덥수룩한 머리가 모자 아래로 삐져나온 173센티미터의 수위로 바뀌었기 때문이라는 생각은 하지 못했다. 그저 무언가 달라졌다고 느낄 뿐이었다. 언제나 그렇듯 페니파더 참사회원은 멍하니 프런트로 다가갔다. 프런트를 맡고 있던 고린지 양이 그를 맞이했다.

"페니파더 참사회원님. 이렇게 반가울 수가……. 짐을 가지러 오신 거예요? 저희가 다 준비해 놨어요. 어느 주소만 말씀해 주시면 돼요."

"감사합니다. 정말 감사합니다. 언제나 친절하시군요, 고린지 양. 하지만 어쨌든 오늘 런던에 올 일이 있어서 겸사겸사 가져갈 참이었어요."

"정말 걱정 많이 했어요. 갑자기 사라지셔서요. 아무도 못 찾았으니……. 교통사고를 당하셨다면서요?"

"네. 요즘 사람들은 차를 너무 빨리 몰아서요. 참 위험하죠. 솔직히 아직도 기억은 안 나요, 머리를 다쳐서. 의사가 뇌진탕이라고 하더군요. 뭐, 사람이 나이를 먹으면 기억력이…….”

페니파더 참사회원이 슬픈 표정으로 고개를 저었다.

"그나저나 잘 지내셨나요, 고린지 양?"

"저는 아주 잘 지냈어요.”

그 순간 페니파더 참사회원은 고린지 양 또한 어딘가 달라졌다는 생각을 했다. 그는 고린지 양을 유심히 들여다보며 무엇이 달라졌는지 알아내려고 했다. 머리? 그건 평소와 똑같았다. 부젓가락을 좀 더 많이 사용했는지도 모른다. 검은색 원피스, 커다란 로켓, 카메오 브로치, 모두 평소와 다름없었다. 하지만 무언가 달랐다. 살이 좀 빠진 건가? 아니면 혹시……. 그래, 그거였다. 그녀는 걱정스러운 표정을 짓고 있었다. 페니파더 참사회원은 다른 사람들의 얼굴에 떠오른 표정을 잘 알아차리지 못하는 사람이었다. 따라서 사람들이 걱정스러운 표정을 하고 있는지 어쩐지 알아차리는 일도 드물었다. 하지만 고린지 양이 몇 년 동안 변함없이 늘 같은 표정으로 손님들을 대했기 때문인지 오늘 그런 생각이 든 것이다.

"어디 아픈 거 아닌가요? 좀 마른 것 같군요.”

참사회원이 걱정스러운 듯 물었다.

"그동안 걱정거리가 아주 많았답니다, 페니파더 참사회원님.”

"그랬군요. 안타깝네요. 내가 실종되었던 일 때문은 아니었으면 좋겠군요."

"오, 아니에요. 물론 그 일로 걱정은 했지만, 페니파더 참사회원님께서 무사하다는 소식을 듣자마자······."

그녀는 잠시 말을 멈췄다가 다시 이었다.

"아니에요. 아니에요······. 그게······ 그러니까 어쩌면 신문을 못 보셨을지도 모르겠네요. 저희 호텔 수위였던 고먼이 죽었답니다."

"아, 네. 이제 기억이 나는군요. 신문에 실린 기사를 봤어요. 이곳에서 살인 사건이 일어났다고."

그가 살인이라는 말을 툭 내뱉자 고린지 양이 몸을 떨었다. 그 떨림이 그녀가 입은 검은색 원피스로 퍼져 나갔다.

"끔찍해요. 버트럼 호텔에서 그런 일이 일어나다니. 저희 호텔은 살인 사건이 일어날 만한 곳이 아니잖아요."

"네 네, 그렇고말고요. 지당한 말씀입니다. 그런 일이 이곳에서 일어나리라고는 상상도 못 했답니다."

페니파더 참사회원이 재빨리 맞장구를 쳤다.

"물론 호텔 안에서 일어난 건 아니에요. 바깥 길거리에서 일어났어요."

고린지 양은 그 사실이 조금 위안이 되는 듯 기운을 내서 말했다.

"결국 이 호텔과는 아무 상관이 없군요."

참사회원이 한마디 거들었지만 하지 않는 게 차라리 나았다.

"하지만 버트럼 호텔에도 영향이 있었답니다. 총에 맞은 사람이 저희 호텔 수위라 경찰들이 이곳에 와서 탐문 조사도 했고요."

"그럼 저 출입문 밖에 있는 양반은 새로 온 사람이군요. 어딘지 좀 이상하다고 생각했어요."

"네, 제대로 뽑은 건지 모르겠어요. 여기서 일할 만한 그런 사람이 아니잖아요. 하지만 빨리 사람을 구해야 해서."

"이제 다 기억나는군요."

페니파더 참사회원은 희미한 기억을 떠올려 일주일 전 신문에서 읽은 내용을 조합했다.

"하지만 총에 맞은 건 아가씨인 줄 알았는데요."

"레이디 세지윅의 따님 말씀이세요? 페니파더 참사회원님께서도 이곳에서 그 아가씨가 후견인인 러스컴 대령님과 함께 있는 걸 보셨을 거예요. 안개 속에서 누군가 그 아가씨를 공격했어요. 아마 가방을 낚아채려고 했겠죠? 어쨌든 그 아가씨에게 총을 쐈고 그 다음에는 고먼에게 총을 쐈어요. 고먼이 전직 군인인 데다 굉장히 침착한 사람이라 곧바로 달려가 그 아가씨를 보호하려다 총에 맞은 거예요, 불쌍한 양반."

"정말 안타깝군요, 정말 안타까워요."

참사회원이 고개를 절레절레 흔들며 대꾸했다.

"덕분에 상황이 몹시 힘들어졌어요. 경찰이 끊임없이 들락거리거든요. 당연한 일이기는 하지만 저희 입장에서는 불편하죠. 물론 데이비 경감님과 위델 경사님은 아주 훌륭한 분들이시지만요. 평범한 복장에 스타일도 아주 좋으시고, 영화에서처럼 부츠에 방수 외투를 입거나 하지는 않아요. 우리와 거의 비슷해요."

고린지 양이 투덜거렸다.

"아……. 네."

"병원에 다니세요?"

"아닙니다. 아주 착한 사람들, 선한 사마리아인들이 나를 자신들 집으로 데려갔어요. 농원을 꾸리고 있는 모양이었어요. 그 집 부인이 건강을 되찾을 수 있도록 간호해 주었답니다. 정말 고마운 일이죠, 고마운 일이에요. 아직도 이 세상에 그런 인정이 남아 있다는 게 참 기분 좋은 일이에요. 그렇게 생각하지 않으세요?"

고린지 양은 아주 기분 좋은 일이라고 생각한다고 대답했다.

"요즘 신문을 보면 범죄 사건이 계속 늘고 있더라고요. 은행과 열차를 터는가 하면, 사람들을 해치는 끔찍한 젊은이들이 왜 그리 많은지."

고린지 양이 이렇게 덧붙이고는 눈을 치켜뜨며 말했다.

"저기 데이비 경감님이 계단을 내려오고 계시네요. 페니파더 참사회원님과 이야기를 나누고 싶으신 모양인데요."

"무슨 일인지 통 모르겠네요."

페니파더 참사회원은 당황하며 말했다.

"우리 집에도 찾아왔었거든요. 채드민스터에 있는 내 집으로요. 내가 별 도움이 못 되어 많이 실망한 것 같은데."

"그러셨어요?"

참사회원이 애처롭게 고개를 저었다.

"기억이 나지 않더라고요. 사고가 일어난 곳이 베드햄프턴이라는 곳 근처였다는데 난 정말이지 내가 그곳에서 뭘 하고 있었는지 기억나지 않아요. 경감님은 무슨 일로 그곳에 갔냐고 계속 물었지만 대답할 수가 없었어요. 정말 이상한 일이죠? 경감님은 내가 근처 기차역에서 사제관까지 차를 몰고 갔다고 생각하는 모양이에요."

"충분히 그랬을 수도 있을 것 같은데요."

"그랬을 리 없어요. 내가 왜 알지도 못하는 동네에서 차를 몰고 다녔겠어요?"

데이비 경감이 그에게 다가왔다.

"여기 계셨군요, 페니파더 참사회원님. 몸은 좀 괜찮으십니까?"

"아직 두통이 좀 있지만 괜찮습니다. 너무 애쓰지 말라고 하더군요. 하지만 아직도 기억해야 할 일들이 기억나지 않는 데다, 의사 선생 말이 기억이 아예 돌아오지 않을 수도 있다더군요."

"이런, 그래도 희망을 버리시면 안 됩니다."

그는 참사회원을 프런트에서 멀찍이 이끌고 말했다.

"한 가지 작은 실험을 해 주셨으면 합니다. 저를 도와주실 수 있으시겠죠?"

데이비 경감이 18호실 문을 열었을 때 마플 양은 여전히 창가 안락의자에 앉아 있었다.

"오늘은 길거리에 사람들이 아주 많네요. 평소보다 더 많아요."

"네, 이 길은 버클리 광장과 셰퍼드 마켓으로 이어지니까요."

"행인뿐만이 아니에요. 일하는 사람들이 많군요. 도로 수리에 공중전화 수리 차량, 정육점 손수레, 자가용 두어 대……."

"그리고 그것으로부터 어떤 추론을 이끌어 내셨는지……. 여쭤봐도 될까요?"

"무언가를 추론했다는 말은 하지 않았어요."

노인장은 잠시 그녀를 바라보더니 말했다.

"저를 좀 도와주셨으면 합니다."

"물론이에요. 그래서 내가 여기 온 거잖아요. 뭘 도와 드리면 좋을까요?"

"마플 양께서 11월 19일 밤에 했던 것과 똑같이 해 주셨으면 합니다. 마플 양께서는 주무시고 계셨고……. 잠에서 깼습니다……. 어쩌면 이상한 소음 때문에요. 마플 양께서는 불을 켰고 시간을 확인한 뒤 침대에서 빠져나와 방문을 열고 밖을 내다보았죠. 이 행동을 다시 한번 해 주시겠습니까?"

"물론이에요."

마플 양은 자리에서 일어나 침대로 다가갔다.

"잠시만요."

데이비 경감은 밖으로 나가 바로 옆방 벽을 두드렸다.

"더 크게 두드려야 할 거예요. 아주 튼튼한 건물이니까."

마플 양이 말했다.

경감은 주먹에 힘을 두 배로 실어 다시 두드렸다. 그리고 손목시계를 보며 말했다.

"페니파더 참사회원께 열까지 세라고 했습니다."

"자, 이제 시작하세요."

마플 양은 전기 램프를 살짝 건드리고 상상의 시계를 바라본 다음, 침대에서 일어나 방문 앞으로 걸어가 문을 열고 밖을 내다보았다. 그녀의 오른편에서 막 방을 나와 계단을 올라가는 사람은 페니파더 참사회원이었다. 계단 맨 위에 다다른 그는 다시 내려왔다. 마플 양은 숨을 짧게 들이마시고 뒤돌아섰다.

"어떠십니까?"

데이비 경감이 마플 양에게 물었다.

"그날 밤 내가 본 남자는 페니파더 참사회원이 아니에요. 저분이 페니파더 참사회원이 아니라면 얘기가 다르지만."

"하지만 마플 양께서는……."

"알아요. 그 남자는 분명 페니파더 참사회원과 꼭 닮았어요. 머리카락이며 옷이며 모든 것이요. 하지만 저렇게 걷지 않았어요. 내 생각에는…… 더 젊은 남자였던 것 같아요. 잘못 말해서 미안해요, 정말 미안해요. 하지만 그날 밤 본 그 남자는 페니파더 참사회원이 아니에요. 그건 확실해요."

"정말 확실한 겁니까, 마플 양?"

그녀는 다시 한번 말했다.

"네. 잘못 말해서 미안해요."

"마플 양의 말은 거의 맞습니다. 페니파더 참사회원은 그날 밤 호텔로 다시 돌아오셨죠. 그분이 들어오는 걸 아무도 못 봤지만요. 하지만 그건 놀랄 일이 아니었죠. 자정이 지나서 들어오셨으니까요.

그분은 계단을 올라와 방문을 열고 안으로 들어갔습니다. 그 후에 그분이 무엇을 보았는지, 무슨 일을 당했는지는 모릅니다. 본인이 기억 못 하거나, 아니면 기억하더라도 말을 하지 않았기 때문이죠. 그분의 기억을 되살릴 방법만 있다면······."

"그 독일어 단어 있잖아요."

마플 양이 곰곰이 생각하며 말했다.

"어떤 것 말씀이십니까?"

"이런, 생각이 안 나네요. 하지만······."

그때 문 두드리는 소리가 났다.

"들어가도 될까요?"

페니파더 참사회원이 들어왔다.

"만족하셨습니까?"

"아주 만족스러웠습니다. 저는 마플 양과 이야기를 나누고 있었습니다······. 마플 양 아시죠?"

노인장이 말했다.

"오, 그럼요."

페니파더 참사회원은 알 수 없다는 표정으로 대꾸했다.

"저는 마플 양께 그날 밤 페니파더 참사회원님의 행적에 대해 말씀 드리고 있었습니다. 페니파더 참사회원님은 그날 밤 자정이 지나 호텔로 돌아오셨습니다. 계단을 올라가 방문을 열고 안으로 들어가셨죠······."

노인장이 말을 멈췄다.

그때 마플 양이 외쳤다.

"기억났어요. '도플갱어'예요."

페니파더 참사회원이 탄성을 질렀다.

"그래, 그거야. 내가 어쩌다 그걸 잊어버렸지? 맞아요, 맞아. 나는 그「예리코 성벽」이라는 영화를 본 다음 이 호텔로 돌아와 계단을 올라갔고 내 방문을 열었는데……. 놀랍게도 맞은편 의자에 내가 앉아 있지 뭡니까. 친애하는 숙녀분께서 말씀하신 대로 도플갱어였어요. 놀라운 일이죠. 그다음에는……. 어디 보자……."

참사회원은 미간을 찡그리며 생각해 내려고 애썼다.

"그다음에……. 루체른에 갔을 거라고 생각한 페니파더 참사회원님이 나타나자 기겁을 한 누군가가 머리를 내려친 겁니다."

노인장이 말했다.

26장

페니파더 참사회원은 택시를 타고 대영 박물관으로 갔다. 마플 양은 경감의 부탁으로 라운지에 편안히 앉아 있었다. 경감은 마플 양에게 10분 정도만 기다려 달라고 부탁했다. 마플 양은 흔쾌히 승낙했다. 편안히 앉아 주위를 둘러보며 생각할 수 있게 되어 오히려 기뻤다.

버트럼 호텔. 너무나도 많은 추억이 깃든 곳……. 이곳은 과거와 현재가 뒤섞여 있었다. 프랑스어 문장이 하나 떠올랐다. '플뤼 사 상주, 플뤼 세 라 멤므 쇼즈(변화하면 할수록 같아진다).' 그녀는 이 말의 순서를 바꿔 보았다. '플뤼 세 라 멤므 쇼즈, 플뤼 사 상주(같아지면 같아질수록 변화한다).' 마플 양은 둘 다 맞는 말이라고 생각했다.

그녀는 버트럼 호텔과 그녀 자신이 슬프게 느껴졌다. 그녀는 데이비 경감이 다음에는 뭘 원할지 궁금했다. 그에게선 결의에 찬 홍

분이 느껴졌다. 그동안 계획했던 것이 마침내 결실을 맺게 된 것이다. 오늘은 데이비 경감의 디데이였다.

버트럼 호텔의 하루는 여느 때와 다름없이 흘러갔다. 하지만 마플 양은 전과 같지 않다고 생각했다. 정확히 어디가 어떻게 다른지 집어낼 수는 없었지만 분명 뭔가 달랐다. 수면 아래에 숨어 있는 불안감 때문일까?

"준비되셨습니까?"

데이비 경감이 쾌활하게 물었다.

"이젠 나를 어디로 데려갈 작정이세요?"

"레이디 세지윅을 만날 겁니다."

"이곳에 머물고 있나요?"

"네, 따님과 함께요."

자리에서 일어선 마플 양은 주위를 흘끗 돌아보고 중얼거렸다.

"불쌍한 버트럼 호텔."

"무슨 말씀이십니까. 불쌍한 버트럼 호텔이라니요?"

"무슨 말인지 경감님도 잘 아실 텐데요."

"네, 마플 양의 관점에서 보면 알 것도 같습니다."

"예술 작품이 파괴될 때면 언제나 슬프게 마련이죠."

"이곳이 예술 작품이라고 생각하십니까?"

"물론이에요. 경감님도 그렇게 생각하시잖아요."

"무슨 말씀이신지 알겠습니다."

노인장도 인정했다.

"화단에 잡초가 자랐을 때와 같아요. 화단을 죄 뒤집는 수밖에 다른 도리가 없어요."

"저는 정원에 대해서는 잘 모르지만, 썩은 뿌리에 비유한다면 저도 같은 생각입니다."

데이비 경감과 마플 양은 엘리베이터를 타고 위층으로 올라가 복도를 따라 레이디 세지윅과 그녀의 딸이 묵고 있는 스위트룸으로 갔다.

데이비 경감이 문을 두드리자 "들어와요."라는 목소리가 들렸다. 그는 먼저 앞장서 방으로 들어섰다.

베스 세지윅은 창가에 놓인 등받이가 높은 의자에 앉아 있었다. 무릎 위에 책을 올려놓고 있었지만 읽고 있지는 않았다.

"또 당신이군요, 경감님."

그녀는 뒤따라 들어오는 마플 양을 보고 조금 놀란 표정을 지었다.

"이분은 마플 양이십니다."

데이비 경감이 소개했다.

"마플 양, 레이디 세지윅입니다."

"전에 만난 적이 있어요. 레이디 셀리나 헤이지와 함께 계셨던 분이시죠? 어서 앉으세요."

베스 세지윅은 이렇게 말하고는 이내 고개를 돌려 데이비 경감을 바라보았다.

"엘비라를 쏜 남자에 대해 새로운 소식이라도 있나요?"

"새로운 소식이라고 할 만한 건 없습니다."

"과연 앞으로도 그런 게 있을지 의문이네요. 그런 안개 속에서는 강도들이 혼자 걷고 있는 여자들을 찾아 배회하게 마련이죠."

"어느 정도는 맞는 말씀입니다. 따님은 어떠십니까?"

"오, 엘비라는 이제 괜찮아요."

"따님을 이리로 데려오신 겁니까?"

"네, 러스컴 대령……. 그 아이의 후견인에게 전화를 걸었죠. 내가 맡겠다고 하니까 기뻐하더군요."

레이디 세지윅이 갑자기 웃음을 터뜨렸다.

"착해 빠진 양반. 그 사람은 언제나 우리 모녀가 상봉하기를 바랐죠."

"어쩌면 그분 생각이 옳을지도 모릅니다."

"오, 아니에요, 그렇지 않아요. 그저 지금으로서는 이게 최선일지도 모른다고 생각했을 뿐이에요."

그녀는 고개를 돌려 창밖을 바라보더니 다른 어조로 말했다.

"내 친구 라디슬라우스 말리노프스키를 체포하셨다고 들었어요. 무슨 죄목이죠?"

"체포하지는 않았습니다. 그저 저희의 조사를 도운 것뿐입니다."

데이비 경감이 그녀의 말을 정정해 주었다.

"그 친구에게 내 변호사를 보냈어요. 그를 도울 거예요."

"정말 현명하시군요. 경찰과 조금이라도 문제가 있다면 변호사를 선임하는 게 현명하죠. 그렇지 않으면 말실수를 할 가능성이 높으니까요."

노인장이 찬성한다는 뜻으로 말했다.

"무죄라도요?"

"그럴 경우 더더욱 필요할지도 모릅니다."

"아주 냉소적인 분이시군요, 그렇죠? 무슨 일로 그 친구를 의심하고 있는지 물어봐도 될까요? 물어보면 안 되나요?"

"먼저 우리는 마이클 고먼이 죽은 날 밤 그의 행적에 대해 정확히 알고 싶습니다."

의자에 앉아 있던 베스 세지윅이 민첩하게 몸을 일으켰다.

"라디슬라우스가 엘비라에게 총을 쐈다는 말도 안 되는 생각을 하시는 거예요? 둘은 서로 알지도 못한다고요."

"그럴 가능성이 충분히 있습니다. 당시 그의 차가 호텔 모퉁이에 세워져 있었으니까요."

"말도 안 되는 소리예요."

레이디 세지윅이 거칠게 내뱉었다.

"지난밤 총격 사건으로 충격이 크셨겠죠, 레이디 세지윅?"

그녀는 조금 놀란 듯했다.

"내 딸이 하마터면 죽을 뻔했는데 당연히 많이 놀랐죠. 대체 왜 그런 걸 물어보시죠?"

"그런 뜻이 아닙니다. 마이클 고먼의 죽음으로 큰 충격을 받지 않았느냐 하는 말이었습니다."

"그것도 정말 유감이에요. 용감한 사람이었는데."

"그뿐인가요?"

"내가 무슨 말을 더 하기를 바라시죠?"

"아는 사람이시죠?"

"물론이에요. 이곳 직원이잖아요."

"그보다 좀 더 잘 아시지 않습니까, 아닌가요?"

"무슨 뜻이죠?"

"자 자, 레이디 세지윅. 그분은 당신 남편 아니었습니까?"

그녀는 잠시 아무 말도 하지 않았다. 그러나 동요하거나 놀란 기색도 보이지 않았다.

"많은 걸 알고 계시는군요, 경감님?"

그녀는 한숨을 쉬고 의자에 몸을 기댔다.

"그 사람을 못 본 지가…… 어디 보자……. 한참 됐어요. 20년……. 20년도 더 됐죠. 그러다 어느 날 창밖을 내다보는데, 미키가 보이지 뭐예요."

"그 사람도 레이디 세지윅을 알아봤고요?"

"우리가 서로를 알아봤다는 게 정말 놀라울 정도예요. 우리가 함께했던 시간은 고작 일주일 남짓이었으니까요. 그러다 내 가족이 우리를 찾아냈고 미키에게 돈을 줘 쫓아낸 다음 나를 집으로 데려갔죠."

베스 세지윅이 한숨을 쉬었다.

"그와 도망쳤을 때 난 너무 어렸어요. 아는 거라고는 하나도 없었죠. 그저 낭만적인 감상에 빠진 어리석은 여자 아이였어요. 그 사람은 내 마음속의 영웅이었어요. 그가 말을 타는 모습에 반했죠. 그는 두려움이라는 걸 몰랐어요. 잘생긴 데다 아일랜드 남자답게 말주변이 뛰어나고 재치가 넘쳤어요. 그 남자와 함께 도망칠 생각을 한 건 나였던 것 같아요. 그 남자도 그런 생각을 했는지는 모르겠어요. 하지만 난 거칠고 고집이 센 데다 미친 듯이 그를 사랑했어요."

그녀는 고개를 저었다.

"오래가지는 못했죠. 첫날 하루만으로도 환상을 깨기에 충분했어요. 그 남자는 술꾼에 상스럽고 난폭했어요. 내 가족이 나타나 나를 데려갔을 땐, 고마운 마음이 들 정도였으니까. 난 다시는 그 사람을 만나고 싶지도, 소식을 듣고 싶지도 않았어요."

"가족들도 레이디 세지윅께서 그 사람과 결혼한 사실을 알고 있었습니까?"

"아니요."

"말하지 않은 겁니까?"

"내가 결혼했다고 생각하지 않았으니까요."

"왜 그렇게 생각하셨죠?"

"우리는 볼리가울런에서 결혼식을 올렸지만, 내 가족이 나타나자 미키가 내게 다가와 결혼식은 거짓이었다고 말했어요. 자기 친구들과 짜고 사기를 쳤다는 거예요. 그때는 그러고도 남을 사람이라고 생각했어요. 그 남자가 돈을 원했는지, 아니면 미성년자인 나와 결혼함으로써 법을 어기는 게 두려웠는지는 모르겠어요. 어쨌든 난 단 한순간도 그 남자 말이 거짓이라고 생각하지 않았어요. 그때까지는요."

"나중에는 어땠나요?"

그녀는 생각에 잠긴 듯했다.

"그게……. 오, 꽤 시간이 지난 뒤였어요. 인생과 법률에 대해 좀 더 알게 되었을 때 갑자기 내가 어쩌면 정말로 미키 고먼과 결혼한 건지도 모른다는 생각이 들었어요."

"그렇다면 사실상 레이디 세지윅께서 코니스턴 경과 결혼할 당시 중혼죄를 저지르신 거군요."

"조니 세지윅과 결혼했을 때도, 그리고 또 미국인 남편 리지웨이 베커와 결혼했을 때도요."

그녀는 데이비 경감을 바라보며 정말 재미있다는 듯 웃음을 터트렸다.

"중혼죄를 너무나도 많이 저질렀네요. 정말 터무니없는 일이죠."

"이혼할 생각은 해 보지 않았나요?"

그녀는 어깨를 으쓱했다.

"모든 게 다 어리석은 하룻밤 꿈 같았어요. 왜 그걸 다시 들춰내야 하죠? 물론 조니에게는 말했어요."

그 이름을 말하는 순간 그녀의 목소리가 부드럽고 나긋나긋해졌다.

"그랬더니 뭐라고 하던가요?"

"그이는 신경 쓰지 않았어요. 조니나 나나 법을 꼭 지키며 사는 사람들은 아니었으니까요."

"중혼죄는 처벌이 따르는 위법 행위입니다, 레이디 세지윅."

그녀는 경감을 바라보더니 웃음을 터트렸다.

"수십 년 전 아일랜드에서 있었던 일을 누가 신경이나 쓰겠어요? 다 끝난 일이에요. 미키는 돈을 가지고 떠났다고요. 모르시겠어요? 그저 작고 어리석은 사고였을 뿐이에요. 내가 잊고 싶은 사고요. 인생에서 아무런 가치가 없는 일……. 다른 것들과 함께 한쪽 구석으로 밀쳐놨어요."

"그러던 11월 어느 날 마이클 고먼이 다시 나타나 레이디 세지윅을 협박했죠?"

노인장이 차분한 목소리로 말했다.

"말도 안 되는 소리예요. 그 사람이 나를 협박했다고 누가 그러던가요?"

노인장의 눈길이 꼿꼿한 자세로 조용히 의자에 앉아 있는 노부인에게 서서히 향했다.

"당신, 당신이 그 사람에 대해 뭘 알고 있는 거죠?"

베스 세지윅이 마플 양을 뚫어지게 바라보았다.

비난하기보다는 흥미로운 듯한 목소리였다.

"이 호텔의 안락의자는 등이 아주 높아요. 아주 편안하죠. 난 서재 벽난로 앞에 있는 안락의자에 앉아 있었어요. 어느 날 아침 외출하기 전 그곳에서 잠깐 쉬고 있었죠. 당신이 편지를 쓰러 서재로 들어왔어요. 그 방에 아무도 없는 줄 알았나 봐요. 그래서…… 그 고먼이란 남자와 이야기하는 걸 들었죠."

"들었다고요?"

"당연하죠. 안 될 게 뭐 있겠어요? 공공장소였는데. 당신이 창문을 활짝 열어젖히고 밖에 있는 남자를 불렀을 때만 해도, 두 사람이 개인적인 이야기를 나눌 거라고는 상상도 못 했어요."

베스는 잠시 그녀를 쏘아보더니 천천히 고개를 끄덕였다.

"충분히 납득할 만하네요. 네, 알겠어요. 하지만 그래도 오해한 거예요. 미키는 날 협박하지 않았어요. 그러려고 했는지는 모르겠지만……. 허튼수작하지 말고 꺼지라고 경고했죠."

그녀는 입술을 말아 올려 그녀의 얼굴을 너무나도 매력적으로 만들어 주는 환한 미소를 지었다.

"내가 쫓아 버렸어요."

"네."

마플 양이 그녀의 말에 동의했다.

"당신이 그랬을지도 모른다고 생각해요. 당신은 그 남자를 쏴 버리겠다고 협박했죠. 그리고……. 내가 이렇게 말하는 걸 너무 무례하다고 생각하지 말아 줘요, 당신은 아주 근사하게 해냈죠."

베스 세지윅이 재미있다는 듯 눈썹을 추켜올렸다.

"하지만 그 얘기를 들은 사람은 나 혼자가 아니었어요."

"맙소사! 이 호텔에 있던 사람들 모두 다 들은 거예요?"

"다른 안락의자에도 누군가 앉아 있었어요."

"그게 누구였죠?"

마플 양은 입을 다물었다. 그녀는 거의 애원하는 듯한 눈빛으로 데이비 경감을 바라보았다.

그녀의 눈은 '꼭 해야 한다면 경감님이 하세요. 난 못 해요.'라고 말하고 있었다.

"레이디 세지윅의 따님이 앉아 있었습니다."

데이비 경감이 말했다.

"오, 안 돼!"

베스 세지윅의 입에서 날카로운 비명이 새어 나왔다.

"오, 안 돼. 엘비라는 안 돼! 알겠어요……. 그래요, 알겠어요. 그 아이는 분명……."

"엘비라 양은 자신이 들은 이야기를 곰곰이 생각해 보다가 아일랜드로 가 진실을 알아내기로 한 겁니다. 그리 어려운 일도 아니었죠."

"오, 안 돼……."

베스 세지윅은 다시 한번 희미하게 중얼거리고 말했다.

"불쌍한 것……. 지금까지도 그 애는 내게 아무것도 묻지 않았어요. 그저 혼자 속앓이를 했던 거예요. 속에만 꽁꽁 묻어 두고. 그 애가 물어봤다면 모든 걸 다 말해 줬을 텐데……. 아무 일도 아니라고 말해 줬을 텐데."

"어쩌면 그 말도 순순히 믿지 않았을지 모릅니다. 이상한 일이죠."

데이비 경감은 추억에 잠겨 이야기하듯, 자신의 가축과 땅에 대해 의논하는 늙은 농부처럼 말했다.

"저는 수십 년간 시도와 실패를 거듭한 끝에 터득한 게 있습니다. 지나치게 단순한 풀이는 믿지 말라는 교훈이죠. 단순한 풀이는 진실이라고 하기에 너무 완벽한 경우가 많습니다. 지난밤 살인 사건의 풀이는 이렇습니다. 한 아가씨가 누군가 자기를 쏘았고 맞히지 못했다고 말했죠. 그리고 수위가 그녀를 구하려고 달려갔다가 두 번째 총알을 대신 맞았다고요. 그 모든 게 사실일 수도 있습니다. 그 아가씨는 그렇게 생각했을 수도 있죠. 하지만 그 이면에 좀 다른 무언가가 있을지도 모릅니다.

레이디 세지윅, 당신은 굉장히 극렬하게 라디슬라우스 말리노프스키가 따님의 목숨을 노릴 이유가 전혀 없다고 말씀하셨죠. 네, 저도 그렇게 생각합니다. 그럴 이유가 없을 겁니다. 말리노프스키라면 여자와 심하게 다툴 경우 칼을 꺼내 찔러 버릴 그런 사람입니다. 근처에 숨어서 냉정하게 기다렸다가 여자를 쏘지는 않을 겁니다. 하지만 그가 다른 누군가를 쏘려 했다면 어떨까요? 비명과 총소리……. 하지만 실제로는 마이클 고먼이 죽었습니다. 그게 본래 목적이었다고 합시다. 그렇다면 말리노프스키는 신중하게 계획을 짰을 겁니다. 안개 낀 밤을 선택해 근처에 숨어 따님이 나타날 때까지 기다립니다. 그는 미리 계획을 세워 두었기 때문에 따님이 오고 있다는 걸 알고 있습니다. 그는 총을 한 방 쏩니다. 아가씨를 맞히려는 게 아니죠. 그는 신중하게 총알이 아가씨를 비켜 가도록 조절하지만, 아가씨는 누군가 자신을 노렸다고 생각하죠. 그녀는 비명을 지릅니다. 총소리와 비명 소리를 들은 호텔 수위가 달려오고 말리노프스키는 그 남자를 향해 두 번째 총알을 발사합니다. 마이클 고먼을 향해서 말입니다."

"정말 말도 안 되는 소리예요. 도대체 무엇 때문에 라디슬라우스가 미키 고먼을 죽이겠어요?"

"협박 때문이겠죠, 아마도."

"미키가 라디슬라우스를 협박했다는 말씀이세요? 뭘로요?"

"어쩌면 버트럼 호텔 안에서 벌어지고 있는 일을 가지고 협박했는지도 모릅니다. 마이클 고먼이 그에 대해 무언가를 알아냈는지도 모르죠."

"버트럼 호텔 안에서 벌어지고 있는 일이라고요? 그게 무슨 말씀이세요?"

"훌륭한 조직이더군요. 철저한 계획에 완벽한 수행까지. 하지만 영원한 건 없는 법입니다. 마플 양께서 지난번 이곳의 무엇이 잘못되었냐고 물으셨죠. 자, 지금 대답해 드리겠습니다. 버트럼 호텔은 지난 몇 년간 악명을 떨친 최고이자 최대 범죄 조직의 본부입니다."

27장

잠시 침묵이 흐른 뒤 마플 양이 입을 열었다.
"정말 흥미롭네요."
그녀는 스스럼없이 말했다.
베스 세지윅이 그녀를 돌아보았다.
"놀라지 않은 모양이시네요, 마플 양."
"놀라지 않았어요. 정말로요. 딱 맞아떨어지지 않는 이상한 것들이 너무 많았어요. 진실이라고 하기에는 모든 게 너무 완벽했죠……. 제 말이 무슨 뜻인지 아신다면요. 연극계에서 하는 말이 있죠. 훌륭한 연기. 하지만 그건 연기였지, 실제가 아니었어요. 그리고 사람들이 친구나 아는 사람이라고 생각했다가 결국 아닌 걸로 드러나는 사소한 일들도 너무 많았고요."
"흔히 일어나는 일이죠. 하지만 너무 자주 일어났습니다. 그렇죠,

마플 양?"

데이비 경감이 말했다.

"네."

마플 양이 고개를 끄덕였다.

"셀리나 헤이지 같은 사람들은 그런 실수를 자주 하죠. 하지만 너무 많은 사람들이 그런 실수를 하더라고요. 그러니 눈에 띌 수밖에요."

"마플 양께서는 많은 것들을 보시죠."

데이비 경감은 마플 양이 마치 훌륭한 애완견이라도 되는 듯 자랑스럽게 베스 세지윅에게 말했다.

베스 세지윅은 거칠게 고개를 돌려 그를 바라보았다.

"이곳이 범죄 조직의 본부라니 그게 무슨 말씀이세요? 버트럼 호텔은 영국에서 가장 훌륭한 곳이잖아요."

"물론입니다. 그래야 하겠죠. 계획을 세우려면 많은 돈과 시간, 묘책이 필요할 테니까요. 이곳에는 진짜와 가짜가 아주 교묘하게 뒤섞여 있습니다. 뛰어난 배우이자 지배인인 헨리가 이 연극을 총괄했죠. 말주변이 좋은 험프리스라는 친구도 데려다 놨고요. 영국에서는 범죄 기록이 없지만 외국에서는 조금 기묘한 호텔 매매에 연루된 적이 있더군요. 이곳에는 다양한 역할을 하는 아주 훌륭한 성격파 배우들이 있습니다. 저도 전반적인 무대 장치에 굉장히 감탄했습니다. 덕분에 이 나라는 어마어마한 대가를 치러야 했지만요. 뭔가 잡았다 싶을 때마다, 그리고 특정 사건에 주목할 때마다 런던 경시청 수사부와 지방 경찰서에 끊임없는 두통을 안겨 주었죠. 다른 것과는 아무런 연관이 없는 사건이라는 결과가 나오곤 했습니다. 하지만 우리는 포기하지 않고 하나하나 끈기 있게 조사했습니다. 번호판을 산더미처럼 쌓아 두고 순식간에 자동차 번호판을 바꿔 달 수 있는 정비소 한 곳. 가구 트럭과 정육점 트럭, 식료품 트럭, 가짜 우편 배달차 한두 대까지 보유하고 있는 회사 한 곳. 놀라운 속도로 놀라운 거리를 달릴 수 있는 경주용 자동차를 가진 자동차 경주 선수 한 명, 그리고 정반대로 낡은 모리스 옥스퍼드를 모는 늙은 성직자 한 명. 필요할 경우 응급 처치할 공간을 마련해 주고 유용한 의사와 친분이 있는 농원업자의 시골집. 더 말할 필요 없겠죠. 끝도 없을 테니까요. 그게 이번 범죄에 가담한 사람들의 일면입니다. 또 다른 일면은 버트럼 호텔에 오는 외국 손님들이고요. 대부분 미국이나 영연방 자치령에서 오는 사람들이죠. 부유한 사람들은 아무런 의심도 받지 않고 사치스러운 짐들을 가지고 호텔에 왔다가 사치스러운 짐들을 가지고 떠납니다. 보기에는 아무 문제 없는 것 같지만 실상은 그렇지 않습니다. 프랑스에 도착한 부유한 관광객들은 세관 걱정을 하지 않습니다. 관광객들이 돈을 펑펑 쓸 수 있도록 세관에서도 그들을 성가시게 하지 않기 때문이죠. 하지만 한 여행객이 너무 자주 왔다 갔다 할 경우는 다릅니다. 꼬리가 길면 밟힌다는 말이 있죠. 사실을 쉽게 증명하거나 해결할 수는 없지만, 결국 해결되게 마련입니다. 그리고 물꼬가 트이기 시작했습니다. 이를테면 캐벗 일가⋯⋯.”

"캐벗 일가가 왜요?"

베스 세지윅이 날카롭게 물었다.

"기억하십니까? 아주 훌륭한 미국인들이죠. 정말이지 아주 훌륭합니다. 그들은 작년에 이곳에서 묵었고 올해도 다시 이곳을 찾았죠. 이곳을 세 번 찾는 일은 없을 겁니다. 휴가지로 이곳에 두 번 이상 찾아올 사람은 없을 테니까요. 네, 우리는 캐벗 일가가 칼레에 도착했을 때 체포했습니다. 그 사람들이 가지고 있던 옷 가방이 아주 물건이더군요. 30만 파운드가 넘는 돈을 깔끔하게 숨겨 두다니. 베드햄프턴 열차 강도 사건의 수익금이었죠. 물론 그건 새 발의 피였습니다.

말씀 드리지만 버트럼 호텔이 바로 이 모든 사건의 배후였습니다. 직원의 절반이 이 일에 연루되어 있죠. 일부 투숙객들도 마찬가지고요. 물론 이 일과 아무 상관 없는 손님들도 있습니다. 예를 들어 진짜 캐벗 일가는 지금 유카탄에 있습니다. 이번엔 신분 위조에 대해 러드그로브 판사를 예로 들어 볼까요? 친숙한 얼굴, 주먹코에 사마귀 하나, 분장하기가 아주 쉽죠. 페니파더 참사회원, 온화한 시골 성직자로 덥수룩하고 하얀 머리에 정신이 오락가락하기로 유명하죠. 그분의 독특한 버릇, 안경 너머로 무언가를 보는 습관……. 이런 건 훌륭한 성격파 배우라면 쉽게 따라할 수 있는 것들이죠."

"하지만 그걸 따라해서 뭣에다 쓰겠어요?"

"그걸 제게 물으시는 겁니까? 뻔하지 않습니까? 러드그로브 판사는 은행 강도 사건 현장 근처에서 목격됐습니다. 누군가 그분을 알아보고 경찰에 말했지요. 우리는 조사해 봤지만 결국 허탕을 치고 말았죠. 당시 그분은 다른 곳에 계셨습니다. 하지만 한참 후에 우리는 이것이 소위 '교묘한 실수'였다는 것을 깨달았습니다. 러드그로브 판사가 아니라 그저 닮은 사람으로 밝혀진다 해도 아무도 개의치 않을 테니까요. 그리고 사실 대역을 맡은 사람은 러드그로브 판사와 닮지도 않았습니다. 그냥 분장을 지우고 맡은 역할을 그만둬 버리죠. 이 모든 일이 우리를 커다란 혼란에 빠트렸습니다. 이런 식으로 한 번은 대법원 판사, 한 번은 부주교, 한 번은 해군 대장, 한 번은 육군 소장이 범죄 현장 부근에서 줄줄이 목격되었으니까요.

베드햄프턴 열차 강도 사건이 발생하고 약탈품이 런던에 도착하기 전까지 적어도 차량 4대가 이용되었습니다. 말리노프스키가 모는 경주용 자동차, 가짜 메탈박스사(社) 화물차, 해군 대장이 모는 구식 다임러, 덥수룩하고 하얀 머리의 늙은 성직자가 모는 모리스 옥스퍼드까지. 모든 것이 뛰어난 계획 아래 절묘하게 수행되었습니다.

그러던 어느 날 이 일당들에게 불운한 일이 하나 일어났습니다. 정신이 오락가락하는 늙은 성직자 페니파더 참사회원이 엉뚱한 날짜에 비행기를 타러 공항에 갔다가 비행기를 타지 못하고 크롬웰로로 나와 서성이다가 영화를 한 편 본 다음 자정이 넘어 다시 이곳으로 돌아와 주머니에 있던 열쇠로 방문을 열고 들어갔는데 자신과 똑같은 사람이 의자에 앉아 있는 것을 보고 화들짝 놀란 겁니다! 이 일당은 루체른에 있어야 할 진짜 페니파더 참사회원이 다시 나타날 줄은 꿈에도 생각 못했을 겁니다. 진짜가 방 안으로 들어갔을 때, 대역은 자신의 역할을 수행하기 위해 베드햄프턴으로 막 떠나려던 참이었습니다. 일당들은 어쩔 줄 몰라 당황했지만, 그중 한 명이 재빠르게 대응했죠. 아마도 험프리스였을 겁니다. 그가 늙은 성직자의 머리를 내리쳤고, 참사회원은 의식을 잃고 쓰러졌습니다. 누군가는 그 일로 화를 냈을 겁니다. 아주 크게 화를 냈을 거예요. 하지만 일당들은 노인네를 살펴보고 단지 기절했을 뿐이라고 결론 내린 다음, 나중에 처리하기로 하고 예정대로 계획을 수행했습니다. 가짜 페니파더 참사회원은 방을 나갔습니다. 호텔을 빠져나가 현장 부근까지 차를 몰고 가 릴레이로 자신의 역할을 수행했죠. 진짜 페니파더 참사회원을 어떻게 했는지는 저도 모릅니다. 그저 추측할 뿐이죠. 아마도 그분 역시 그날 밤 늦게 차로 옮겨져 열차 강도 사건 현장에서 그리 멀지 않고 의사를 부를 수 있는 농원업자의 집으로 갔을 겁니다. 그 후에 페니파더 참사회원을 현장 부근에서 목격했다는 제보가 들어오면, 모든 상황이 맞아떨어질 테니까요. 그분이 의식을 되찾고 적어도 사흘간의 일을 기억할 수 없다는 것을 확인할 때까지 일당들은 모두 노심초사했을 겁니다.”

“그분이 기억하셨다면 일당들이 그분을 살해했을까요?”

마플 양이 물었다.

“아니요. 그렇지는 않았을 겁니다. 누군가가 그런 일을 용인하지 않았을 테니까요. 이 연극을 계획한 누군가는 살인에 대해선 분명히 반대인 것 같습니다.”

“터무니없는 소리네요. 정말 터무니없는 소리예요. 라디슬라우스 말리노프스키가 그 장황한 이야기와 연관이 있다는 증거도 없잖아요."
 베스 세지윅이 말했다.
 "라디슬라우스 말리노프스키에게 불리한 증거는 수없이 많습니다. 아시겠지만 말리노프스키는 조심성이 없습니다. 오지 말아야 할 때 이곳에 와서 어슬렁거렸죠. 처음 왔을 때는 레이디 세지윅의 따님과 연락을 취하기 위해서였습니다. 서로 정해 둔 신호를 보낸 겁니다."
 노인장이 말했다.
 "말도 안 돼요. 엘비라는 말리노프스키를 모른다고 했잖아요."
 "말은 그렇게 했지만 사실이 아닙니다. 따님은 그 남자를 사랑하고 있습니다. 그 남자와 결혼하고 싶어 하죠."
 "말도 안 돼요."
 "레이디 세지윅께서는 당연히 모르고 계셨을 겁니다."
 데이비 경감이 지적했다.
 "말리노프스키는 자신의 비밀을 모두 털어놓는 사람이 아니고, 레이디 세지윅께서는 따님에 대해 전혀 모르고 계셨으니까요. 레이디 세지윅께서는 이미 모든 걸 인정하셨습니다. 버트럼 호텔에서 말리노프스키를 발견하고 화를 내지 않았습니까, 아닙니까?"
 "내가 왜 화를 내야 하죠?"
 "당신이 바로 이 연극의 주모자니까요. 당신과 헨리 말입니다. 재정적인 측면은 호프만 형제가 담당하고 있죠. 그 두 사람이 유럽의 은행과 계좌 그런 것들을 담당했지만, 이 조직의 우두머리, 조직을 운영하고 계획한 두뇌는 바로 레이디 세지윅 당신입니다."

베스는 경감을 바라보며 웃음을 터트렸다.

"그런 터무니없는 소리는 난생처음 들어 보네요."

"아닙니다. 결코 터무니없는 소리가 아닙니다. 당신은 뛰어난 두뇌와 용기, 배짱을 지니고 있습니다. 그리고 이미 많은 일을 시도해 봤습니다. 그러니 이제 범죄에 손을 담글 차례라고 생각했겠죠. 범죄에는 어마어마한 흥분과 위험이 도사리고 있으니까요. 당신의 관심을 끈 건 돈이 아니라 재미였을 겁니다. 살인이나 지나친 폭력은 용납하지 않았죠. 그동안 살인 사건이나 잔인한 폭행이 전혀 없었고, 그저 부득이할 때 기술적으로 머리를 한 대 친 것밖에 없었으니까요. 당신은 아주 흥미로운 여성입니다. 몇 안 되는 흥미롭고 위대한 범죄자 중 하나죠."

잠시 침묵이 흘렀다. 그리고 베스 세지윅이 자리에서 일어났다.

"당신은 미쳤어요."

그녀는 전화기에 손을 뻗었다.

"변호사에게 전화하시려고요? 너무 많은 말을 하기 전에 그러는 편이 좋을 겁니다."

그녀는 쾅하고 수화기를 다시 내려놓았다.

"다시 생각해 보니 변호사가 싫군요······. 좋아요, 마음대로 하세요. 네, 내가 이 연극을 연출했어요. 재미 때문이라고 말씀하신 건 정확히 짚으신 겁니다. 난 매 순간을 즐겼어요. 은행과 열차, 우체국, 소위 보안 차량에서 돈을 빼내는 건 재미있는 일이죠. 계획을 세우고 결정을 내리는 게 재미있었어요. 유쾌하고 즐겁고 그런 재미를 누릴 수 있었던 걸 다행이라고 생각해요. 꼬리가 너무 길면 밟힌다고요? 그렇게 말씀하셨죠? 맞는 말인 것 같네요. 뭐, 웬만큼 즐기기는 했죠. 하지만 라디슬라우스 말리노프스키가 마이클 고먼을 쐈다는 이야기는 틀렸어요. 그가 쏘지 않았어요. 내가 쐈죠."

그녀는 갑자기 날카롭고 흥분한 듯한 웃음을 터트렸다.

"그 남자가 무슨 짓을 했는지, 무슨 협박을 했는지는 잊어버리세요. 난 그 남자를 쏘겠다고 말했어요. 마플 양이 그 말을 들었죠. 그리고 난 그 남자를 쐈어요. 당신이 라디슬라우스가 했다고 한 것들은 사실 모두 내가 한 거예요. 나는 지하실 출입구에 숨어 있었어요. 엘비라가 걸어오자 엉뚱한 방향으로 총을 한 발 쐈고, 그 아이가 비명을 지르고 미키가 달려왔을 때 정확히 그 남자를 조준했어요. 물론 난 호텔의 모든 출입구 열쇠를 가지고 있었죠. 난 몰래 지하실 출입구로 들어가 내 방으로 올라갔어요. 그 권총이 라디슬라우스 거라는 걸 추적해 낼 거라고는……. 그를 의심할 거라고는 미처 생각하지 못했어요. 그 총은 라디슬라우스의 차에서 몰래 빼내 온 거니까요. 하지만 이제는 라디슬라우스에 대한 의심을 접으셔도 되겠네요."

그녀는 몸을 홱 돌려 마플 양을 마주 보았다.

"당신이 증인이에요. 꼭 기억해 둬요. 내가 고먼을 죽였어요."

"혹은 레이디 세지윅께서 말리노프스키를 사랑하기 때문에 그렇게 말하는 것일 수도 있죠."

데이비 경감이 한마디했다.

"아니에요. 우린 친한 친구 사이일 뿐이에요. 뭐 한때 사귀기는 했지만 그를 사랑하지는 않았어요. 내 평생 사랑한 남자는 단 한 명, 존 세지윅뿐이에요."

그녀가 날카롭게 반박했다.

그 이름을 말하는 순간 그녀의 목소리가 부드러워졌다.

"하지만 라디슬라우스는 내 친구예요. 그 사람이 자기가 저지르지도 않은 죄를 뒤집어쓰는 건 원치 않아요. 내가 마이클 고먼을 죽였어요. 난 분명 그렇게 말했고 마플 양도 내 말을 들으셨죠. 자 그럼, 친애하는 데이비 경감님……."

그녀의 목소리가 흥분한 듯 높아졌고, 그녀의 웃음소리가 울려퍼졌다.

"잡을 수 있다면 잡아 보세요."

그녀는 묵직한 전화기를 집어던져 창문을 깨트렸다. 그녀는 노인장이 자리에서 일어나기도 전에 창밖으로 나가 재빨리 좁은 난간을 따라 움직였다. 거대한 몸집의 데이비 경감은 놀라울 정도로 빠르게 다가가 다른 창문을 열어젖히고 주머니에서 호루라기를 꺼내 불었다.

잠시 후 조금 힘들게 자리에서 일어선 마플 양이 그의 곁으로 다가갔다. 둘은 함께 버트럼 호텔의 외벽을 바라보았다.

"저러다 떨어지겠어요. 배수관을 잡고 기어 올라가잖아요. 그런데 왜 위로 올라가는 거죠?"

마플 양이 소리쳤다.

"지붕 위로 가려는 겁니다. 그 방법밖에 없다는 걸 알고 있는 겁니다. 하느님 맙소사. 보세요, 고양이처럼 벽을 타는군요. 마치 벽에 붙은 파리 같아요. 저렇게 위험한 행동을 하다니!"

마플 양은 눈을 반쯤 감고 중얼거렸다.

"저러다 떨어지겠어요. 큰일 나겠어요······."

여자가 갑자기 두 사람의 시야에서 사라졌다. 노인장은 슬쩍 몸을 뒤로 뺐다.

마플 양이 말했다.

"경감님도 가셔서······."

노인장은 고개를 저었다.

"이 덩치로 제가 뭘 하겠습니까? 이런 일에 대비해 부하 직원들을 배치해 뒀습니다. 알아서 할 겁니다. 몇 분 후면 알게 되겠죠. 저 여자가 경찰 여럿을 때려눕힐 수도 있어요. 아시겠지만 천 명에 한 명 있을까 말까 한 여자니까요."

경감이 한숨을 쉬었다.

"야생마 같은 여자죠. 세대마다 그런 사람이 있게 마련입니다. 그런 사람은 결코 길들일 수도, 사회에 순응하게 만들 수도, 법률과 질서에 따라 살아가게 할 수도 없죠. 자신만의 길을 가니까요. 그런 사람들이 성자가 된다면 나환자촌에 가서 나병 환자들을 돌보거나 정글에서 순교 활동을 할 겁니다. 악당이 된다면 듣기도 싫은 극악무도한 범죄를 저지르겠죠. 그리고 때로는······. 그저 야생마처럼 날뛰고요. 저런 사람들은 다른 시대에 태어났다면, 모든 사람들이 스스로의 목숨을 지키기 위해 싸워야 하는 시대에 태어났다면 괜찮았을 겁니다. 가는 곳마다 장해물이 도사리고 주위에 온갖 위험이 널려 있으며, 그들 자신이 다른 사람들에게 위협이 되는 그런 시대 말입니다. 그런 세상이 그들에게 딱 어울릴 겁니다. 집처럼 편하겠죠. 하지만 지금 이 세상은 그렇지 않죠."

"저 여자가 어쩔 작정인지 알고 계셨어요?"

"아닙니다. 그게 저 여자가 가진 재능 중 하나죠. 예측할 수 없다는 점 말입니다. 저 여자는 어떤 일이 벌어질지 알고 있었어요. 그래서 가만히 앉아 우리를 바라보고 있었던 거예요. 계속 머리를 굴리면서……. 생각하고 계획을 세우면서요. 전……. 아……."

갑자기 자동차 배기관이 포효하는 소리와, 바퀴가 비명을 지르는 소리, 커다란 경주용 자동차량의 엔진 소리가 나자 노인장이 말을 멈췄다. 그는 창밖을 내다보았다.

"해냈군요. 자기 차에 올라탔습니다."

차가 두 바퀴로 모퉁이를 돌면서 요란한 소리가 울렸고, 아름다운 흰색 괴물은 굉음을 내며 거리를 헤쳐 나갔다.

"저러다 누구 하나 죽이겠군요. 저러다 여럿 죽이겠어요……. 본인은 무사하겠지만."

노인장이 말했다.

"글쎄요."

마플 양이 말했다.

"물론 운전 솜씨가 대단하죠. 빌어먹을 정도로 대단해요. 아이쿠, 이번에는 아슬아슬했습니다."

경적을 울리며 정신없이 길거리를 헤쳐 나가는 자동차 소리가 들렸다. 그리고 그 소리가 점점 희미해졌다. 비명 소리와 고함 소리, 브레이크 소리, 경적 소리와 급정지하는 소리가 들렸다. 그리고 마침내 어마어마한 타이어 소리와 요란한 배기가스 소리가 들리더니…….

"충돌했군요."

노인장이 말했다.

그는 커다란 체구에서 특유의 인내심을 뿜어내며 조용히 기다렸다. 마플 양 또한 그 곁에 조용히 서 있었다. 릴레이 경주처럼 거리를 따라 목소리가 들려왔다. 맞은편 길에서 한 남자가 데이비 경감을 올려다보며 손으로 재빨리 신호를 보냈다.

"결국 일을 치렀군요. 죽었습니다. 시속 145킬로미터로 달리다 공원 울타리를 들이박았어요. 가벼운 충돌 외에 다른 부상자는 없습니다. 대단한 운전 솜씨죠. 네, 그 여자는 죽었습니다."

노인장이 무거운 목소리로 말했다.

그는 창가에서 고개를 돌리고 침울하게 말했다.

"뭐, 죽기 전에 자백을 한 셈이군요. 마플 양께서도 다 들으셨죠?"

"네, 들었어요."

잠시 침묵이 흘렀다.

"물론 사실이 아니지만요."

마플 양이 조용히 덧붙였다.

노인장은 그녀를 바라보았다.

"그 여자의 말을 믿지 않으시는 겁니까?"

"경감님은 믿으시나요?"

"아니요, 사실이 아닙니다. 상황에 맞게 이야기를 꾸며 낸 거죠. 그 여자는 마이클 고먼을 쏘지 않았습니다. 마플 양께서는 혹시 누군지 아십니까?"

"물론 알아요. 그 아가씨예요."

"언제부터 그런 생각을 하셨습니까?"

"처음부터 이상하다고 생각했어요."

"저도 그랬습니다. 그 아가씨는 그날 밤 잔뜩 겁에 질려 있었어요. 그리고 그 아가씨의 거짓말은 너무 서툴렀습니다. 하지만 처음에는 동기를 알 수 없었죠."

"나도 그 점이 당혹스러웠어요. 자기 어머니의 중혼 사실을 알게 되었다고, 그런 일로 살인을 저지르다니요? 요즘 세상에 그럴 리 없어요. 역시 돈이겠죠?"

"네, 돈 때문이었습니다."

"그 아가씨의 아버지는 아가씨에게 막대한 유산을 남겼습니다. 그러다 자신의 어머니가 마이클 고먼과 결혼했었다는 것을 알아냈고, 자기 아버지와의 결혼이 법적으로 성립되지 않는다는 걸 깨달은 겁니다. 따라서 자신이 그의 딸이기는 해도 법적인 자녀가 아니니 유산을 받지 못하게 될 거라고 생각했던 겁니다. 하지만 마플 양께서도 알고 계시듯이 그 아가씨가 잘못 생각한 겁니다. 전에도 그런 사건이 하나 있었죠. 법적인 효력이 있는 건 유언장입니다. 코니스턴은 분명하게, 그 아가씨 앞으로 유산을 남겨 주겠다고 유언장을 작성했습니다. 따라서 자신이 그 유산을 받을 수 있다는 걸 몰랐던 겁니다. 그 아가씨는 그 돈을 놓치고 싶지 않았던 겁니다."

"돈이 왜 필요했을까요?"

데이비 경감이 음산한 목소리로 말했다.

"라디슬라우스 말리노프스키를 사기 위해서죠. 그만한 돈을 가졌다면 그 아가씨와 결혼할 테니까요. 돈이 없다면 그 아가씨와 결혼하지 않을 겁니다. 그 아가씨는 바보가 아니었습니다. 그 사실을 알고 있었어요. 하지만 어떻게 해서라도 그 남자를 갖고 싶었던 겁니다. 그 남자를 절실하게 사랑했으니까요."

"나도 알아요. 배터시 공원에서 그 아가씨 얼굴을 봤으니까요……"

"그 돈이면 그 남자를 손에 넣을 수 있다는 것, 그 돈이 없으면 그 남자를 잃게 될 거라는 걸 알고 있었습니다. 그래서 냉혹한 살인을 계획한 겁니다. 물론 그 아가씨는 지하실 출입구에 숨어 있지 않았습니다. 지하실 출입구에는 아무도 없었죠. 그저 길가 울타리 옆에 서서 총 한 발을 쏜 뒤 비명을 질렀고, 마이클 고먼이 호텔에서 뛰어 내려오자 가까이에서 그를 쏜 겁니다. 그리고 계속 비명을 질러댔죠. 냉정하고 침착하게 말입니다. 하지만 라디슬라우스에게 죄를 덮어씌울 생각은 전혀 없었습니다. 라디슬라우스의 권총을 빼내 온

건 그 아가씨가 권총을 구할 수 있는 가장 손쉬운 방법이었기 때문이죠. 그리고 그가 용의선상에 오르게 되고 그날 밤 그가 근처에 있었다고는 상상도 못 했습니다. 불량배들이 안개를 틈타 저지른 소행으로 여길 거라고 생각한 겁니다. 네, 그녀는 냉정하고 침착했습니다. 하지만 그날 밤 두려움에 떨고 있었죠……. 사건이 일어난 후에요. 그리고 그 아가씨의 어머니는 그 아가씨를 걱정했고요…….”

"그러면 이제 어떻게 하실 생각이세요?"

"그 아가씨 짓이라는 건 알고 있지만 증거가 없습니다. 어쩌면 초범이라 운 좋게 넘어갈지도 모릅니다. 법조차 처음 사람을 문 개는 용서해 준다는 신념을 고수하고 있으니까요. 노련한 변호사가 나서서 눈물 짜는 연극을 한 편 할지도 모르죠. 너무 어린 아가씨다, 불우한 환경에서 자랐다……. 게다가 아름답기까지 하지 않습니까."

"네. 루시퍼의 아이들은 아름다운 경우가 많죠. 그리고 우리 둘 다 알다시피, 악은 푸른 월계수 잎처럼 무성하게 번져 나가고요."

"하지만 이미 말씀 드렸듯이 재판까지 가지 못할 수도 있습니다. 증거도 전혀 없고요. 마플 양만 해도……. 마플 양께서 증인으로 소환될 텐데……. 그 아가씨 어머니가 범죄를 자백하는 것을 들은 증인 아닙니까."

"알아요. 나에게 신신당부했죠, 그렇죠? 그 여자는 딸을 자유롭게 풀어주기 위해 스스로 죽음을 택했어요. 그리고 내게 마지막 부탁을 한 거고요…….”

침실로 이어진 문이 열렸다. 엘비라 블레이크였다. 그녀는 옅은 파란색 시프트 드레스(허리선이 들어가지 않은 박스형 원피스—옮긴이)를 입고, 금발 머리를 얼굴 양쪽으로 늘어뜨리고 있었다. 이탈리아 초기 야수파의 그림에 등장하는 천사 같았다. 그녀는 경감과 마플 양을 번갈아 바라보았다. 그녀가 입을 열었다.

"자동차 소리와 충돌하는 소리, 사람들이 외치는 소리가 들렸어요……. 사고라도 났나요?"

"이런 말을 하게 되어 유감입니다만, 블레이크 양."

데이비 경감이 딱딱한 투로 말했다.

"어머니께서 돌아가셨습니다."

엘비라는 숨을 헉 들이마셨다.

"오, 안 돼요."

무기력하고 모호하게 항의하는 목소리였다.

"아가씨 어머니는 탈출하기 전에……. 말 그대로 탈출이었죠. 마이클 고먼을 살해했다고 말했습니다."

데이비 경감이 말했다.

"그렇다면…… 어머니가……. 어머니 짓이라고 말씀하셨다는 거예요……?"

"네, 그렇게 말했습니다. 더 할 말이 있습니까?"

엘비라는 한참 동안 그를 바라보고는 희미하게 고개를 저으며 말했다.

"아니요. 더 할 말 없어요."

엘비라는 뒤돌아 방을 나갔다.

"자, 저 아가씨를 이대로 빠져나가게 내버려 둘 작정이세요?"

잠시 침묵이 흘렀고 노인장이 주먹으로 탁자를 내리쳤다.

"아닙니다, 아니에요. 하느님께 맹세코 이대로 내버려 두지 않을 겁니다."

노인장이 소리쳤다.

마플 양은 천천히 고개를 끄덕이며 근엄하게 읊조렸다.

"저 아가씨의 영혼에 하느님의 은총이 깃들기를."

〈끝〉

옮긴이 | 원은주

충북대학교에서 고고미술사학을 전공했으며 영어강사로 활동했다. 현재 인트랜스 번역원 소속 전문번역가로 활동 중이다. 옮긴 책으로는 『주스테라피』, 『멘토: 지식 경영 시대의 새로운 리더』, 『벙어리 목격자』, 『다섯 마리 아기 돼지』, 『할로 저택의 비극』, 『장례식을 마치고』, 『헤라클레스의 모험』, 『시계들』, 『비즈니스맨을 위한 아티스트 웨이』 등이 있다.

애거서 크리스티 전집
버트럼 호텔에서

3판 1쇄 찍음 2025년 6월 27일
3판 1쇄 펴냄 2025년 7월 4일

지은이 | 애거서 크리스티
옮긴이 | 원은주
발행인 | 박근섭
편집인 | 김준혁
책임편집 | 정미리
펴낸곳 | 황금가지

출판등록 | 2009. 10. 8 (제2009-000273호)
주소 | 135-887 서울 강남구 신사동 506 강남출판문화센터 5층
전화 | 영업부 515-2000 편집부 3446-8774 팩시밀리 515-2007
홈페이지 | www.goldenbough.co.kr

ⓒ ㈜민음인, 2025. Printed in Seoul, Korea
ISBN 978-89-8273-768-8 04840
ISBN 978-89-8273-700-8 04840 (set)

㈜민음인은 민음사 출판 그룹의 자회사입니다.
황금가지는 ㈜민음인의 픽션 전문 출판 브랜드입니다.